I0573725

PROTEGGERE IL FUTURO

Armi & Amori, Book 10

SUSAN STOKER

Questo libro è un'opera di fantasia. Nomi, personaggi, luoghi ed eventi sono il prodotto dell'immaginazione dell'autrice o sono rappresentati in modo immaginario. Qualunque riferimento a eventi, luoghi o persone reali (presenti o passate) è puramente casuale.

Quest'opera non può essere sfruttata, riprodotta o trasmessa, in tutto o in parte, senza il permesso scritto dell'editore, con l'eccezione di brevi estratti a scopo di recensione, secondo quanto permesso dalla legge.

Questo libro è concesso in licenza per uso esclusivamente personale, non può essere rivenduto o ceduto a terzi. Per condividere questo libro con altri, si prega di acquistare una copia per ciascun ricevente. Se stai leggendo questo libro e non lo hai comprato, oppure questa copia non è stata acquistata per il tuo utilizzo, dovresti acquistare la tua copia personale.

Grazie per aver rispettato il duro lavoro di questa autrice.

Copyright © 2021 di Susan Stoker
Titolo originale: *Protecting the Future*
Traduzione dall'inglese di Emanuele Mazzola per Well Read Translations
http://wellreadtranslations.com
Design di copertina: Chris Mackey, AURA Design Group
Traduzione dall'inglese: Well Read Translation

Forze Speciali alle Hawaii

Trovare Elodie

Trovare Lexie (10 Aug 2021)

Trovare Kenna (Oct 2021)

Trovare Monica

Trovare Carly

Trovare Ashlyn

Trovare Jodelle

Mercenari di Montagna

Difendere Allye

Difendere Chloe

Difendere Morgan

Difendere Harlow

Difendere Everly

Difendere Zara

Difendere Raven

Ace Security *(Prossimamente)*

Il riscatto di Grace

Il riscatto di Alexis

Il riscatto di Bailey

Il riscatto di Felicity

Il riscatto di Sarah

IL GRUPPO DEI SEAL

Matthew "Wolf" Steel – Caroline Martin Steel

Christopher "Abe" Powers – Alabama Ford Smith Powers
   Figlie adottive: Brinique e Davisa

Hunter "Cookie" Knox – Fiona Storme Knox

Sam "Mozart" Reed – Summer James Pack Reed
   Figlia: April

Faulkner "Dude" Cooper – Cheyenne Nicole Cotton Cooper
   Figlia nascitura: ancora senza nome

· · ·

Kason "Benny" Sawyer – Jessyka Allen Sawyer
    Figlia: Sara
    Figlio: John

John "Tex" Keegan – Melody Grace Keegan
    Figlia irachena adottata: Akilah

Patrick Hurt – Julie Lytle

PROLOGO

La notizia del giorno è il rapimento di quattro militari da parte dei terroristi dell'ISIS in Siria. Un nuovo video è emerso, in cui si vede quella che si crede il sergente Penelope Turner dichiarare ancora una volta la sua appartenenza all'Islam e avvertire gli Stati Uniti e la Gran Bretagna che, se non ritireranno le truppe dal Medio Oriente, l'ira di Allah colpirà tutti i cittadini americani e britannici.

Il sergente Turner è stato rapito insieme ad altri tre militari circa un mese fa durante una missione umanitaria in Turchia. I campi per rifugiati al confine con la Siria sono affollatissimi, con centinaia di migliaia di persone che cercano di sfuggire al conflitto in Siria. Non c'è acqua corrente e non c'è molto da mangiare. Le condizioni sono a dir poco primitive. Le forze armate turche fanno tutto il possibile per gestire il flusso di persone in fuga, ma semplicemente non è abbastanza. Il presidente ha autorizzato l'invio di truppe per assistere e gestire la situazione. La Turner e gli altri soldati sono stati rapiti durante una ricognizione, in una sezione particolarmente pericolosa del campo. Purtroppo gli uomini rapiti con la Turner sono stati *ritrovati due giorni dopo; erano stati legati a delle croci e bruciati vivi.*

Non erano giunte notizie del destino della Turner fino a due settimane fa, quando è emerso il primo video. Indossava il velo, quindi non si intravedeva molto la sua figura, ma le autorità confermano che sembrava star bene e che non sembrava essere stata torturata pesantemente.

Il suo destino è ancora ignoto, al momento il governo non ha idea di dove si trovi. La famiglia è stata rassicurata che si sta facendo tutti il possibile per trovarla e portarla in salvo. Rimanete con noi per un'intervista col fratello di Penelope, Cade Turner, vigile del fuoco a San Antonio, Texas.

CAPITOLO UNO

Caroline giaceva nel letto con un braccio buttato sul petto del marito, gli passava distrattamente le dita sul capezzolo. Erano entrambi contenti e soddisfatti, dopo aver fatto l'amore la seconda volta, quella notte.

"Pensi che la troveranno mai?"

"Chi, tesoro?"

"Penelope. La donna che è stata rapita in Medio Oriente."

Matthew "Wolf" Steel si spostò, la baciò teneramente sulla fronte. "Probabilmente no." Sentì sul petto Caroline che sospirava e si girava, appoggiandosi meglio.

"Non riesco a fare a meno di immaginarmi al suo posto," disse tristemente Caroline.

"Ice, non posso..."

"No, lo so. Non è affatto la stessa cosa, ma ogni volta che trasmettono quel video dicendo che probabilmente è costretta a dire tutte quelle cose tremende, io penso solo che il tono della sua voce non corrisponde allo sguardo nei suoi occhi."

"Cosa intendi dire?" le chiese Wolf, sinceramente incuriosito.

"La voce è tutta seria e docile, ma te lo giuro, Matthew, gli occhi sembrano incazzati. Sembra quasi che aspetti il momento giusto per girarsi e uccidere tutti quelli che la tengono prigioniera. Io me ne accorgo perché so come si sente. Quando sono stata rapita e quello stronzo mi stava filmando, io dicevo una cosa, ma sotto sotto mi sentivo completamente diversa. E stavo cercando in tutti i modi di far arrivare quella sensazione a te e a chiunque vedesse quel video, solo coi miei occhi. Lo so, era stupido pensare che tu potessi davvero leggere nei miei occhi ciò che volevo dire davvero, ma dentro di me pensavo solo a quanto ti amavo. Stavo cercando di farti sapere dov'ero, pregavo perché venissi a trovarmi. Potrei anche sbagliarmi, ma a me sembra ovvio che Penelope Turner sta cercando di trasmettere più o meno le stesse cose."

Wolf si girò fino a mettere Caroline di schiena e a starle sopra. Si tirò su sostenendosi con un gomito e con l'altra mano le spostò una ciocca di capelli neri dietro l'orecchio. Lei gli appoggiò una mano al bicipite e lo guardò piena di amore; a volte lui doveva ancora convincersi che fosse tutto vero.

Erano passati tre anni da quando si erano sposati; da quel giorno, ogni giorno, Wolf ringraziava la buona sorte che li aveva fatti incontrare. Caroline lo aveva reso più felice di quanto non fosse mai stato nella vita.

"Sì, me n'ero accorto guardandoti nel filmato e vedo

la stessa espressione anche negli occhi del sergente Turner."

Caroline si morse un labbro, poi chiese: "Pensi che... le stiano facendo del male?"

Wolf tenne la voce bassa e cercò di sembrare rassicurante. "È difficile a dirsi. Di sicuro se la tengono prigioniera c'è un motivo, probabilmente perché è minuta, bionda, anche solo perché è una donna. I suoi rapitori vogliono costringere il mondo a fare più attenzione, vogliono essere presi più sul serio."

"Vuoi dire che la bomba esplosa il mese scorso a quelle nozze non è bastata?" Il tono di voce di Caroline non nascondeva la sua irritazione.

Wolf scosse la testa meravigliato, si innamorava sempre più di sua moglie, ogni volta che lei diceva qualcosa. Di lei amava il fatto che non prendeva le cose per come sembravano o con superficialità, sentiva sempre tutto profondamente e non aveva paura di dire ciò che pensava. "Purtroppo no. Stanno cercando un botto più grosso. Rapire un gruppo di americani non è un colpo sufficiente, non ai livelli dell'undici settembre con le torri gemelle, ma puntano a tenere gli Stati Uniti distratti; mettere davanti a una telecamera una donna bella e minuta, farle dire qualcosa contro gli americani e contro i britannici è senz'altro una distrazione, così magari i terroristi intanto possono preparare un altro gesto di grande portata."

"Ti amo, Matthew."

Wolf sorrise a Caroline, non sorpreso da quel cambio di argomento. "Anch'io ti amo, Ice."

"Sono anche molto fiera di te."

"Grazie, piccola. Anche tu stai ottenendo degli ottimi risultati, con le tue ricerche."

"Non avevo finito." Caroline fece il broncio, stringendo le braccia di Matthew.

"Scusami." Wolf ridacchiò. "Vai avanti."

"Sono fiera di te, ma se mai venissi rapito da quegli stronzi dovrò chiamare a raccolta tutte, insieme a Tex, per prendere a calci qualcuno."

"Nessuno mi rapirà. Odio doverlo dire, ma quei soldati non hanno seguito il protocollo come dovevano. Non sono sicuro di come sia andata, ma è chiaro che si sono separati dalla loro unità, nel campo rifugiati, senza avere i rinforzi necessari. Non so, forse sono stati attirati con una scusa, forse non credevano di essere in pericolo, può anche darsi che abbiano ricevuto l'ordine di andare in perlustrazione senza poter seguire le procedure necessarie, ma tu ci conosci, sai che facciamo sempre attenzione, Ice. Noi non ci esponiamo mai al pericolo senza misure di sicurezza adeguate."

"Va bene, era solo per dire."

Wolf sorrise, si abbassò e la baciò. "A che ora c'è quella cosa, domani?"

Caroline sorrise ampiamente e Wolf tornò ad accomodarsi sul letto, vicino a lei, che così gli si appoggiò di nuovo al petto. Wolf non si stancava mai di quell'affettuosità, del modo in cui lei gli appoggiava addosso una gamba all'improvviso, di come si accoccolava al suo fianco, non appena lui si sdraiava.

"Beh, dovrebbe cominciare alle due, ma di sicuro gli altri arriveranno alla spicciolata. Jess è sempre in ritardo, ma non posso biasimarla: dev'essere una seccatura, preparare due bambini piccoli e racimolare tutta la roba che deve portarsi dietro. Te lo dico, non ho mai visto così tante cianfrusaglie per bambini quante ne portano sempre lei e Kason!"

Wolf si mise a ridere. "Eggià, e chissà dove l'avrà trovata tutta quella roba per i bambini!?" Sentì Caroline sorridere.

"Va bene, può anche darsi che io e le ragazze ci abbiamo dato dentro un po' troppo, due anni fa, ma Sara è stata la prima bimba nata a una di noi, volevamo solo assicurare a Jess e Kason tutto ciò di cui avevano bisogno. Inoltre, sono tutte cose utili anche per John."

"Sono convinto che abbiano tutto ciò di cui hanno bisogno, di sicuro, e anche di più," aggiunse Wolf ridendo un poco.

Caroline lo colpì. "Stai buono."

Rimasero in silenzio per un momento, poi Caroline gli chiese sottovoce: "Ti dispiace che non abbiamo figli?"

"No." La risposta di Wolf fu immediata e sincera. "Non ho mai sentito il bisogno di avere dei figli, al contrario di tanti altri uomini; poi ti ho già detto che mi piace averti tutta per me. Sarà anche egoista, ma a me sta bene così."

"Nessuno ti chiede quando avremo dei figli?"

"No. Chi mi conosce sa come la penso. Poi sono nostri amici, Ice, a loro non interessa un fico secco se abbiamo figli o meno, basta che siamo felici."

"È solo che..."

Wolf strinse Caroline. "Lo so. Ne abbiamo già parlato. Fanculo la società. So che tanti ci ritengono poco normali, perché non abbiamo figli. Tanti pensano che ormai dovremmo già sfornare dei pargoli. Ma non c'è alcuna legge che ci obbliga a fare dei figli se non li vogliamo. Poi tu sei già molto impegnata coi figli degli altri. So che ti offri come baby sitter ogni volta che puoi."

"Voglio loro molto bene, ma sono anche molto contenta di restituirli ai genitori."

Wolf sorrise e baciò Caroline in testa. "Vai a dormire, piccola. Domattina devi lavorare, io ho gli allenamenti e poi dovremo sopravvivere alla follia del party per l'adozione di Brinique e Davisa. Ho la sensazione che ci siate andate forte anche stavolta, voi ragazze."

Caroline non rispose, ma Wolf la sentì sorridere. Eh sì. Ci erano andate davvero forte.

"Ti amo, Matthew."

"Ti amo anch'io, Ice."

CAPITOLO DUE

Alabama Powers era in piedi vicino alla sua amica Summer Reed, che teneva tra le braccia la figlia April addormentata; guardavano insieme Brinique e Davisa che gridavano e saltavano nel piccolo parco giochi attrezzato in cui si teneva la festa.

"Sembra che si divertano," disse tranquilla Summer.

"Sì, si divertono quasi sempre," rispose Alabama con semplicità. "Brinique a volte piange ancora, Davisa ha un incubo ricorrente, ogni tanto, ma negli ultimi mesi si sono ambientate molto."

"Hai compiuto un gesto molto nobile, Alabama."

Alabama fece spallucce. "Ho sempre voluto dei figli, ma la mia infanzia mi ha insegnato che ci sono miriadi di bambini al mondo che si trovano in contesti familiari orribili da cui devono essere salvati. L'adozione è davvero l'unico modo in cui voglio avere figli."

"Che bello che Christopher non ha nemmeno battuto ciglio, quando gli hai detto che volevi adottare, è stato adorabile."

Alabama sorrise e guardò il marito. Era in piedi vicino alle reti elastiche, guardava le sue bimbe con occhi molto protettivi, un istinto che non sarebbe mai scemato, e lei lo sapeva. "Proprio così. Prima gli ho parlato dell'affidamento, si è detto favorevole al cento per cento fin dall'inizio. So di avertelo già detto: la primissima convocazione che abbiamo ricevuto era proprio per collocare Brinique e Davisa. La loro mamma è una tossicodipendente, le lasciava spessissimo da sole, dovevano arrangiarsi in tutto."

Alabama si voltò verso Summer, ormai le aveva ripetuto la stessa storia fin troppe volte, tanto che quasi si annoiava da sola per il proprio entusiasmo. "Quando i servizi sociali sono andati per la prima volta a controllare, Brinique aveva solo quattro anni: indossava una maglietta della mamma perché non aveva nulla di suo da mettersi. L'hanno trovata in piedi vicino a Davisa, che era completamente nuda e piangeva; Brinique cercava di tenere lontano l'assistente sociale dalla sorellina." Alabama fu percorsa da un brivido. "Non riesco a immaginare il perché Brinique, a soli *quattro* anni, sentiva il bisogno di proteggere la sorellina di tre anni dall'assistente sociale, solo perché era un uomo."

Summer mise una mano sulla spalla di Alabama. "Dai, adesso calmati. Ormai stanno con te, sono al sicuro."

Alabama sorrise e con un bel sorriso dichiarò decisa: "Sì, sono al sicuro e ci rimarranno."

Guardarono entrambe Davisa, che si era avvicinata a loro. Davisa afferrò i pantaloni di Alabama e li tirò un poco. Alabama si inginocchiò subito per poter guardare la bimba negli occhi. "Che c'è, dolcezza?"

"Posso tenere il bambino?"

Alabama guardò Summer, che sorrideva. "Ma certo. Dai, andiamo là in fondo a sederci."

Le tre si avviarono verso alcune sedie, preparate apposta per loro. Alabama aiutò la figlia a sedersi, Summer mise con molta cura April tra le braccia di Davisa. "Tienila stretta. Anche se ha solo sei mesi, comunque è pesante."

Poi Summer guardò la bambina di cinque anni che teneva in braccio la bimba con estrema attenzione. Davisa non disse nulla per tantissimo tempo, limitandosi a scrutare attentamente la neonata. Poi alzò lo sguardo meravigliata. "È molto pallida."

Summer pensò che, rispetto a Davisa, che aveva un bell'incarnato color cioccolato, April *era* in effetti molto pallida.

"Pensi che la mia mamma mi avrebbe voluta se anch'io ero pallida?"

Alabama si inginocchiò di nuovo vicino alla bimba, che era stata dichiarata ufficialmente "sua" solo quel mattino dal tribunale. Prima che riuscisse a risponderle, arrivò Abe, che prese in braccio bambina e neonata tutte insieme, accomodandosi poi sulla sedia e tenendo entrambe sulle gambe.

Brinique aveva seguito il papà e si era avvicinata, correndo verso la sedia. Summer si fermò a osservare uno dei suoi migliori amici al mondo, nonché compagno di squadra di suo marito, che si godeva quel bel momento con le sue nuove figlie; le sembrò che il cuore le scoppiasse di gioia nel petto.

Abe mise un braccio intorno a Brinique, in piedi vicino a lui, tenendo in braccio la figlia e facendo attenzione a non scuotere troppo la piccola April. "La mamma che ti ha fatta nascere non era pronta per te. Non è una cattiveria, è la verità. Ha avuto due delle bimbe più belle sulla faccia della Terra e non se ne occupava. È stata egoista, voleva fare solo quello che andava bene *per lei*. I bambini sono un dono prezioso e i genitori hanno la responsabilità di dar loro da mangiare, di tenerli al sicuro, di amarli."

Abe guardò le sue bimbe negli occhi e disse: "La vostra vita è cominciata in un modo difficile, ma sapete che c'è? Adesso siete nella famiglia Powers, siete le mie bimbe, le bimbe di Alabama, la vostra famiglia sono tutti gli uomini e le donne che ci sono qua oggi. Siamo una grande famiglia. Non avrete mai più fame. Non sarete mai più trascurate." Poi guardò Brinique. "Non dovrai mai più preoccuparti che qualche uomo cattivo entri a casa tua e faccia del male a te o a tua sorella. Noi vi vogliamo bene, siete le nostre bimbe e vi ameremo sempre. Per noi non farebbe alcuna differenza se aveste la pelle viola o verde, più chiara o più scura della mia. A me interessa quello che c'è sotto la pelle."

"Cosa c'è sotto la pelle?" chiese Davisa sottovoce.

Abe rispose senza esitare. "Il tuo cuore, il tuo sangue, la tua testa. Insomma, ci sei tu. *Tu* sei sotto la tua pelle. Per questo ti voglio tanto bene. Per questo Alabama ti vuole tanto bene. Insomma, per questo ti vogliono bene tutte le persone che vedi qua oggi. Hai capito?"

"Allora non ci mandi via?" chiese Brinique.

"No. Non vi menderemo mai via."

"Anche se facciamo le cattive?"

Alabama si abbassò e appoggiò una mano al braccio di Brinique, riprendendo il discorso da dove l'aveva interrotto il marito. "Piccola, voi non siete mai cattive. Al massimo farete un po' arrabbiare. Farete anche qualcosa di sbagliato, ma sono solo delle decisioni sbagliate, non vuol dire che siete cattive. Insomma, la morale è che non tornerete indietro, rimarrete con noi. Oggi il tribunale vi ha affidate a noi per sempre, il vostro cognome adesso è Powers, proprio come il mio, è il cognome di Christopher." Poi sorrise a sua figlia. "Ormai siete incastrate con noi."

Brinique spalancò la bocca in un ampio sorriso, mostrando i suoi dentini malconci. "Mi piace che siamo incastrate con voi."

"Piace anche a noi."

Davisa intervenne. "Allora adesso vi possiamo chiamare mamma e papà?"

Alabama sentì alle spalle Summer che tirava su col naso, ma non distolse lo sguardo da Davisa. Quello poteva diventare uno dei momenti di maggiore orgoglio della sua vita, non se ne sarebbe mai perso un solo secondo. "Potete chiamarci come vi piace di più. Papà, mamma, mammina, papino, Alabama, Abe, Christopher... come preferite. Ma io sarei felicissima se mi chiamaste mamma o mammina."

Davisa annuì tutta seria e guardò la neonata che teneva in braccio. "Va bene. Mamma?"

"Sì, tesoro?"

"Penso che la bimba ha fatto la cacca."

Alabama si mise a ridere, che scena adorabile: avevano appena avuto una delle conversazioni più emozionanti di tutta la vita, poi Davisa aveva tirato avanti senza battere ciglio.

"Allora che ne dici se la prendo io?" intervenne Summer da dietro.

Davisa annuì, così Summer si abbassò e riprese April tra le braccia.

"Possiamo andare a giocare ancora?"

"Ma certo, però state attente," rispose Abe, facendo scendere Davisa dalle ginocchia.

"Va bene, papà, stiamo attente," disse Brinique tutta contenta, poi corse di nuovo con sua sorella verso le reti elastiche.

"Vieni qui," disse Abe ad Alabama, tirandola perché gli si sedesse sulle ginocchia.

Alabama si accomodò e sospirò.

"Stai bene?"

Lei annuì. "Sì, sai che avevamo già parlato con loro del significato dell'affidamento e del nostro impegno per adottarle, ma non avevo capito che avessero ancora dei dubbi."

"Piccola, ma dai, persino tu avevi dei dubbi quando ci siamo conosciuti, e tu eri già un'adulta. Si abitueranno. Dobbiamo solo continuare a dir loro che le amiamo per le persone che sono. Dobbiamo farle sentire sempre al sicuro... andrà tutto bene."

"Ti amo, Christopher."

"Anch'io ti amo... adesso, possiamo finalmente mangiare la torta?"

Alabama rise e scese dalle ginocchia del marito. "Si può sapere come mai hai sempre fame?"

"Perché mia moglie è insaziabile e devo rimanere sempre ricco di energie per soddisfarla."

Alabama schiaffeggiò per scherzo il braccio di Christopher. "Come ti pare. Vai a tener d'occhio le tue bimbe, mentre io preparo la tavola."

Abe si abbassò e la tirò su fin quasi a staccarla da terra coi piedi a penzoloni. "Questo è uno dei giorni più belli della mia vita. Ovviamente, dopo il giorno in cui mi hai perdonato per essermi comportato da scemo e dopo il giorno delle nostre nozze."

Alabama gli mise le braccia intorno al collo e lo baciò con passione. "Anche per me. Adesso mettimi giù, c'è molto da fare."

———

Cheyenne si avvicinò al punto in cui Summer era seduta con Fiona. Faulkner "Dude" Cooper, suo marito, un uomo molto protettivo e affascinante, l'aveva appena accompagnata e stava andando a trovare parcheggio.

"Ciao, signore."

"Ciao, Cheyenne, sembri pronta al gran botto!"

"Ma non me lo dire! Sembra incredibile, mi mancano ancora tre settimane alla scadenza!"

"Pazzesco. Ogni volta che usciamo insieme mi

preparo sempre a tuffarmi per prendere al volo il bimbo prima che cada a terra," la provocò Summer.

"Stai buona, non parlare così se c'è Faulkner, è già iperprotettivo. Se ti sente, non mi fa più uscire. Te lo giuro, per venire qui oggi l'ho dovuto pregare."

"Pregare?" domandò Fiona, inarcando un sopracciglio.

"Sta' buona," disse Cheyenne arrossendo.

Fiona non rimase in silenzio. "Ah, sono sicura che è stata *dura*."

Cheyenne ormai aveva raccontato a tutte la debolezza del marito, a cui piaceva dominare a letto. Sapevano tutti che piaceva a entrambi. "Sì, beh, in questi giorni forse ci siamo un po' scambiati i ruoli... ha così paura di spingersi troppo oltre, quindi ne ho approfittato il più possibile."

Fiona si mise a ridere. "Quando avrai sfornato questo cucciolo sarai davvero nei guai, perché potrà tornare ad averti a modo suo."

Cheyenne sorrise ampiamente. "Lo so. Non vedo l'ora."

"Stai bene? Ti serve qualcosa?" Faulkner si era avvicinato alle loro spalle mentre Cheyenne si stava accomodando sulla sedia.

"No, tutto bene, amore. Grazie per avermi fatta uscire più vicino."

"Come se potessi farti fare tutta la camminata dal parcheggio. Questo posto è pieno zeppo di gente. Sembra che Abe e Alabama abbiano invitato tutta la base!"

C'erano proprio un sacco di persone al parco, i

bambini scorrazzavano un po' dappertutto, la felicità si sentiva nell'aria.

"Sì, beh, quelle due preziose ragazzine meritano una gran festa, dopo tutti i problemi che hanno passato," commentò Cheyenne.

"Sono d'accordo. Adesso allora vado dai ragazzi. Sei sicura che non ti serve altro?" le chiese Dude.

"Ti ho detto di no. Fiona e Summer si prenderanno cura di me."

Dude si abbassò e baciò Cheyenne, soffermandosi un po' più a lungo e dando al bacio quel po' di passione in più, rispetto al contesto in cui si trovavano, in un luogo pubblico e in mezzo agli altri, ma Fiona e Summer ormai ci erano abituate. Quando poi Dude se ne andò a cercare i suoi compagni di squadra, Summer sistemò April tra le braccia e sospirò. "A quanto pare, ogni volta che mi siete vicini voi due mi viene sempre da arrossire."

Cheyenne rise. "Anche a me."

"Come sta April?" le chiese Fiona, abbassandosi e dando un'occhiatina alla neonata, ancora addormentata. "Dorme meglio?"

"Sì, ormai dorme quasi tutta la notte di fila, grazie al cielo. Quando l'abbiamo portata a casa, le prime notti, ogni volta che si muoveva Sam si alzava per vedere come stava. Per quanto mi potranno mancare le notti in cui me la portava e guardava con gli occhi lucidi mentre io l'allattavo, non vedo l'ora di tornare a dormire tutta la notte."

"Non posso credere che tu abbia accettato di chiamarla April."

Summer sospirò. "Lo so. Sam adora il mio nome, anche se a volte penso che sia un po' ridicolo, ma lui era troppo contento di aver pensato al nome April. Cioè, so che è nata in aprile, ma resta comunque un po' sciocco."

"Non è sciocco," intervenne Mozart alle loro spalle. Tutte e tre sussultarono per la sorpresa.

"Santo cielo, Sam, così ci spaventi!"

"Non volevo spaventarvi, mi sono avvicinato come tutti gli altri."

"No, non ci siamo accorte che stavi arrivando. Voi SEAL pensate sempre di camminare in modo normale, ma ormai vi siete abituati a muovervi in silenzio. Uno di questi giorni ti metto un campanaccio al collo."

Mozart si limitò a sorridere. "Come ti dicevo, il nome April non è affatto sciocco. Anzi, è bello, proprio come il nome della sua mamma. Adesso avrete qualcosa in comune. Tu sei stata battezzata col nome della stagione in cui sei nata, adoro il tuo nome tanto quanto adoro te."

Summer alzò la testa e fu ricompensata con un bel bacio dal marito.

"Posso portarti qualcosa?"

"No, grazie, sto a posto così. Però puoi cercarmi Jess e Kason? So che i loro due bambini probabilmente li fanno ritardare, voglio solo che Jess si riposi, quando arriva," concluse Summer.

"Va bene, te li mando appena riesco a trovarli. Ti amo."

"Ti amo anch'io, Sam."

Le amiche guardarono Sam "Mozart" Reed che se ne andava.

"È bello visto da dietro tanto quanto visto davanti," commentò Fiona scherzando.

Risero tutte.

"Senti, ti stai riprendendo? Stai davvero bene, finalmente?" chiese Fiona. "April si è fatta ben sentire sul tuo corpo."

"Eh sì, tutti quei punti tra le gambe non sono certo divertenti, ma ora va meglio. Almeno c'è la nostra bimba. Ho quasi quarant'anni e le voglio un bene dell'anima; Sam non vuole che il mio corpo sostenga una nuova gravidanza, non posso certo dire di non essere d'accordo. Poi voglio farla crescere e mandarla per la sua strada quando va al college, sai, a diciott'anni, così io e Sam potremo goderci la pensione... capite?"

"Certo, è logico," concordò subito Cheyenne. "Io e Faulkner vogliamo tanti bimbi dopo questo, ma so che potrei anche cambiare idea, dopo il parto. Però io non ho ancora trent'anni, quindi ho tanto tempo per decidere se avere altri figli o se convincere Faulkner a fermarci."

"Ehi! Qua serve una mano!"

Fiona si alzò subito e fece un cenno a Cheyenne e Summer. "Ci penso io, state comode." Si affrettò a raggiungere i due nuovi arrivati. Jessyka aveva in braccio John, un anno, più una borsa a tracolla. Kason le camminava al fianco, con la figlia tra le braccia e un altro borsone in spalla.

Fiona andò dritta da Sara, la bimba di due anni che per fortuna dormiva tra le braccia del padre.

Jess ormai ci era abituata, le amiche volevano sempre mettere le mani sulle bimbe, invece di essere più

pratiche e aiutarla con gli altri pesi, le sembrava sempre
di portare dieci borse pesantissime. Ma non le importava, era felice di tutto l'amore che riversavano sulle sue
bimbe. "Finalmente sono riuscita a tirarla fuori di casa,
dopo due bei capricci perché prima voleva indossare il
vestitino da principessa... quello che portava alle tue
nozze, Cheyenne," disse Jess raggiungendo il gruppetto,
"poi perché voleva indossare le scarpette del costumino
invece dei sandali. Mi farà venire i capelli bianchi prima
del tempo."

"Ma se è un angioletto, come fai a lamentarti?"

Kason appoggiò per terra il borsone, vicino a una
sedia vuota. "Ci pensi tu, piccola?"

Jess si abbassò e passò il braccio libero intorno a
Kason. "Ci penso io. Vai pure, vai a divertirti coi tuoi
amici. Fai il bravo."

Benny scosse la testa e alzò gli occhi al cielo. "Torno
tra un po' per vedere se va tutto bene. Non farla
dormire troppo, deve sfogare un po' delle sue energie, se
vogliamo riuscire a dormire tutta la notte." Poi si avvicinò a Jess: "Ho dei programmi per noi due, più tardi,
non vorrei che fossimo interrotti da una bimba che non
riesce a dormire perché ha troppe energie addosso."

Jess arrossì, guardò le amiche per vedere se avessero sentito le parole di suo marito. Vide che stavano
coccolando le sue bimbe con un enorme sorriso pieno
di malizia, così capì che avevano sentito ogni parola
che Kason le aveva detto. Certo, erano contente per
lei, ma sussurrò comunque al marito di cercare di
evitare di far sentire proprio *tutto* alle sue amiche.
"Non preoccuparti, la faccio svegliare tra poco. Mi

piace quando ti metti in testa dei bei programmini. Ti amo."

Kason baciò Jess con molta passione, poi si allontanò. "Ti amo anch'io."

Jessyka si accomodò su una sedia vuota e guardò Kason che si incamminava verso i suoi compagni di squadra; poi sorrise alle tre amiche, erano tutte sedute vicino a lei.

Ben presto, Caroline e Alabama si avvicinarono e si unirono al gruppetto. Si presero delle sedie e si sedettero, completando un semicerchio, per guardare i bimbi che saltavano sulle reti elastiche e giocavano con gli altri giochi del parco attrezzato.

"Che bello, mi fa impazzire," disse Fiona solennemente.

"Che cosa?"

"Tutto questo, che siamo qui con i nostri bimbi in braccio e con i bimbi che giocano, con i nostri mariti che parlano chissà di che, saranno le solite cavolate che si dicono gli uomini. Siamo sei donne fortunate, poco ma sicuro."

Annuirono tutte.

"Cinque figli e mezzo, sei mariti, sei amiche."

"Cinque e mezzo?" domandò Caroline.

Fiona indicò il pancione sporgente di Cheyenne. "Sì, conto la bimba di Cheyenne come mezza, perché non è ancora nata. Finché anche lei non dovrà cambiarle i pannolini, è solo metà."

Cheyenne rise con le amiche. "Lo sai chi manca?"

"Chi?" chiese Fiona.

"Tex e Melody."

"Vero. Dobbiamo assolutamente chiamarli su Skype intanto che siamo tutti qui," disse decisa Caroline.

"Ma dai, davvero, sarebbe fantastico. Non li vediamo da troppo tempo, anche Akilah!" intervenne Fiona.

"Come sta Akilah?" domandò Cheyenne.

"L'ultima volta che ho sentito Melody mi ha detto che sta alla grande. Dopo l'operazione per amputare, Tex le sta insegnando come fare per prendersi cura del moncherino e le fa vedere come funziona la protesi," disse Caroline alle altre.

"Le manca l'Iraq?"

"Non credo proprio. Tex e Melody si sono impegnati moltissimo per prepararle sempre da mangiare qualcosa che conosce, hanno trovato un gruppo di supporto a Pittsburgh, per farle avere qualcuno con cui parlare, delle amiche, ci sono anche delle altre ragazze esuli dall'Iraq."

"Hanno poi trovato i suoi genitori?" chiese Alabama.

Caroline scosse la testa tutta triste. "Akilah dice che sono stati uccisi, Tex no, pensa che stia mentendo. Lei è stata fortunata, il medico delle Nazioni Unite in servizio a Baghdad si è intenerito e ha smosso qualche canale personale per farla visitare qui negli Stati Uniti, ha contattato Tex e gli ha raccontato tutta la storia; è stata la cosa migliore che le sia mai successa nella vita."

"Come va a scuola?" chiese Summer.

"Melody dice che fa ancora un po' fatica con l'inglese, ma migliora di giorno in giorno. È già difficile, quando si hanno dodici anni, ma trovarsi a quell'età in un paese straniero, dover imparare la lingua *e* dover superare un infortunio così pesante... doversi abituare alla vita di tutti i giorni con un braccio solo... insomma, Melody è sbalordita da quanto è brava."

"Assolutamente, *dobbiamo* chiamarli oggi su Skype!" annunciò Alabama decisa.

Dopo un'altra chiacchierata, Sara finalmente si svegliò e Fiona la mise a terra, così tutte le donne osservarono la piccola di due anni che andava a gattoni per raggiungere un gruppo di altri bimbi in un recinto di sabbia lì vicino. Jess salutò un'altra mamma della base, che le fece cenno che avrebbe dato un'occhiata alla bimba.

Le amiche passarono il tempo a parlare di cibo, di bambini, di parto e di altri argomenti a caso, finché anche i mariti si avvicinarono. Wolf e Mozart si presero delle sedie e si misero vicini alle rispettive mogli, mentre Dude si mise in piedi dietro a Cheyenne massaggiandole le spalle. Benny e Cookie si sedettero per terra vicino alle loro mogli, mentre Abe tirò su la moglie dalla sedia, si sedette al suo posto e la fece sedere sulle ginocchia. Brinique e Davisa tornarono dai loro giochi, finalmente stanche per le corse; si sedettero vicino ai loro nuovi genitori.

"Grazie a tutti per essere venuti, oggi," disse Alabama. "Per noi è molto importante, più di quanto immaginiate. Sono molto orgogliosa di tutti noi. Ho due belle bambine che ho contribuito a tirar fuori da una situazione orribile, molto simile a quella in cui mi sono trovata io da bambina. Jess, tu e Kason vi siete messi all'opera sfornando due bimbi subito dopo esservi sposati. La casa che avete comprato in campagna è bellissima, quando Kason finirà di sistemarla sarà ancora più bella. Fiona, quanta strada hai fatto, da quando Hunter ti ha trovata."

"Beh, sono stata tanto tempo in psicoterapia," disse Fiona apertamente. "Le mie amiche mi hanno aiutata molto."

Annuirono tutte insieme, poi Alabama andò avanti. "Cheyenne, sei la donna incinta più bella che io abbia mai visto. Se il medico non ti avesse detto con certezza che nel tuo pancione c'è solo una bimba, giurerei che ce ne sono almeno tre."

"Ma stai buona, maledetta," scherzò Cheyenne. Risero tutti, anche per l'occhiata folgorante di Faulkner.

"A quanto pare, a Faulkner non dispiacerebbe affatto."

"Sì, beh, non è *lui* a doverli spingere fuori dalla..."

Alabama interruppe Cheyenne indicando Brinique e Davisa per avvertirla. "Summer, sono davvero orgogliosa di te, per il tuo nuovo lavoro, direttrice del personale. So che non eri sicura di tornare a lavorare sul campo, ma l'idea della piccola azienda ti sta andando alla grande. Poi April è bellissima."

Alabama respirò profondamente e si voltò verso Caroline. "E tu, Caroline, cosa avremmo fatto tutte noi, senza di te? Davvero. Sei un po' la nostra leader. Ci hai accolte e ti sei presa cura di ognuna di noi fin dall'inizio."

"Beh, a parte quando hai cercato di dissuadermi dal frequentare Faulkner," disse Cheyenne ridendo.

"Anche se tu e Matthew non avete figli, a volte mi sembra che siamo un po' *tutti* figli vostri, chissà perché? Ogni volta che una di noi ha dei problemi, delle preoccupazioni, tu ci sei sempre. Ti sei occupata di John quando aveva le coliche e Jess non sapeva più cosa fare, ti prendi cura di Brinique e Davisa ogni volta che te lo chiedo, senza fare domande, ti ricordi sempre di invitare Tex, Melody e Akilah ogni volta che organizziamo qualcosa. Sei il collante che ci tiene tutte unite quando i nostri uomini vanno in missione per salvare il mondo. Ti voglio un bene più grande di quanto possa esprimere a parole. Grazie, per essere te stessa, per essere nostra amica."

Wolf, Abe, Cookie, Mozart, Dude e Benny alzarono tutti gli occhi al cielo simpaticamente, mentre le loro mogli cominciarono a piangere. Erano tutte donne forti e toste, che non si facevano sfuggire nulla, ma tra gli ormoni della gravidanza e la felicità che in quel momento sentivano tutte, sembravano sempre pronte a versare lacrime alla prima emozione.

"Ma la mamma non era felice?" chiese Davisa confusa, sussurrando a Christopher ma facendosi sentire da tutti.

A quell'innocente richiesta di una bimba di cinque anni, tutti si misero a ridere, mentre le signore si asciugarono le lacrime.

"Siamo felici, piccola. A volte si può piangere anche per la felicità," Alabama cercò di spiegarle.

"Gli adulti sono strambi," spiegò Brinique alla sorellina. "Possiamo andare a giocare ancora?"

Abe mise una mano sulla testa della figlia. "Sì, ma state attente, va bene?"

"Va bene, stiamo attente. Andiamo, Davisa, chi arriva prima alle sbarre!"

Le due bambine si misero a correre gridando e ridendo.

"Oggi è uno dei giorni più belli della mia vita," affermò Cheyenne. "Amiche, amici, bambini, l'amore della mia vita al mio fianco. Cos'altro si può chiedere di più?"

Si dissero tutti d'accordo di tutto cuore.

Ciascuna delle dodici persone riunite in quel gruppetto si sarebbe ricordata di quel giorno, della gioia e dell'amore che circondava ognuna di loro, per settimane a venire; era un ricordo che avrebbe dato a tutti più slancio.

CAPITOLO TRE

Il sergente Penelope Turner è stato di nuovo oggetto di un video trasmesso dall'ISIS. La Turner è ostaggio ormai da sei settimane. Il video è stato il più lungo tra tutti quelli inviati finora con la militare americana. La si vede seduta in quella che sembra una tenda, legge una lettera sconclusionata e prolissa che glorifica Allah e afferma, tra le altre cose, che ci saranno più morti e più attentati, se gli americani non smetteranno di inviare truppe in Medio Oriente.

La Turner legge la lettera con voce impassibile, senza mai guardare la telecamera. Alza lo sguardo solo dopo che si sente una voce in retroscena che la riprende. Dopo un'attenta analisi, si presume che abbia perso peso, ma che stia ancora molto bene, considerato tutto.

Non abbiamo ricevuto alcun commento dalla presidenza sugli eventuali tentativi di soccorso per portare in salvo questa coraggiosa soldatessa americana, la cui famiglia continua a chiedere un aggiornamento, facendo pressione sul governo perché si faccia qualcosa per liberarla. La risposta ufficiale è che gli Stati Uniti non trattano con i terroristi.

Altre informazioni nel notiziario delle dieci.

————

Cheyenne era seduta sul divano, Faulkner era vicino a lei e le stringeva la mano.

"Partiamo domattina."

"Ma..."

Dude prese Cheyenne tra le braccia e la strinse forte, per quanto gli permetteva il suo enorme pancione. "Non voglio partire. Dannazione, non voglio proprio partire. Ho persino chiesto al comandante Hurt se potevo evitare questa missione, ma mi ha negato il permesso."

"Davvero?"

Dude annuì. "Sì. Perché in questa missione c'è bisogno di tutti, dal primo all'ultimo. Ti dico la verità, piccola: ho un brutto presentimento. Non so se è perché devo lasciarti qui, quando stai per partorire, o se è proprio questa missione. Ma ricordati bene quello che ti sto per dire: *niente* mi impedirà di tornare da te e dalla nostra piccolina. Niente. Hai capito?"

Cheyenne annuì e tirò su col naso. Aveva sempre cercato di farsi coraggio, quando Faulkner doveva andare in missione, ma in quel caso era tutto diverso. Avevano seguito insieme i corsi preparto, studiando tecniche di respirazione, erano andati insieme a ogni appuntamento dal ginecologo. Lui aveva partecipato a ogni fase della gravidanza. Il solo pensiero che il marito si perdesse il momento della nascita di loro figlia la faceva sentire vuota dentro.

"Parlami, Che."

Lei sorrise; nei due anni trascorsi da quando si erano incontrati, lui non era cambiato per nulla. Era sempre pronto a darle degli ordini. "Sì, ho capito."

"Tu dovrai solo stare tranquilla, tieni al sicuro la nostra bimba. Poi ci saranno tutte le altre che ti terranno impegnata. Speriamo proprio che non succeda, ma se dovessi perdermi la nascita di nostra figlia ricordati di chiedere a qualcuno di fare un filmato così poi lo guardo."

"Cosa?" Non ne avevano mai parlato. "Non mi faccio filmare, che schifo!"

"Che, è tutta la vita che aspetto questo momento, che aspetto di guardare la nascita dei miei figli, non è uno schifo, è bellissimo, cazzo."

"Ma Faulkner..."

"Per favore."

Che cavolo, le aveva detto *per favore*. Di solito era *lei* quella che lo implorava, non lui. Allora annuì, pur controvoglia. "Va bene, ma non metteremo mai in circolazione il video della mia vagina per farlo vedere a qualcun altro. Mai."

Dude si limitò a sorridere. Cavolacci. Poi si fece serio e con la voce roca le disse: "E se i tuoi cosiddetti parenti osassero presentarsi in ospedale, se cercassero di farsi valere dicendo che hanno il diritto di vedere mia figlia, sguinzaglia Caroline."

Cheyenne sorrise, si ricordava ancora l'ultima volta che Faulkner aveva "sguinzagliato" Caroline mettendola alle calcagna di sua madre e di sua sorella. Si erano presentate all'*Aces Bar and Grill* quando erano là a mangiare tutti insieme, Caroline le aveva accompagnate fuori prima ancora che riuscissero ad avvicinarsi al tavolo. Cheyenne non sapeva nemmeno bene il perché fossero venute a cercarla, Caroline non gliel'aveva detto, ma probabilmente volevano qualcosa da lei.

Caroline si era davvero scatenata con le parenti di Cheyenne, e quest'ultima non aveva nemmeno *sentito* alcuni degli insulti di Caroline nei loro confronti. Faulkner aveva tenuto d'occhio il trio, ma non si era mosso, mentre Caroline aveva scatenato fuoco e fiamme contro di loro. Non era da lui, non cogliere l'occasione di dire alla mamma e alla sorella di Cheyenne quando poco le rispettasse, quanto poco le apprezzasse, ma lui aveva detto più tardi che Caroline stava facendo un ottimo lavoro già da sola, tanto che lui non aveva sentito il bisogno di intervenire.

Cheyenne rispose a Faulkner: "Va bene, lo farò, anche se non penso proprio che si faranno vedere. Penso che finalmente abbiano capito, specialmente dopo che hai rimandato indietro il loro biglietto di auguri per Natale senza nemmeno aprirlo, scrivendo sul retro della busta 'Voi per Cheyenne non esistete più'."

Dude si abbassò e affondò la testa nei capelli della moglie, appoggiandole una mano sul pancione, senza rispondere al commento su quello stupido biglietto di Natale; invece le disse ciò che gli passava per la testa: "Ti amo, Che, amo nostra figlia. Non so proprio cosa farei senza voi, nella vita. Tu mi apprezzi per quello che sono, mi completi sotto ogni punto di vista. Al solo pensare che potrei non essere con te in uno dei giorni più importanti delle nostre vite, mi sento morire dentro."

Cheyenne si aggrappò a Faulkner, sentendo che doveva rassicurarlo. "Anche se non torni in tempo per la nascita, è solo l'inizio della sua vita. Anche se ti perdi alcuni eventi importanti, sarai sempre presente nel bel mezzo della notte, quando ha bisogno di cambiarsi il pannolino. Sarai presente quando le verranno gli incubi, farai scappare tutti i cattivoni dal suo armadio, la guarderai preoccupato quando uscirà la prima volta con un ragazzo, sarai presente ogni giorno della sua vita. Perdersi qualcosa ogni tanto non è un dramma. Quel che si ricorderà di più sarà la tua presenza giorno dopo giorno, per tutte le cavolate quotidiane, è questo che conta, hai capito?"

"Cazzo, se ti amo."

Cheyenne sorrise. "Anch'io ti amo. Vuoi che parliamo di nuovo del nome?" Odiava affrontare quell'argomento, perché di solito finivano per discutere, ma se Faulkner aveva il presentimento di non tornare a casa in tempo per il parto, era meglio parlarne prima che partisse.

"No, non voglio tirarci la iella contro. Se decidiamo adesso, poi *so* che non riuscirò a tornare a casa in tempo."

Cheyenne gli sorrise esasperata. "Ma se non torni a casa in tempo, dovrò trovare il nome senza di te. Non voglio che poi tu ci rimanga male."

"Ne abbiamo parlato abbastanza, Che, sai già i nomi che mi piacciono e quelli che non mi piacciono. *Se* mai non dovessi tornare in tempo, mi fido di te, dalle un nome per cui non verrà presa in giro per tutta la vita, un nome che non vorrà cambiare appena diventata abbastanza grande e autonoma per farlo. Ora, se abbiamo finito di parlare di questo, vorrei mostrare a mia figlia un'altra volta chi è il suo papino."

"Santo cielo, Faulkner, sei più eccitato adesso che sono grossa come una casa di quanto non lo fossi appena sposati, te lo giuro!"

"Non so cosa farci. Con la mia bimba in grembo sei troppo bella, non mi basti mai."

Cheyenne si fece aiutare da Faulkner per alzarsi in piedi dal divano (ormai era diventato molto difficile riuscire a farlo da sola) e si lasciò accompagnare in camera da letto, dove lui pensò bene di toglierle la camicia da notte e di passare un bel paio d'ore a venerare il suo corpo, mostrandole in ogni modo possibile quanto era importante per lui. Fece l'amore con lei come se fosse l'ultima volta, per tutta la vita.

———

"Hai con te l'aggeggio per il rilevamento, vero?" chiese Jessyka a Kason; era nervosa, era già la terza volta che glielo chiedeva, dopo aver messo i bambini a letto.

"Ce l'ho, non preoccuparti."

"Non posso non preoccuparmi. Ogni volta che esci di casa, io mi preoccupo per te."

"Lo so, è uno dei quattrocentotrentatré motivi per cui ti amo."

"Solo quattrocentotrentatré?"

"Vieni qui, Jess." Benny prese la moglie tra le braccia. "Ci chiamano spesso in missione. Come mai sei così preoccupata?"

"Non lo so. È solo che stavolta ho una sensazione diversa."

Benny non le disse nulla, anche perché aveva la stessa sensazione anche lui. Così cambiò argomento. "Hai tutto sotto controllo, con John e Sara? Ce la fai a fare volontariato al centro giovanile, senza il mio aiuto?"

"Sì, Caroline ha detto che potremo andare da lei per qualche notte, Fiona ha fatto la stessa offerta. Posso andare a fare volontariato mentre loro tengono i bimbi."

"Mi dispiace molto che tu non ti senta di stare a casa nostra quando non ci sono io."

Jess cercò di spiegargli: "Non è che non me la sento, ma sai, tu fai un sacco di cose anche senza rendertene conto, almeno mi sembra. John e Sara hanno un'età molto simile, John sta cominciando a camminare e Sara ha bisogno di molte attenzioni; per me è più semplice farmi aiutare."

Vedendo lo sguardo turbato in faccia al marito, Jess si sbrigò a rassicurarlo. "Non te lo dico per farti sentire in colpa. Ci sono tanti genitori che vivono da soli e si arrangiano, capita spesso e io ho il massimo rispetto per chi cresce i propri figli da solo. Caroline e Fiona si sono offerte di aiutarmi, tutto qua."

"Va bene, Jess, lasciamo perdere. Tornerò appena possibile e mi impegnerò di più per terminare la casa, così ti sentirai più a tuo agio anche a rimanere a casa nostra. Magari potremmo cercare aiuto anche in casa, tipo una tata. Non voglio che tu ti sfinisca. So che per te è molto importante il volontariato al centro giovanile, è il tuo modo di aiutare i bambini come Tabitha.

Jess sospirò al pensiero della ragazza che amava, ma che non era riuscita ad aiutare.

"Eh sì, non posso fare a meno di pensarci, se Tabitha avesse trovato un posto sicuro dove andare dopo la scuola, forse non si sarebbe sentita così sola, avrebbe detto qualcosa a qualcuno sugli abusi che stava subendo."

"Sono fiero di te, Jess. Quanto è successo a Tabitha poteva renderti rancorosa, mandarti in depressione, invece non è andata così: hai trasformato quell'esperienza e l'hai usata per alimentare il tuo desiderio di aiutare gli altri, in particolare degli altri adolescenti."

"Sei il migliore marito del mondo, Kason. Non dimenticartelo mai." Jess gli sorrise; lo amava tantissimo e non aveva idea di cos'avesse fatto per meritare la fortuna di averlo trovato, ma di certo l'aveva accolto come un dono enorme, un dono che non si sarebbe mai lasciata scappare. Mai.

"Non me lo dimenticherò, ma se per caso ti senti di farmi vedere quanto sono bravo, prima che me ne debba andare... di certo non ho nulla in contrario."

Jess ridacchiò e fece un passo indietro, indicando la spalla di Kason. "Cos'è *quello*?"

Lui si girò a guardarsi la spalla, al che Jessyka sorrise e si affrettò a uscire dal salotto per andare in camera da letto più veloce che poteva. Mentre percorreva il corridoio, cercò di parlarsi alle spalle: "Ah ah, ci sei cascato! Chi arriva primo in camera da letto starà sopra!"

"Mannaggia, che furbetta!" disse Benny senza scal-

darsi troppo; poi la inseguì, pur senza raggiungerla: gli
piaceva che stesse lei sopra, tanto quanto piaceva a lei.
Jess era leggermente claudicante, perché aveva una
gamba più corta dell'altra, ma ciò non la rallentava
molto; anche se, come sapevano entrambi, lui avrebbe
potuto superarla in un secondo, se avesse voluto. Ma
Benny amava guardare le mosse sensuali del sedere di
sua moglie, specie quando camminava rapidamente nel
corridoio per andare in camera da letto, quella visione lo
faceva sempre sorridere.

Più tardi, quella notte, Benny capì che non avrebbe
mai dimenticato lo sguardo sul viso di Jess, mentre lo
cavalcava. Jess aveva lasciato cadere la testa all'indietro,
i lunghi capelli neri le arrivavano alle cosce, il sorriso le
illuminava il volto. Era un vero tesoro, ed era tutta sua.

———

Mozart era seduto sulla sedia a dondolo, con in braccio
la figlia di sei mesi; la guardava meravigliato: era la cosa
più fantastica che avesse mai visto. Lui non era un tipo
sdolcinato, aveva vissuto una vita difficile, non si aspettava di trovare moglie, figuriamoci avere una figlia. Uno
dei suoi passatempi preferiti era guardare Summer che
allattava al seno April. Le sue ragazze. Erano così belle
che quasi gli scoppiava il cuore di felicità.

April si era svegliata da poco, stava dormendo
sempre meglio, la notte, ma c'erano ancora alcune occasioni in cui si svegliava, allora lui la prendeva e la
portava dalla mamma. Summer spesso era mezza addormentata e Mozart sistemava la bimba vicino al capez-

zolo della mamma e la sosteneva, mentre lei si
alimentava al seno materno. Summer gli sorrideva,
stanca, poi gli metteva una mano sulla guancia quando
April finiva.

"Grazie, Sam. Ti amo."

"Shhh, è un piacere. Anch'io ti amo. Rimettiti a
dormire, torno subito."

Ora Mozart era seduto in camera di April, la bimba
si era riaddormentata da poco, ma a lui piaceva sentire il
profumo del fiato della bimba, gli piaceva tenerla in
braccio. April stava crescendo alla svelta, lui già se la
poteva quasi immaginare da ragazza, quando non le
avrebbe fatto piacere farsi abbracciare dal papà. In un
angolo della mente, Mozart cercò di comprimere i
timori che aveva sulla missione che stavano per intra-
prendere. Anche se la squadra era già stata impegnata in
molte missioni simili, chissà perché, lui sentiva che
quella era una missione diversa dalle altre.

Summer trovò Sam nella camera della bimba, la
dondolava e la guardava dormire. "Non sei tornato," gli
disse sottovoce, per non svegliare la bimba che dormiva.

Mozart guardò la sua bella moglie, aveva i capelli
biondi in disordine intorno al viso, gli occhi azzurri
addormentati. Si era messa al volo una delle sue maglie,
che come al solito lui aveva lasciato sul pavimento, se la
teneva stretta al corpo con le braccia incrociate sul
petto. Mozart si sentì quasi il cuore scoppiare d'amore
per lei. Due anni prima c'era mancato davvero poco che
la perdesse, non passava giorno che non ringraziasse
Dio perché la squadra l'aveva ritrovata in tempo.

"Ciao. Scusa. Ma ci credi che è arrivata già da sei

mesi? Non sai mai cosa ti perdi, finché non te ne accorgi, quando arriva."

"Come te."

"Come?"

"Come te. Non avevo mai capito quanto mi mancassi, finché non *ti ho trovato*."

"Vieni qui, splendore."

Summer si incamminò verso il marito e si inginocchiò sul tappeto vicino alla sedia a dondolo. Gli mise una mano sulla guancia ferita e gli passò il pollice sulle labbra. "Anche se April non fosse mai arrivata, la mia vita sarebbe stata completa. April non è che il completamento del nostro amore. Ti amo, Sam Reed."

"Non saprai mai quanto sono contento che tu mi abbia difeso, quel giorno a Big Bear. Chissà per quale miracolo, non hai visto i miei difetti, ma non parlo solo delle cicatrici sulla guancia. Ti amo, splendore. Tu e April siete le cose più importanti della mia vita. Smuoverò mari e monti per tornare sempre a casa da voi."

"So che lo farai. Adesso torna a letto, amore."

Mozart annuì e si alzò, facendo attenzione a non far sobbalzare la sua piccolina. La posò lentamente nella culla e la baciò sulla testa, sfiorando con le labbra i suoi soffici capelli. Poi le mise una mano dietro la schiena, meravigliandosi di quanto fosse piccolina. Poteva coprirle tutta la schiena col palmo della mano. "Dormi bene, angelo mio. Il papà ti vuole tanto bene."

Summer prese Sam per mano e lo accompagnò in camera da letto. Poi gli tolse i pantaloni di flanella e si prese un po' di tempo per dimostrargli quanto lo amava.

Più tardi tornarono entrambi ad addormentarsi:

Summer era venuta varie volte, Mozart si era finalmente concesso di sfogarsi nell'amore della sua vita. La sentì dire sottovoce e mezza assonnata: "Dormi bene, Sam. Ti amo."

———

Cookie era seduto a tavola di fronte a Fiona, mentre mangiavano. "Sei sicura che starai bene mentre sono via?"

Fiona sorrise ad Hunter, senza prendersela con lui: sapeva che era una domanda fatta per amore. "Per la decima volta, amore, sì, starò bene. Ormai non ho più brutti ricordi da più di due mesi."

"Lo so, ma..."

"Lo so che ti innervosisci ogni volta che devi andare, per quanto è successo due anni fa in quella missione, ma ti *giuro* che ho sempre con me il segnalatore, se mi sento poco bene telefono subito a Caroline o a Tex. Non scapperò come ho fatto allora. Ormai sto molto meglio, stanne pur certo."

Cookie spinse via il suo piatto ormai quasi vuoto e mise i gomiti sul tavolo, avvicinandosi a Fiona. "Sono solo preoccupato per te."

"Lo so, ti amo anche per questo. Ti preoccupi per me, tanto quanto io mi preoccupo per te. Hai finito?"

Cookie annuì e guardò Fiona che prendeva i piatti e li portava al lavandino; poi si alzò e aprì la lavastoviglie, prendendo i piatti che Fiona aveva appena sciacquato e mettendoli nelle griglie della lavastoviglie. Lavoravano in tandem, senza bisogno di parlare, proprio come avevano fatto tante altre volte, insieme.

La cucina fu pulita e i piatti fatti. "Vuoi farti un bagno?"

Fiona guardò il marito: c'era qualcosa di diverso in lui, ma lei non sapeva bene cosa fosse. "Certo. Vieni con me?"

Lui scosse la testa. "Non stasera. Voglio solo coccolarti."

Fiona annuì.

"Va bene, dammi qualche minuto che ti faccio partire l'acqua."

"Posso farlo io."

"Lo so, ma preferisco farlo io."

"Va bene. Mi trovo un libro da leggere e arrivo tra poco."

Fiona guardò Hunter che percorreva il corridoio verso la camera da letto. Allungò la testa, cercando di scoprire cosa stesse combinando. Era sempre molto protettivo nei suoi confronti, specialmente prima di partire in missione, ma quel comportamento era un po' una novità. Era già capitato in passato che le offrisse di farsi un bagno, ma quella sera, chissà perché, era diverso. A volte avevano fatto l'amore come se quella fosse l'ultima volta che stavano insieme, *poi* le aveva fatto il solito discorsetto su come stare al sicuro, chiedendole se sarebbe riuscita a cavarsela. Ma non era sua abitudine ritardare l'ora in cui andava a dormire, facendole fare prima un bagno.

Fiona prese da una mensola un romanzo rosa, uno dei suoi preferiti, poi si avviò verso il bagno. Sentì l'acqua scorrere nella vasca, ma non si aspettava di trovare le candele, una volta entrata in bagno. Hunter ne aveva accese tante, tutte quelle che aveva trovato, anche se avevano profumi diversi e avrebbero fatto un odore talmente forte da far venire a entrambi il mal di testa. Fu uno spettacolo semplicemente affascinante.

Non le disse molto, ma la guardò mentre si toglieva i vestiti ed entrava nella vasca da bagno.

"La temperatura dell'acqua va bene?"

"È bollente... quindi è perfetta."

Hunter le sorrise. "Ottimo, torno tra una ventina di minuti per vedere come stai."

Fiona annuì, ma guardandolo uscire dal bagno si preoccupò di nuovo. C'era qualcosa che lo agitava, avrebbe dovuto farglielo confessare prima di andare a dormire.

Dopo il bagno, Hunter le asciugò ogni centimetro della pelle, poi la mise a pancia in giù sul letto e la prese da dietro, con molta passione e soddisfazione; poi si accoccolarono sui cuscini morbidi e Fiona gli fece la domanda su cui stava rimuginando da tutta la sera.

"Che succede, Hunter?"

"Cosa intendi dire?"

"Cioè, non sei mai stato così tranquillo e... attento prima di andare in missione."

Lui rimase a lungo in silenzio e Fiona si chiese addirittura se le avrebbe risposto... o se si fosse persino addormentato.

"So che non dovrei ammetterlo, ma questa mi preoccupa."

Cercando di non agitarsi, Fiona gli chiese il perché.

"Sai che non posso dirti dove andiamo, ma potrei stare lontano per un po'. Sono preoccupato per te. Sono preoccupato anche per le altre. Sono preoccupato per i bambini. Insomma, sono preoccupato in generale."

Fiona fu un poco allarmata, perché non era da Hunter preoccuparsi così: di solito partiva con un atteggiamento più deciso, da sterminatore incallito; così cercò di rassicurarlo. "Non posso certo chiederti di non preoccuparti. Diamine, se tu mi dicessi di non preoccuparmi *per te*, io ti riderei in faccia. Ma io starò bene. Anche le altre staranno bene, staremo tutti bene. Quando voi siete in missione, noi ci aiutiamo a vicenda, proprio come fate voi, che vi guardate le spalle a vicenda, in missione. Fidati di noi, ci sosterremo mentre siete via. Questa è la nostra famiglia, in ogni caso. Anche se non abbiamo figli, io farei di tutto per John, Sara, Brinique, Davisa, April e per la prossima Cooper, anche se non si sa ancora come si chiamerà."

"Però promettimi... *promettimi* che se non dovessi tornare a casa tu ti prenderai cura di te. Non posso sopportare il pensiero che tu ti smarrisca, che tu crolli e ti abbatta, com'eri quando ti ho trovata due anni fa, quando eri scappata a nord."

Fiona avrebbe voluto commentare quel "non dovessi tornare a casa" e scoppiare a piangere, ma si trattenne: doveva essere una roccia, per Hunter. Lui aveva bisogno di vederla forte. "Te lo prometto."

Cookie annuì, anche perché il nodo alla gola gli impediva di parlare; così avvolse le braccia intorno a Fiona, stringendola con tutta la forza che lei poteva sopportare. Poi lei mise una gamba sul fianco e si circondò del profumo del suo corpo. Se quella fosse stata l'ultima volta che l'abbracciava, come l'istinto gli faceva presagire, almeno voleva lasciarle la propria impronta.

Si accorse del momento in cui Fiona si addormentò tra le sue braccia. Avevano entrambi ignorato le lacrime che avevano inumidito i loro occhi, mentre si abbracciavano. Cookie non dormì un solo minuto. Voleva godersi ogni secondo di quell'amore, con la moglie tra le braccia.

———

Alabama e Christopher erano seduti sul divano fianco a fianco, con in braccio le due bimbe una per uno; stavano spiegando loro che il papà doveva partire per un altro viaggio. Nell'ultimo anno e mezzo, da quando Brinique e Davisa vivevano con loro, avevano cominciato a capire sempre di più cosa facesse il loro babbo.

"Quando torni?" gli chiese Brinique in lacrime.

"Non lo so, zuccherino," disse Abe alla figlia, asciugando le lacrime che le rigavano il volto. "Ma *tornerò*."

"Il mio altro papà è andato via e non è più tornato," disse Davisa, era la pura verità. Alabama sapeva che la piccola non aveva mai conosciuto il padre, probabilmente nemmeno la madre biologica sapeva chi fosse, ma Davisa molto probabilmente l'aveva sentita lamentarsi, dicendo che se n'era andato via senza nemmeno girarsi indietro.

"Lui sarà anche andato via, ma io invece farò tutto ciò che posso per tornare," le promise Christopher.

"Pensi che potrei mai lasciare tre bellezze come voi, per sempre? Non succederà mai, vi voglio troppo bene. Qualunque cosa succeda nella vita, dovete sempre ricordarvi che io e la mamma vi amiamo molto. Vi abbiamo *scelte*. Tanti altri papà e tante altre mamme non hanno la fortuna di scegliere i loro figli. Noi abbiamo potuto scegliere e abbiamo scelto voi. Non dimenticatevelo mai."

Brinique drizzò la schiena in braccio a Christopher. "Sì, avete scelto noi. Di tutti i bambini e le bambine che avevano bisogno di una casa, avete scelto *noi*."

Abe annuì e ripeté le parole che ovviamente Brinique voleva sentirsi dire. "Esatto, piccolina. Abbiamo scelto voi. Quindi anche se adesso devo andare via, non vado via per qualcosa che avete fatto, è solo il mio lavoro, è quello che faccio per vivere."

"La mamma ha detto che sei uno dei buoni, che vai in giro per il mondo a mettere in castigo i cattivi."

Abe guardò Alabama e le fece l'occhiolino. "Beh, sì, più o meno, il succo è quello."

"Ma dov'è il mondo?"

"Cosa vuoi dire, tesorino?"

"Se vai in giro per il mondo... dov'è il mondo?"

"Ah." Abe si sistemò sulla sedia, avvicinando Brinique al petto, poi le disse: "Il mondo è dappertutto, tranne dove siamo adesso." Cercò di spiegarglielo in modo semplice, dato che lei aveva solo sei anni.

"Allora vai in un altro stato?"

Alabama capì che il discorso si stava facendo delicato; sapeva che Abe non poteva dire a nessuno dove era diretto, nemmeno alla sua bambina dall'intelletto così precoce. Così intervenne. "Non sappiamo dove andrà il papà, ma lo zio Hunter e tutti gli altri zii si prenderanno cura di lui al posto nostro, finché non potrà tornare a casa."

"Ma Super Tex saprà dove sei, vero? Mamma, tu hai detto che lo zio Tex sa sempre dove siamo tutti, perché li rinfaccia sempre e quindi è come un supereroe... vero?"

Alabama cercò di non mettersi a ridere. Davisa era chiaramente più furba degli altri bimbi di cinque anni. Si ricordava ogni parola che sentiva. "*Rintraccia*, non rinfaccia, comunque sì, lo zio Tex lo sa."

"Allora va bene. Basta che il papà non si perda, basta che trovi la strada per tornare a casa, allora va bene. Stasera ci leggi una storia, papà?"

Alabama avrebbe tanto voluto riuscire a scrollarsi di dosso le preoccupazioni tanto facilmente quanto ci riuscivano le sue bimbe. Lei e Christopher aiutarono le figlie a prepararsi per andare a dormire, rimboccando loro le coperte. Dormivano ancora nella stessa stanza, stavano meglio dormendo insieme, anche dopo un anno e mezzo di distanza dalla loro orribile madre biologica. Christopher lesse loro una storia perché si addormentassero, cosa che avvenne ancor prima che raggiungesse pagina sei.

Papà e mamma baciarono sulla guancia le figlie addormentate, poi Abe sussurrò ciò che diceva loro ogni sera, sia che dormissero o che fossero sveglie: "Prima vi addormentate, prima arriverà il nuovo giorno." Poi rimasero insieme in piedi sull'uscio per un lungo momento.

"Sono bimbe bellissime, Alabama. Sono estremamente fiero di te per questa iniziativa, per avermi spinto ad accettare l'affidamento in prova. Non riesco nemmeno a immaginare come sarebbe la nostra vita senza di loro, non voglio nemmeno pensarci."

"Ti dà fastidio quando ci chiamano papà e mamma in pubblico e la gente ci guarda stranita?"

"Perché noi abbiamo la pelle bianca e loro invece hanno la pelle nera? Col cazzo. Che la gente dica quello che vuole, queste ragazze sono *mie*."

Solo il cielo sapeva quanto Alabama amasse quell'uomo.

Abe chiuse pian piano la porta della cameretta delle bimbe, lasciandola appena socchiusa, in modo da poter sentire se una di loro si svegliava di notte e aveva bisogno di qualcosa, poi andò con Alabama in camera da letto, dall'altra parte del corridoio. Nell'ultimo anno, avevano dovuto trovare dei modi più creativi e attenti per fare l'amore. Non volevano certo far svegliare le bimbe, col rischio che entrassero in camera nel momento meno opportuno, vedendo ciò che non dovevano vedere.

Abe fece l'amore con Alabama in modo dolce e silenzioso, raggiungendo con lei l'orgasmo senza fare troppo rumore. poi la tirò su di sé e sentì che si rilassava su di lui, appoggiandosi di peso. Dovevano comunque alzarsi e indossare qualcosa, nel caso che le ragazze entrassero in camera per qualche motivo, ma in quel preciso momento lui non voleva muoversi. La pelle morbida di Alabama su di lui lo faceva sentire il più vicino possibile al suo paradiso terrestre.

"Mi mancherai." Alabama parlò di cuore, con un filo di voce.

"Anche tu mi mancherai."

Alabama sapeva di non poter chiedere a Christopher di prometterle di tornare a casa sano e salvo, anche se avrebbe tanto voluto chiederglielo.

"Mi fai un favore?"

"Tutto quello che vuoi," disse istintivamente Alabama al marito.

"Non accettare altri affidamenti finché non torno."

Alabama si sollevò sul petto di Christopher fino a vederlo meglio, nella luce fioca della stanza. "Come?"

"Ti conosco: ti metti ansia, mentre sarò via ti preoccuperai. So che reggi meglio lo stress tenendoti impegnata. Quindi immagino che se te lo chiedessero prenderesti volentieri un altro bimbo bisognoso. Però io voglio essere presente, quando prenderemo un altro affidamento. Voglio esserci per aiutarlo o aiutarla ad ambientarsi. Non posso essere utile, se sei qui per conto tuo."

Alabama si rilassò di nuovo sul corpo di Christopher. Per un attimo, lei aveva creduto che lui non volesse più adottare altri figli. Sì, ne avevano parlato, si erano trovati d'accordo nel volere una famiglia numerosa, piena di figli adottivi, ma si accorse di essere saltata troppo presto alle conclusioni. Lo amava ancora di più, perché voleva far parte della vita di ogni potenziale figlio o figlia che avrebbero adottato. "Va bene, si può fare."

"Se dovesse succedermi qualcosa..."

"No, non ti succederà nulla," lo interruppe Alabama.

Abe continuò come se lei non l'avesse interrotto. "Se dovesse succedermi qualcosa, voglio comunque che tu abbia la famiglia numerosa che hai sempre sognato. Non farti fermare da nulla."

Alabama sentì il fiato mancarle nel petto. "Va bene," riuscì a dire, per poi infilargli la testa tra la spalla e il mento e sentire la mano di Christopher che le si appoggiava dietro la nuca.

"Io mi preoccupo per te dal momento in cui mi sveglio al mattino al momento in cui mi addormento. Anche se sarò via in missione, anche se sarò concentrato sulla missione al cento per cento, tu sarai sempre con me, sei sempre nei miei pensieri. So che sei qui con le nostre bimbe, sei qui che mi aspetti, quindi mi faccio forza e sono ancora più determinato a tornare da voi. Ma so che c'è sempre un rischio, un giorno la mia ostinazione potrebbe non bastare, ma sarò sempre con te, anche se solo nei tuoi sogni; a prescindere che mi trovi qui di fianco a te o meno. Va bene?"

"Va bene," gli rispose Alabama con gli occhi lucidi, non riuscendo a ribattere a quei pensieri. Erano dei bei pensieri, ma allo stesso tempo la facevano rimanere senza fiato.

"Ora dormi, tesoro. Prima ti addormenti, prima tornerò a casa."

———

Caroline era un piedi sull'uscio di casa, guardava il cortile buio. Matthew era in piedi dietro di lei, con le braccia intorno alla sua vita, la teneva stretta al petto.

Rimasero così per un po' di tempo senza parlare. Alla fine fu Caroline a rompere il silenzio.

"Vi mandano in missione per cercare di salvare quella ragazza, vero?"

Wolf non rispose; Caroline sospirò, poi si voltò tra le braccia del marito e gli mise le braccia intorno al collo, guardandolo negli occhi. Lui la guardò con amore e pazienza tali che lei quasi si sentì sopraffatta.

"Lo so, non puoi dirmelo, ma il mio istinto mi dice che state andando proprio laggiù. Non preoccuparti, non rivelerò nulla alle altre, ma posso dire solo una cosa, prima di cambiare argomento?" Caroline sapeva che Matthew non era a suo agio, in quella conversazione, anche se non l'avrebbe mai ammesso.

"Ma certo, Ice. Di quello che ti senti di dire."

"La tirerete fuori da là. Trovatela, uccidete quegli stronzi e riportatela a casa. Io *so* che ce la farete."

Al che, Caroline vide le labbra di Matthew che si muovevano per formare un mezzo sorriso. "Lo sai, eh?"

"Sì. Voi non vi siete dati pace finché non mi avete riportata a casa sana e salva, quando ancora nemmeno mi conoscevate. Questa donna *deve* essere tosta come una roccia. Se l'hanno tenuta prigioniera così tanto tempo come dicono i telegiornali, dev'essere davvero tosta."

"Ice..." cominciò Wolf, ma Caroline lo interruppe.

"Ormai quel che mi è successo è superato, ne abbiamo parlato e ne ho parlato anche in psicoterapia, quando ho cominciato ad avere degli incubi, l'anno scorso, ma questa donna ha qualcosa di particolare, qualcosa che mi prende. Ho sentito l'intervista al fratello, l'altra sera in televisione. È entrata nei riservisti dell'esercito perché voleva servire la patria a un livello diverso, non solo come vigile del fuoco. Suo fratello dice che come vigile del fuoco era eccezionale. Si è fatta il mazzo e tutti hanno il massimo rispetto di lei. Quindi ce la può fare, sta solo aspettando un aiuto. Chi meglio di voi può aiutarla? Chi meglio di te, Hunter, Christopher, Sam, Faulkner e Kason? Voi ragazzi avete aiutato tutte le vostre compagne a uscire da situazioni di merda, quindi questa di sicuro non sarà diversa. Però fammi un favore, Matthew, ti prego."

"Che favore, Ice?"

Caroline notò che Matthew era stato attento a non confermare e non negare la destinazione della squadra.

"Questa Penelope Turner è la sorella di qualcuno, è la figlia e l'amica di qualcuno. È una come me, come Fiona, o come una qualunque delle altre. So di non doverti dire cosa fare, per tirarla fuori da là... perché so che lo farai. Ormai ha sofferto abbastanza, deve tornare a casa."

Wolf si abbassò e strinse al petto sua moglie. Cacchio, se amava quella donna. Caroline poteva agitarsi, dirgli di fare attenzione, piangere e disperarsi. Invece aveva già preso in simpatia una perfetta sconosciuta, come se anche quella donna facesse già parte della sua cerchia di amiche. Caroline aveva più amore da offrire di qualunque altra donna Matthew avesse mai conosciuto.

"Va bene, Ice." Quella era la massima ammissione possibile, senza violare i termini del segreto legato alla sua missione.

Matthew sentì Caroline che gli annuiva contro il petto. Chiaramente si era accorta che quelle parole lo mettevano a disagio, infatti cambiò subito argomento.

"Allora va bene, andiamo. Parti domattina: è ora che tu faccia l'amore con tua moglie."

Wolf sogghignò. "Sissignora."

———

Dall'altra parte del paese, Melody si svegliò e vide che Tex non era ancora venuto a letto a dormire con lei. Sbadigliò e slanciò i piedi sul lato del letto, disturbando così Baby, il loro cane, che però non si mosse, limitandosi ad alzare la testa e a sospirare, per poi tornare a dormire con la testa tra le zampe.

Melody sorrise, la loro cagnolona era davvero pigra, ma per fortuna era ancora con loro, pur *essendo* una pigrona; poi prese la sua camicia da notte scalcagnata, l'indumento più comodo che avesse mai indossato, e si avviò ancora mezza assonnata nel corridoio, per andare a trovare il marito.

Guardò in salotto, ma non lo trovò; ignorò l'inevitabile disordine legato alla presenza di una quasi adolescente a casa e scese in cantina, nell'ufficio sicuro di Tex. Era un locale protetto che Tex aveva preparato per dare maggiore sicurezza ai suoi computer, ma anche, parole sue, nel caso loro stessi avessero avuto bisogno di qualche protezione in più.

Spinse la porta per aprirla, Tex l'aveva lasciata socchiusa, forse si era immaginato che Melody, svegliandosi, avrebbe notato la sua assenza e sarebbe venuta a cercarlo. Melody vide il marito seduto alla scrivania, stava muovendo il mouse. Gli si avvicinò alle spalle e gli appoggiò la faccia sul collo, dandogli così il tempo di oscurare lo schermo, qualora ci fosse stato qualcosa che era meglio non vedere.

Nell'ultimo anno aveva imparato a lasciargli la privacy di cui aveva bisogno; Melody preferiva non conoscere una buona parte delle cose di cui lui si occupava. Stava meglio *non* sapendo.

"Va tutto bene?"

"Insomma."

Vaaa beeene, intendeva dire di no. "La squadra?"

"Partono domattina per una missione."

Melody attese.

"Non sarà semplice."

Melody non sapeva bene che dire. Tex aiutava un sacco di Forze Speciali in tutto il paese, dato che non aveva chiarito la squadra di SEAL di cui stava parlando, lei immaginò si trattasse di quella in California... erano le persone più vicine che aveva. Wolf e gli altri, le loro mogli e i figli, erano importantissimi per loro due; sentire che i ragazzi dovevano andare in missione e che "non sarebbe stata facile" era davvero una brutta notizia.

"Cosa posso fare?"

Tex si girò sulla sedia, prese Melody e la tirò più vicina, costringendola a fare qualche passo in più per venirgli incontro. Melody piegò le ginocchia e si infilò tra le gambe di Tex, vicino alla sedia; lui continuò a tirarla più vicino, finché non furono a contatto col bacino, petto a petto. Poi Tex disfece lentamente il

nodo della cintura della camicia da notte di Melody e la
aprì. Sapeva che sotto non portava nulla, perché a
Melody piaceva dormire nuda, proprio come piaceva a
lui trovarla, quando la raggiungeva a letto.

Le mise le mani intorno alla vita e le appoggiò la
testa tra i seni. Tex sentì la mano di Melody che gli si
appoggiava dietro la nuca, tenendolo vicino.

"Ti amo. Ti amo perché non fai domande, ma la
prima cosa che dici è chiedermi 'cosa posso fare?' e amo
il fatto che tu senta la mia mancanza, quando non ti
raggiungo a letto, tanto da alzarti per venirmi a cercare.
Ti amo perché non hai battuto ciglio, quando ti ho
detto che volevo adottare una ragazzina preadolescente
irachena portatrice di handicap che non avevo
nemmeno mai incontrato. Ma soprattutto ti amo e
basta. Amo ogni tua sfaccettatura. Per rispondere alla
tua domanda, non c'è niente che possiamo fare, in
realtà. Possiamo solo aspettare e pregare. Magari
potresti chiamare le ragazze più spesso, se te la senti
potresti persino andarle a trovare."

"Puoi venire anche tu, no? So che sarebbero molto
contente di vederti."

Tex scosse la testa. "Mi piacerebbe tanto rivedere
tutte, ma devo rimanere qui. Devo controllare, aspettare, voglio star qui coi miei computer, coi miei server,
nel caso abbiano bisogno di me. Ho proprio un brutto
presentimento, credo che *avranno* bisogno di me."

"Ma dai, Tex, tu non sei mica Superman, anche se le
figlie di Alabama ti chiamano così."

"Lo so, ma sai quando ti viene una strana sensazione... sono più che sicuro che avranno bisogno del mio aiuto, una volta partiti."

Melody scrutò il marito; si erano presi una bella vacanza, dopo che una ex compagna di scuola di Melody, Diane, era stata arrestata per averla molestata. Erano andati in auto a Las Vegas, portandosi anche Baby, si erano sposati, proprio come avevano programmato. Diane era riuscita a suicidarsi in carcere, in attesa del processo; Melody sapeva che avrebbe dovuto rimanerci male, invece non le aveva fatto alcun effetto.

"Allora voglio che tu mi dica cosa posso fare per te, finché non torneranno a casa. Se hai bisogno che ti porti da mangiare quaggiù, lo farò. Se hai bisogno che ti lasci in pace, lo farò. Se hai bisogno di una sveltina, sono a tua disposizione. Però non escludermi. Tu hai la tendenza a chiuderti un po' troppo quando lavori; dato che si parla dei tuoi amici, ho un po' paura che smetterai di prenderti cura di te stesso. Devi alzarti e camminare un poco ogni ora. Non dimenticare di toglierti la protesi, ogni tanto. Anzi, posso mandarti qui Akilah per ricordartelo, così voi due potete massaggiarvi i moncherini insieme, poi..."

Tex interruppe Melody tirandola più vicino e baciandola con una passione travolgente. "Grazie per le tue attenzioni. Se mi faccio prendere troppo, hai il permesso di tirarmi l'orecchio."

"Ti chiedo solo di non estraniarti troppo. Sai che anche Baby sente la tua mancanza, quando ti immergi troppo nel tuo lavoro."

Tex sorrise. "Dio non voglia che il cane senta la mia mancanza."

Melody gli sorrise di rimando. "Va bene, manchi anche a me."

Tex fece scorrere una mano sul petto di Melody, notando come i capezzoli reagivano al suo tocco. "C'è ancora del tempo, prima che la missione cominci... qualche proposta su come ammazzare il tempo?"

Melody fece una smorfia maliziosa e si appoggiò alla mano di Tex, incoraggiandolo a proseguire con le sue carezze. "Potrei anche avere una proposta o due, non sono sicura se abbiamo già battezzato o meno questa sedia, ti ricordi? Pensi che ci regga, se ti salgo sopra?"

"Direi che adesso è il momento migliore per scoprirlo."

———

Il comandante Hurt stava esaminando gli ordini del presidente. Non era entusiasta di quella missione. Odiava dover inviare i suoi SEAL in una situazione per lo più ignota. Certo, capitava spesso, ma quell'occasione era diversa: non solo ignota, ma addirittura instabile, un territorio pieno di odio, una missione destinata a fallire. Cercare di trovare una donna americana, che peraltro indossava un burka, nel bel mezzo di un campo di rifugiati pieno zeppo di altre donne vestite allo stesso modo, era una missione che rasentava l'impossibile. Per non parlare delle condizioni sanitarie disastrose e delle malattie che proliferavano in quei campi, così pericolosi, affollati e sozzi.

Quattrocentomila persone in un campo profughi, in mezzo al deserto arido, con temperature torride, persone spaventate, preoccupate e irrequiete: la ricetta di un disastro annunciato. L'unico fattore positivo era il comando riunito di varie squadre delle forze speciali: c'erano squadre di SEAL della base di Norfolk, una squadra di Ranger dell'esercito, i piloti notturni dell'esercito al comando degli elicotteri, con una squadra di Delta Force pronta in stato di allerta, se necessario.

Il presidente era preoccupato perché gli elettori non erano felici del rapimenti di Penelope, che veniva usata come pedina dai terroristi, nel gioco mortale dell'ISIS. Al mondo si erano già visti moltissimi video di torture a cui i terroristi sottoponevano i loro prigionieri; sarebbe stato un incubo per l'immagine del presidente, se il sergente Penelope Turner avesse finito per diventare la protagonista di uno di quei video cruenti. Ormai era diventata la sorella, la figlia, l'amica della nazione, il volto di una guerra nuova e orribile.

La sua famiglia, con in testa il fratello, faceva enormi pressioni per ottenere il supporto dei politici più influenti, perché si facesse qualcosa per andare a trovare e salvare Penelope. I servizi segreti avevano ricevuto dei rapporti abbastanza attendibili, secondo i quali la prigioniera era nascosta in un campo di rifugiati, per cui il presidente aveva autorizzato la missione di salvataggio.

"Stai bene, Patrick?"

Lui si voltò e alzò un braccio sospirando verso la moglie Julie, che si accoccolò al suo fianco, poi sentì che lei gli appoggiava un braccio sulla pancia e l'altro dietro la schiena.

"Sì, sto bene."

"Non mi sembra che tu stia bene. Si tratta dei miei SEAL?"

Patrick sorrise, sentendo come si era espressa Julie. Lui comandava varie squadre di SEAL, lei lo sapeva, ma ogni volta che parlava di Cookie e degli altri che l'avevano salvata dal Messico, li chiamava "suoi".

Negli anni, Julie aveva mantenuto una certa amicizia con le altre; aiutava Jessyka a procurare dei vestiti per le ragazze del doposcuola, mentre Summer aveva incluso il negozio di Julie nell'elenco di donazioni annuali della sua azienda; Julie e Cheyenne si scrivevano regolarmente via email.

Patrick sapeva che il rapporto tra Julie e Fiona era più difficile da coltivare. Julie non faceva pressioni, ma faceva di tutto perché Fiona si sentisse considerata, per farle sapere che la pensava, per cercare di essere cordiale con lei. Proprio come Patrick aveva previsto, Julie non era diventata molto amica delle mogli dei suoi uomini, ma almeno sembravano contente di tenersi compagnia, ai ritrovi sociali della squadra.

"Sai che non posso dirti molto, ma sì, i tuoi SEAL partono in missione domattina."

"È il caso che telefoni a Fiona per sentire come sta? Forse dovremmo invitarla qui, giusto per vedere che stia bene. Potrei prendermi qualche giorno libero dal negozio, ormai i miei commessi sanno cosa fare, ho anche assunto dei ragazzi che mi possono sostituire al servizio clienti, quindi anche quando ci vado sono quasi tra i piedi. Forse potrei..."

Patrick si abbassò e baciò Julie tranquillamente. Quando sentì che anche lei si lasciava andare a quel bacio, si allontanò. "Sono sicuro che le farà piacere sentirti, tesoro." Al che Julie annuì e abbassò la mano fino a strofinarla contro il suo pene, rapidamente in erezione, così Patrick le sorrise.

"Vieni a letto. Capisco che sei teso, lascia che ti aiuti a scaricare un po' di questa tensione."

"Ti amo, Julie. Arrivo tra un pochino."

"Va bene, ma non farmi aspettare troppo, altrimenti dovrò arrangiarmi da sola," gli disse provocandolo.

Patrick si abbassò di nuovo per baciare sua moglie, poi si allontanò. "Sentiti libera di cominciare anche da sola, ma sappi che quando arrivo ti farò venire almeno due volte prima che arrivi il mio turno... quindi forse è meglio se parti con calma."

Julie arrossì e si allontanò sorridente. Patrick la guardò sparire dietro l'uscio del suo ufficio, poi riportò l'attenzione sui documenti che aveva davanti, sia pur distratto dal pensiero della moglie, ma sempre preoccupato per i suoi uomini.

Da comandante, sperava davvero che non fosse una missione inutile, che non andasse a finire con la morte di uno o più dei suoi uomini, gli uomini più abili che avesse mai conosciuto. Certo, non voleva nemmeno che il sergente Turner morisse per mano dei terroristi, ma proprio non voleva trovarsi costretto a dire alle donne e ai bambini dei suoi uomini, persone che rispettava e a cui voleva bene, che uno dei loro mariti, uno dei loro padri, non sarebbe mai più tornato a casa.

Infine, dopo un breve sospiro e una preghiera veloce, Patrick richiuse il documento nella cassaforte dell'ufficio e cercò di scrollarsi di dosso la sensazione spiacevole che lo aveva assalito, dal momento in cui aveva letto gli ordini. Aveva una moglie da accontentare. Si sarebbe preso il tempo necessario per concentrarsi su di lei, su quanto l'amava, prima di doversi tuffare di nuovo nel pericoloso mondo dei SEAL, il giorno dopo. Doveva rilassarsi al massimo, con Julie.

CAPITOLO QUATTRO

Wolf guardò i suoi uomini raccolti nella tenda. Le ultime quarantott'ore erano state molto dure. Erano andati in Medio Oriente in volo, poi si erano paracadutati in Turchia senza farsi notare, con un lancio da alta quota, aprendo il paracadute all'ultimo momento. Inizialmente avevano considerato di lanciarsi in Siria, ma avevano concluso che sarebbe stato più sicuro entrare dalla Turchia e che si sarebbero fatti notare di meno cercando di confondersi con gli altri operatori umanitari.

Il lancio col paracadute era andato molto bene, nessun problema, poi si erano diretti al campo rifugiati vicino alla città di Cizre, in Turchia. Era esattamente come l'aveva descritto il comandante, proprio com'era descritto nei rapporti dei servizi segreti. Il tanfo era orribile, la nausea imperava tutt'intorno. Erano arrivati da poco tempo, ma avevano già trovato due mamme che piangevano disperate, tenendo tra le braccia i corpi esanimi dei loro bimbi morti. Nessuna sapeva il motivo della morte del bimbo, ma in fin dei conti non importava. Disidratazione, malattia, fame... vedendo i bambini morti ripensarono un po' tutti alle loro famiglie, a casa.

"Com'è il programma di oggi?" chiese Abe.

Wolf distribuì le foto aeree del campo, le avevano ricevute ancora in California. "il modo migliore per procedere è una ricerca per settori, anche se sappiamo perfettamente che, se la Turner è in questo campo, la stanno spostando in giro. Probabilmente non passano due volte la notte nello stesso punto, o al massimo si fermano due notti. Quindi una ricerca per settori con una griglia non sarà certo risolutiva. Dovremo perlustrare ogni giorno delle zone molto ampie in questo merdaio, quindi dobbiamo formare delle squadre ridotte. Possiamo perlustrare zone molto più ampie se ci dividiamo in gruppi di due, invece di andare tutti insieme, poi ci confondiamo meglio. Però ricordatevi, è proprio così che pensiamo che l'ISIS sia riuscito a catturare la Turner e gli altri... si erano separati dal resto della pattuglia. Sappiamo tutti che quelli dell'ISIS sarebbero felicissimi di catturare dei SEAL, quindi rimanete in campana. Portate tutti la radio e rimanete in contatto, capito?"

Annuirono tutti, poi Wolf proseguì: "Va bene, Benny viene con me. Abe e Dude andranno insieme, Cookie e Mozart lo stesso. Io e Benny andremo nella zona più a sinistra." Wolf indicò una zona sulla mappa. "Dude, vai con Abe al centro, Cookie e Mozart, voi prendete il settore di destra. Cercate di perlustrare più che potete, osservate tutto con attenzione, ma senza farvi notare.

La Turner non è alta, meno di uno e sessanta, ha i capelli biondi, molto chiari, quindi se non è del tutto coperta spiccherà facilmente."

"Se invece *è* coperta del tutto?" chiese Benny con tono serio.

"Allora siamo fottuti," rispose Wolf brevemente. "Se le mettono il velo e la coprono dalla testa ai piedi, o se le mettono un burka, sarà impossibile individuarla. Però state all'erta anche per gruppetti di uomini dal fare sospetto. Insomma, guardatevi intorno. Quasi tutti si preoccupano solo di trovare da mangiare e da bere; se vedete degli uomini sani e in forma, è sufficiente per insospettirsi. Inoltre, si tratta di uomini armati, forse anche palesemente armati. Abe, altre idee?"

"Le truppe americane e britanniche nella zona non ci sono molto di aiuto. I rapporti dei servizi militari ricevuti dal comandante Hurt dicono che nessuno sa realmente dove fossero i soldati, quando sono stati rapiti, poi non c'è stata traccia del sergente Turner da quando è sparita con gli altri," spiegò Abe, che poi respirò a fondo e proseguì: "Penso che dovremmo prenderci un giorno o due per acclimatarci col territorio; andiamo in giro, vediamo cosa si trova. Se poi non la troviamo subito, possiamo chiedere degli interpreti. Immergiamoci di più nel ruolo degli operatori umanitari, magari possiamo scoprire dai rifugiati chi sono le persone di cui hanno paura. I siriani non sono stupidi: se non sono anche loro dei membri dell'ISIS, probabilmente sanno da chi tenersi alla larga. Dato che nessuno di noi conosce il turco, dovremo affidarci a degli interpreti."

Wolf annuì. "Ottimo. Qualunque cosa succeda, cercate di non scatenare una guerra nel bel mezzo del campo. Il nostro obiettivo è individuare il bersaglio e portarla in salvo. Non vogliamo aprire un conflitto a fuoco, altrimenti mettiamo in pericolo di vita moltissimi innocenti; l'ultima cosa che vogliamo è proprio un incidente diplomatico. Dovremo agire con un mordi e fuggi, se ce la caviamo facile."

"Che succede se è ferita, o se è stata molestata?" chiese Dude con calma, anche se vedevano tutti che era tutt'altro che calmo.

"La portiamo via come possiamo. Se dà di matto, fatele perdere i sensi. Se non può camminare la prendiamo in braccio. Se ha paura di noi, faremo il possibile per rassicurarla. Qualunque cosa facciate, filatevela prima che potete. Tutto chiaro?"

Annuirono tutti e cinque alle parole di Wolf. Si aspettavano tutti che quella missione fosse un inferno, ma ora erano sul campo, di persona, potevano vedere le condizioni in cui vivevano le persone intorno a loro, un vero inferno.

"Usciamo di primo mattino. So che non abbiamo dormito molto negli ultimi due giorni. Stanotte cercate di dormire, speriamo di uscire da questo casino il prima possibile."

Infine si sdraiarono tutti sulle rispettive brande, ciascuno perso nei propri pensieri, con la mente alle mogli, ai figli, chiedendosi cosa avrebbero trovato e *se* avrebbero trovato l'eroina americana, il sergente Penelope Turner.

———

Il mattino dopo, furono tutti svegli e pronti prima ancora che il sole sorgesse. Si avviarono nel campo a coppie, pronti a tutto. Si ritrovarono la sera nella tenda dell'organizzazione umanitaria, ogni coppia raccontò ciò che aveva visto.

"La zona ovest del campo sembra quella più vecchia; i rifugi sono più strutturati, ci sono dei gruppi più insediati," raccontò Cookie agli altri. "Mi sembra più probabile che sia la zona in cui la Turner potrebbe essere tenuta prigioniera. Non siamo stati accolti molto benevolmente, mentre andavamo in giro; quando Mozart ha fatto domande agli altri operatori su quella zona, gli hanno risposto che è raro che si avventurino così tanti in quella zona, perché là non si sentono sicuri."

Wolf annuì. "Lo capisco. Noi eravamo dall'altra parte, abbiamo trovato moltissime donne con bambini."

"Anche quello potrebbe essere un settore ottimo per nasconderla," commentò Dude, cercando di fare l'avvocato del diavolo.

"Eh sì, ma moltissimi degli uomini che abbiamo incontrato erano troppo vecchi o troppo giovani. Non sembra essere un focolaio di terroristi dell'ISIS. Almeno non a prima vista," spiegò Wolf.

"Allora forse domani possiamo limitare le ricerche al settore centrale e alla zona ovest," intervenne Abe. "La zona centrale del campo sembra un crogiolo di famiglie, persone sole e bambini."

"Qualcuno ha notato nulla che faccia pensare a un gruppo terroristico, avete adocchiato qualcuno che possa sembrare il nostro bersaglio?" domandò al gruppo Wolf.

Scossero tutti la testa. "Proprio no; ma tra veli e tuniche, questa sembra una missione quasi impossibile," si lamentò Cookie.

"Dobbiamo trovarla. Non posso sopportare il pensiero di quella donna in questo merdaio, nelle mani di quegli stronzi," disse Dude, passandosi una mano nei capelli.

"Faremo del nostro meglio." Wolf parlò col cuore, anche se sapevano tutti che le parole non bastavano. Dovevano trovare quella donna. "Torniamo nel campo domattina presto. Dopodomani faremo i turni e cercheremo anche di notte."

"Faccio io il primo turno di notte," disse Dude offrendosi volontario. Wolf guardò il suo amico un po' perplesso; sapeva che Dude non dormiva bene, perché era preoccupato per Cheyenne e per la gravidanza. Così Wolf annuì: "Va bene, vengo io con te, per cominciare."

———

Penelope Turner era incazzata nera. Capiva che probabilmente doveva avere paura, sentirsi smarrita, invece era davvero arrabbiata. Per essere stata rapita e tenuta prigioniera dai terroristi, poteva dirsi fortunata. L'avevano picchiata a sangue per i primi giorni, ma quando il primo video era andato virale, i terroristi avevano capito che valeva di più come mezzo di propaganda che altro.

Le avevano chiesto se era vergine, Penelope ci aveva pensato a lungo, sforzandosi di capire quale sarebbe stata la risposta migliore; alla fine aveva deciso di ammettere che non era più vergine. Non l'avevano stuprata... non ancora, almeno; ma lei si immaginava che tenessero la violenza sessuale come tecnica di tortura, qualora ne avessero avuto bisogno, più avanti.

Era stata costretta a leggere dei lunghi sproloqui sulle lagnanze dell'ISIS nei confronti dell'Occidente, dell'America, sinceramente non le dava alcun fastidio leggere ciò che le chiedevano di leggere, qualunque cosa fosse. Se gliel'avessero chiesto, avrebbe letto persino *Guerra e pace*. Del resto non doveva per forza credere in ciò che leggeva e si era immaginata che l'America, in generale, probabilmente avrebbe capito che lei era costretta a dire ciò che diceva.

Ma dei suoi commilitoni *le importava*. Non aveva più visto i suoi amici, da quando erano stati rapiti. Penelope non aveva idea di quanto tempo fosse passato, da quando era stata presa dal gruppo di terroristi, ma pensava fossero passati circa due mesi.

Thomas Black e Henry White erano persone molto divertenti. Thomas veniva dal Maine, era fulvo e aveva le lentiggini, scherzava spesso dicendo di essere un tipo semplice, un "fulvo del nord". Henry veniva dal Mississippi e aveva la pelle più scura che Penelope avesse mai visto in vita sua. I due venivano spesso presi in giro dagli altri soldati perché il cognome di Thomas era Black, mentre il cognome di Henry era White, invece il loro aspetto era esattamente l'opposto del cognome[1]. Così erano diventati molto amici, avevano legato fin dal loro primo incontro, e da quando erano arrivati in Medio Oriente avevano sempre fatto tutto insieme. Formavano una coppia davvero strana, ma l'amicizia nell'esercito non conosceva né confini né colori. Penelope non conosceva molto il terzo uomo, Robert Wilson, che era sempre stato molto gentile nei suoi confronti, al punto che lei si preoccupava per lui tanto quanto si preoccupava per Thomas e per Henry.

Pensò che potessero essere morti, il che la fece imbestialire ancora di più. Quegli stronzi dell'ISIS non avevano alcun diritto di ammazzare gli altri, in fondo erano *loro* che andavano in giro a terrorizzare della povera gente un po' dappertutto, rapendo soldati innocenti, come lei e i suoi amici, che stavano solo cercando di aiutare i rifugiati.

Penelope si era offerta volontaria per andare in Turchia ad aiutare la gente, per fornire un aiuto tanto necessario nei campi di raccolta. La sua compagnia di riservisti, la cui base era a Fort Hood, in Texas, aveva inviato un gruppo di soldati, circa duecentoventi militari, per garantire la sicurezza all'interno del campo. Nel momento stesso in cui era atterrata, aveva capito che il maggiore al comando delle truppe nel campo di raccolta non era un granché come leader. Per quanto gli altri ufficiali, capitani e tenenti, cercassero di spiegargli quanto fossero pericolose le perlustrazioni in pattuglia, lui aveva comunque ordinato di dividersi in gruppetti fin troppo facili da sopraffare.

Penelope, White, Black e Wilson un giorno avevano ricevuto l'ordine di perlustrare la zona ovest del campo; lei aveva provato a protestare, spiegando che era troppo pericoloso mandare solo loro quattro, ma si era beccata una strigliata pubblica e le avevano detto di far buon viso e di fregarsene.

Lei aveva capito che la trattavano così perché era una donna che aveva persino il coraggio di aprire la bocca e dire ciò che pensava. Fosse stato un uomo, forse l'avrebbero presa più seriamente. Invece li avevano spediti di pattuglia con la classica pacca sulla spalla, tanto che poi era successo quello che era successo. Penelope ci aveva visto giusto e si era ritrovata incastrata in quell'inferno, dove sarebbe rimasta ancora chissà per quanto tempo.

Già nei primi tempi aveva pensato di scappare, ma gli stronzi che l'avevano rapita non erano davvero tanto idioti come lei sperava, o almeno come le erano sembrati all'inizio. La spostavano quasi ogni notte in una tenda diversa. Le consentivano di uscire dalla tenda in cui si trovava solo coperta dalla testa ai piedi, con tuniche e veli tipici delle donne di quella regione.

Penelope sapeva anche che i suoi capelli biondi sarebbero stati molto facili da riconoscere, se avesse osato togliersi il velo dal capo; aveva pensato più di una volta a togliersi il velo dal capo e mettersi a correre per il campo urlando, ma aveva visto com'erano gli uomini che la controllavano: le avrebbero sparato immediatamente, oppure l'avrebbero fatta soffrire tremendamente, tanto da farle desiderare di morire piuttosto che andare avanti con le loro torture. Fino a quel giorno, non era stata né stuprata né torturata, non l'avevano bruciata viva, non l'avevano decapitata; in fondo la poteva considerare una vittoria.

Si sentiva come in un limbo, in attesa di capire cosa sarebbe successo.

Penelope cercava sempre di trovare l'aspetto positivo in ogni situazione; almeno i delinquenti comuni presenti nel campo avevano paura dell'ISIS, quindi lei non doveva preoccuparsi di loro, oltre a tutti i timori legati alla sua situazione.

Così attendeva, giorno dopo giorno, fingendosi docile e spaventata, mentre fremeva di rabbia in silenzio, alla ricerca di qualcosa, di qualunque cosa, che fosse un appiglio per poter uscire da quella prigionia. Se fosse riuscita a tornare a casa, se avesse potuto abbracciare di nuovo il fratello, non avrebbe mai più messo piede fuori dal Texas.

I suoni del campo si confondevano intorno a lei; non c'era mai un silenzio totale, ma almeno i rumori diventavano meno forti con l'arrivo della notte. Penelope immaginava che molte persone avessero paura ad andare in giro quando il sole calava dietro l'orizzonte, lo trovava normale.

L'ingresso della tenda si aprì, Penelope abbassò rapidamente lo sguardo, cercando di non stabilire un contatto visivo con chi era entrato nella tenda, chiunque fosse. Aveva imparato a sue spese che guardare negli occhi un terrorista non faceva altro che scatenare una reazione rabbiosa.

"In piedi," le disse quell'uomo.

Alcune delle guardie parlavano inglese molto bene, mentre altri sapevano solo poche parole. Aveva pensato di cercare di inviare un messaggio nei video che era costretta a registrare, ma sapeva di avere intorno troppe persone, troppi terroristi dell'ISIS che avrebbero capito cosa diceva in inglese. Il video non sarebbe mai stato trasmesso e probabilmente lei sarebbe stata uccisa, per quel tentato inganno. Era molto più logico cercare di guadagnare tempo, pregando di avere un'occasione di fuga, o che qualcuno venisse a liberarla.

Si alzò, obbedendo all'ordine della guardia, che le gettò una tunica, la stessa che doveva indossare sempre, ogni volta che cambiava tenda. "Mettitela."

Penelope sospirò. Sembrava giunto il momento di un altro trasferimento. Odiava con tutta se stessa quella tunica. Era bollente, puzzava di piscio e di sudore, chissà di che diavolo altro. Cacchio, anche *lei* puzzava; non poteva certo chiedere di farsi una doccia, nel bel mezzo del deserto.

Cambiare tenda significava maggiore incertezza. Ormai era nella stessa tenda da tre notti, nella sua condizione le sembrava un'eternità. Penelope trattenne il fiato e si infilò dalla testa quell'indumento così malconcio, proprio come pretendeva quell'uomo, sperando intensamente che potesse tutto finire presto... il prima possibile, meglio se con il suo rientro a casa, invece che con la sua testa che le veniva staccata dal collo e veniva gettata a rotolare sulla sabbia.

CAPITOLO CINQUE

Sono passati due mesi da quando Penelope Turner è stata rapita dai terroristi dell'ISIS. Cittadina americana, la Turner partecipava a una missione umanitaria nel campo rifugiati di Cizre, in Turchia. Migliaia di siriani hanno attraversato la frontiera per tentare di sfuggire ai molti gruppi terroristici che stanno cercando di fare pulizia etnica in Siria.

Il gruppo formato dal sergente Turner e da altri tre uomini è stato preso di sorpresa durante una ricognizione di routine del campo. Ricorderete che Thomas Black ed Henry White sono stati decapitati e crocefissi, mentre Robert Wilson è stato bruciato vivo.

Ci sono giunte notizie contrastanti sui possibili nascondigli in cui la Turner è tenuta prigioniera, ma fonti governative USA stanno esaminando eventuali interventi per liberarla. Tutti gli sforzi per cercare di ottenere maggiori informazioni sul suo possibile salvataggio sono stati ignorati o respinti dal Direttore delle Comunicazioni della Casa Bianca.

Il fratello di Penelope è in prima linea nel richiedere l'inter-

vento di truppe in Siria per andare alla ricerca di sua sorella. Una petizione online ha già raccolto oltre centomila firme, è un appello al presidente perché faccia qualcosa per recuperare la Turner.

Il video di Cade Turner che viene intervistato dalla nostra filiale di San Antonio, Texas, è andato virale dopo la messa in onda. Gli americani in ogni parte del paese si sono sentiti toccati dalle sue impressionanti parole: "Bene, non si tratta con i terroristi, allora andate direttamente a portarla in salvo, BIIIP." La dichiarazione di Cade è finita stampata su magliette, su adesivi per auto, perfino su poster. L'America vuole che Penelope Turner torni a casa.

Non è stato ricevuto alcun video del sergente Turner dall'ultimo, trasmesso due settimane fa.

————

Caroline teneva sulle ginocchia John e lo coccolava, mentre Brinique e Davis cercavano di far divertire Sara. Guardare le due bimbe, una di cinque anni, l'altra di sei, che giocavano con Sara, due anni, faceva tenerezza, era un vero spasso.

"Come te la cavi, Jess?" chiese Alabama alla sua amica.

"Tutto bene, grazie. Caroline, grazie per aver accettato di ospitarmi per qualche giorno."

"Nessun problema. Sai che sono contentissima di avervi qui."

"Pensi che stiano bene?"

Sapevano bene tutte di chi stesse parlando Jess.

"Sì. Sono sicura che stanno bene," rispose Caroline, cercando di tranquillizzare le amiche.

"È solo che... Kason era più preoccupato del solito, prima di questa missione."

"Anche Christopher. Dovremmo preoccuparci anche noi?" Alabama parlò a voce molto bassa per non farsi sentire dalle figlie.

Caroline voleva condividere con le sue amiche i suoi sospetti, ma li tenne per sé: sapeva che Matthew avrebbe preferito così. "No. I nostri uomini sono dei professionisti, sanno quello che fanno. Se ce ne stessimo qui a piangere ogni volta che vanno in missione, se la prenderebbero. Non è la prima volta e ce la siamo sempre cavata, in passato. Ora è la stessa cosa."

Le altre due annuirono, pur non sembrando molto convinte.

"Oggi dovremmo uscire e andare a divertirci," propose Caroline con decisione.

"Devo andare a controllare il bar. Oggi Fiona lavora, potremmo andare a trovarla."

"Perfetto!" esclamò Caroline. "Sono felicissima per te, ti meritavi veramente di diventare manager, quando il signor Davis è andato in pensione."

"Mi ha detto che se va tutto bene potrebbe anche vendermi il locale," raccontò Jessyka alle amiche.

"Santo cielo, è fantastico!" Alabama si alzò e abbracciò Jess. "Quando pensavi di dircelo? Lo sa già qualcuno?"

"Beh, Fiona lo sa bene. Per forza, lei è la vice manager."

"Bravissima, vediamo se riusciamo a preparare bimbi

e bimbe in meno di un'ora. Mamma cara, non credevo proprio ci volesse così tanto tempo per uscire di casa, con i figli al traino," disse Alabama, fingendo di lagnarsi.

"Serve anche più tempo, a *questa* età," disse Jess, indicando i suoi due figli. "Io ormai sono arrivata al punto di lasciare che Sara indossi tutto ciò che vuole. È molto più semplice che discuterne con lei. Poi credetemi, discutere con una bimba di due anni significa non vincere mai!"

Risero tutte e poi si alzarono per prepararsi.

Un'ora dopo, il gruppetto stava entrando all'*Aces*. Era alquanto presto, molti clienti stavano ancora pranzando, non girava ancora molto alcol. Caroline sapeva che Alabama non avrebbe portato le sue figlie nel locale, se ci fosse stato anche il minimo rischio di metterle di fronte a spettacoli inappropriati.

"Fiiiiiiiiiii!" gridò Sara, trotterellando nel locale per raggiungere la sua babysitter preferita.

Fiona fece capolino dalla porta dell'ufficio in fondo al corridoio e rise, vedendo Sara che pian piano le correva incontro a braccia spalancate. Prese in braccio la piccola evitando che potesse cadere e la fece piroettare in tondo, prima di appoggiarsela sul fianco. "Ciao, bellissima, cosa ci fate qui oggi tu, la tua mamma e tuo fratello?"

"Un gio!"

"Un giro, eh?" Fiona rise e guardò Jess, che si stava incamminando col suo passo unico lungo il corridoio, verso di lei.

"Caroline ha deciso che avevamo bisogno di una boccata d'aria, quindi eccoci qua."

"Beh, sono contenta di vedervi. Anch'io ho bisogno di una pausa. A forza di guardare numeri mi si incrociano gli occhi!"

"Ho detto loro del locale," disse Jess all'amica.

"Ottimo. Era ora! Sono contente per te, vero?"

Jess sorrise. "Sì, è così. Dai, fai una pausa con noi, di sicuro Alabama prenderà del gelato per Brinique e Davisa, poi se lascio John con Caroline per troppo tempo ho paura che me lo rubi."

Le due amiche risero alla solita battuta di Jess, mentre tornavano nel salone principale per unirsi alle altre.

Dopo essere state insieme per un poco, ridendo agli scherzi tra le bimbe, dopo aver commentato dicendo che bravo bambino era John, Jess si alzò per andare un attimo in bagno.

Caroline passò John a Fiona e seguì Jess, giusto per controllare che stesse bene. La trovò in ginocchio davanti a una tazza, aveva appena rigurgitato lo spuntino delizioso che aveva mangiato poco prima.

"Santo cielo, stai bene?"

"Merda, Caroline, son messa male."

"Come? Ma sei malata? Devi andare dal medico?"

Jess sbuffò e si sedette sui talloni, pulendosi la bocca. "No, non sono malata nel senso che dici tu."

Caroline sembrò capire all'improvviso. "Cavolo, ma sei incinta un'altra volta?"

"Eh sì, penso di sì. Non ho ancora controllato, non ho fatto il test, ho cominciato a sentire nausea ieri e oggi. Ma ormai riconosco i sintomi. Anche se mi sembra di essere l'unica donna al mondo a cui viene la nausea al pomeriggio invece che al mattino."

Caroline ridacchiò, non riuscì a trattenersi, poi rise sonoramente quando Jess la guardò dal basso all'alto, accovacciata per terra. "Dai, lascia che ti aiuti." Caroline le porse una mano e fu sollevata quando Jess gliel'afferrò. Con l'aiuto di Caroline, Jess si tirò su in piedi. "Non ho mai conosciuto una coppia fertile quanto te e Kason."

"Lo so, vien quasi da ridere. Ci eravamo detti che avremmo aspettato un po' di tempo, dopo la nascita di John, prima di pensare a un fratellino o a una sorellina."

"Poi cos'è successo?"

Jess guardò storto Caroline, fissandola mentre Caroline si metteva a ridere. "Ah già, i nostri uomini sono davvero assatanati, non è vero?"

"Aveva promesso di usare sempre il profilattico, perché sa che la pillola mi fa star male, mi gonfia e mi sballa l'umore di continuo," brontolò Jess. "Ma poi tu ci hai fatto un'offerta nobile, quando hai tenuto John e Sara per tutto il weekend. La prima notte siamo stati molto attenti, ma durante il fine settimana ci siamo un po' lasciati andare... così eccomi qua."

Caroline abbracciò Jessyka con grande trasporto. "Allora congratulazioni, amica mia."

"Devo controllare, mi serve un test per averne la certezza, ma mi sento piuttosto sicura. Conosco bene questa sensazione." Jess si mise una mano sulla pancia, aveva ancora qualche chilo in più che non era riuscita a perdere, dopo aver partorito John. "Per quanto mi faccia impazzire, devo dire che sono contenta. Se potessi, darei a Kason un milione di bambini."

"Magari un milione è un po' troppo, ma sei fuori? Se vuoi fissare un appuntamento dal medico, sai che sono disponibile, sia per tenerti i bambini che per starti vicina."

"Vorrei tanto che Kason fosse qui."

"Lo so, ma vedrai che andrà tutto bene. Noi mogli di militari dei SEAL siamo così: continuiamo a tener duro mentre i nostri uomini sono in missione per salvare il mondo. Puoi sempre concentrarti su come vuoi far sapere a Kason che sarà padre... ancora, quando torna a casa."

Jess andò a lavarsi le mani e si spruzzò dell'acqua anche intorno alla bocca. "Hai ragione. Siamo donne forti e caparbie, non abbiamo bisogno di un uomo al fianco in ogni momento."

"Puoi dirlo forte. Non penserai che possa tenere questo segreto con le altre, vero?"

Jess sorrise. "Vuoi dirmi che non hai già trasmesso loro dei segnali telepatici per farglielo sapere? Mi deludi proprio."

"Ehi, so tenere un segreto."

"Sì, sì."

"Davvero."

Jess sorrise all'amica. "Caroline, non mi dispiace affatto se glielo dici. Dillo a tutti. In questo momento la mia vita è felicissima, tanto che mi sembra quasi ingiusto nei confronti degli altri."

Al che fu Caroline a sorridere. "Cercherò di control-larmi così potrai dirlo tu alle altre, ma sarà meglio che cominci subito con Alabama e Fiona, che ci stanno aspettando al tavolo."

Si presero sottobraccio e tornarono nel locale per dire alle loro amiche che nel giro di sette mesi sarebbe arrivato un altro cucciolo nella famiglia Sawyer.

CAPITOLO SEI

I sospiri esasperati dei SEAL comunicavano la loro irritazione per la situazione in cui si trovavano. Si trovavano in quel campo di rifugiati dimenticato da Dio ormai già da sette giorni e non avevano alcuna traccia di Penelope Turner o di qualcuno che potesse minimamente somigliarle. Certo, cercare di trovare qualcuno in quell'enorme tendopoli era come cercare un ago in un pagliaio. Avevano trovato un sacco di corruzione e di criminalità, ma avevano dovuto ignorare quel pantano per concentrarsi solo sulla missione.

Wolf sapeva che quella ricerca frustrante aveva i suoi effetti sul morale dei suoi uomini. Dude voleva sbrigarsi a trovare Penelope, non solo per tirarla fuori da quella situazione, ma anche per tornare presto a casa da Cheyenne. Da casa non era arrivata alcuna notizia, speravano tutti che non fosse entrata troppo presto in travaglio e che non avesse ancora partorito la figlia.

Abe si chiedeva come stessero Brinique e Davisa, si preoccupava che il peso fosse eccessivo da sopportare, per Alabama. Benny era più o meno dello stesso stato d'animo, si preoccupava per Jessyka, che aveva fin troppo da fare, con i due figli piccoli, più la gestione dell'*Aces*.

Erano tutti concentrati sulla missione in tutto e per tutto, ma non potevano allontanare la preoccupazione per le loro donne e per i figli, rimasti a casa.

Ma in cima ai pensieri di tutti c'era Penelope Turner. Il campo rifugiati era un vero inferno in cui imperavano gli uomini, un luogo sporco, terribilmente caldo, un luogo in cui la minaccia della violenza pendeva sempre, come una bomba con un lento timer che ogni secondo di più si avvicinava all'esplosione. Era evidente che in qualunque momento poteva scatenarsi un inferno. Un po' tutti trattenevano il fiato, ben sapendo di non poter andare avanti così per sempre. Il pensiero che Penelope, o che qualunque donna in condizioni vulnerabili, si trovasse nel mezzo di quel pandemonio faceva venire a tutti il voltastomaco.

Nel campo si aggiravano furtivamente, special- mente di notte, quelle che Wolf chiamava "bande di vagabondi". Erano sempre alla ricerca di persone deboli e vulnerabili, rubavano tutto il cibo che potevano trovare; se qualcuno di questi banditi era dell'umore sbagliato, poteva anche violentare le donne che incon- trava; non si salvava nessuna, dalle ragazzine alle donne anziane.

Gli uomini della squadra non sapevano minima- mente se Penelope era ancora viva, se subiva lo stesso destino di molte altre donne nel campo. Non si era sentito parlare di un altro video, quindi si dubitava persino che potesse ancora essere viva, che potesse trovarsi ancora nel campo.

Due giorni prima, era arrivata un'altra squadra di SEAL che si era aggiunta alla ricerca del sergente rapito; Wolf aveva accolto con grande gioia i rinforzi. Ogni aiuto era indispensabile. L'altra squadra era di stanza in Virginia e si era unita alla missione su raccomandazione di Tex. Le due squadre avevano già lavorato insieme, si conoscevano, erano estremamente competenti. Wolf non conosceva tutti gli altri personalmente, ma ciò che aveva visto, in mezzo al deserto, gli aveva lasciato un'ottima impressione.

Le squadre si erano divise ulteriormente e setacciavano il campo di rifugiati alla ricerca di Penelope. Il campo era enorme, il loro compito era reso ancora più complicato dal fatto che moltissime donne indossavano il burka. Wolf aveva scoperto che molte donne indossavano quell'abito, che le copriva dalla testa ai piedi, solo per proteggersi dagli uomini che razziavano il campo alla ricerca di vittime, più che per una scelta religiosa.

Cercavano tracce di un gruppo di uomini con una donna sola, molto probabilmente coperta dalla testa ai piedi, una donna bassa, almeno rispetto agli uomini delle squadre. Era tutto ciò che sapevano. Sarebbe stato strano trovare una donna sola con un gruppo di uomini, anche perché tra i musulmani la tendenza era che gli uomini passassero il tempo con altri uomini, le donne con altre donne. Le donne si occupavano delle faccende, rimanendo intorno alle tende, mentre gli uomini si trovavano in giro a parlare, o a cercare da mangiare per le famiglie o per i clan.

Per fortuna, un SEAL dell'altra squadra, Rocco, parlava turco. Quel giorno stavano cercando di scoprire che informazioni potessero racimolare da alcuni uomini con cui avevano fatto amicizia, nelle loro vesti di operatori umanitari. Wolf sapeva che molti dei siriani con cui erano entrati in contatto si erano fatti una certa idea e sapevano che gli americani non erano chi dicevano di essere; nonostante ciò, erano stati fortunati e non avevano avuto problemi, ma quella fortuna si sarebbe esaurita, prima o poi.

Se l'ISIS avesse intuito che nel campo c'erano delle squadre speciali, dei SEAL della marina, che cercavano Penelope e chi la teneva prigioniera, molto probabilmente l'avrebbero uccisa e sarebbero scappati, oppure l'avrebbero portata via, magari per ucciderla più avanti, in modo orribile e pubblicamente, per ritorsione. Fino a quel momento, i terroristi si erano sentiti al sicuro, confusi nell'anonimato nel campo di rifugiati.

Le due squadre di SEAL sapevano che il tempo disponibile per trovare Penelope e riportarla a casa viva stava per esaurirsi.

Ace e Gumby, due uomini della squadra della Virginia, erano attualmente in perlustrazione nel campo insieme a Cookie e Dude. Si erano presi il turno di notte, avevano in dotazione occhiali per la visione notturna, ma indossandoli si sarebbero esposti troppo palesemente, quindi avevano deciso di evitare; anche se ormai stavano arrivando al punto di decidere di usarli, dato che non avevano trovato alcun indizio e la mancanza di passi avanti stava frustrando un po' tutti.

Gli uomini dovevano comunicare agli altri via radio

la loro posizione ed eventuali movimenti sospetti. Uno degli uomini rimasti nella tenda (ormai la chiamavano la tenda di comando, o TdC) prendeva appunti e segnava su una enorme fotografia aerea le zone del campo perlustrate e quelle in cui si rilevavano attività sospette, per tornare a controllare un'altra notte o anche durante il giorno, con la luce del sole.

La radio gracchiò. Abe e un vietnamita di nome Ho Chi Mien (anche lui dell'altra squadra di SEAL) erano in ascolto alla radio, mentre gli altri si godevano una notte di sonno, di cui avevano molto bisogno.

"Rover uno a TdC." La voce di Gumby era tranquilla, non troppo forte. Era il tono di voce adatto alle comunicazioni via radio, serviva a non attirare troppo l'attenzione. Nel campo c'era qualcuno disposto a uccidere, pur di mettere le mani sulle radio altamente tecnologiche in dotazione alle squadre.

"Qua TdC, avanti."

"Trovato un pezzo di tessuto rosa strappato, coordinate LG3777633131."

"Stesso tipo del precedente?" chiese Ho Chi Mien.

"Roger."

Abe si alzò per andare a svegliare Wolf. Era il secondo pezzo di tessuto rosa che le squadre trovavano, era impossibile che fosse una coincidenza. In primo luogo, non c'erano molti tessuti rosa in circolazione; in secondo luogo, era molto improbabile che dei pezzi di tessuto svolazzassero a caso per il campo. Doveva per forza essere un indizio. Fino a quel momento erano sempre tornati a mani vuote; un'anomalia di qualunque tipo, per quanto minima, era sufficiente per mettere di buon umore e per dare qualche speranza.

"Wolf!" Abe lo chiamò sottovoce, senza toccarlo, cercando di svegliarlo solo con la voce. "Gumby ha trovato un indizio."

"Eccomi. Che indizio?" chiese Wolf, mettendosi in piedi, subito attento. La capacità di dormire, riuscendo in un attimo a svegliarsi completamente, era un'abilità che poteva salvare le loro vite, l'avevano tutti acquisita negli anni. Quando erano a casa, quel perenne stato di all'erta tendeva a svanire, ma appena tornavano in missione lo recuperavano senza perdere tempo.

"Uno scampolo rosa." Abe non ebbe bisogno di dire altro.

"Coordinate?"

Si incamminarono insieme verso il tavolo, dove Ho Chi Mien stava contrassegnando il punto in cui Gumby aveva trovato l'indizio.

"Sembra nello stesso macrosettore dell'altro."

Abe guardò Wolf. "Cazzo, ci sta lasciando degli indizi."

"Non esageriamo con le speranze, non è detto che sia lei," lo avvertì Wolf, anche se ovviamente era molto contento di quello sviluppo.

"Sì, non è detto, ma è molto più di quanto avessimo un'ora fa."

Wolf annuì e si mise a esaminare la mappa.

"I vostri si stanno dirigendo verso Gumby ed Ace per vedere cos'altro possono trovare in quella zona," disse Ho Chi Mien sottovoce.

Wolf annuì. "Ottimo. A questo punto, qualunque

indizio è sempre meglio del nulla che avevamo. Domani mandiamo più squadre a cercare alla luce del sole. So che Rocco è rimasto sveglio fino a tardi, ieri sera, per parlare con degli uomini, ma dobbiamo mandarlo da quelle parti a vedere cosa sanno le persone che stanno in quel settore."

"Nessun problema," rispose subito Ho Chi Mien. "Ormai è diventata una faccenda personale."

"Anche per noi," confermò Abe.

"Non facciamo altro che pensare alle nostre compagne, che ci aspettano a casa," continuò Ho Chi Mien. "Come staremmo, se Penelope fosse la nostra ragazza, o nostra figlia, nostra sorella? Suo fratello non è certo da biasimare, per aver creato il polverone che ha sollevato."

"Ci siamo persi qualcosa?" domandò Wolf, che ovviamente non sapeva di che stesse parlando Ho Chi Mien, nel fare riferimento al fratello della soldatessa rapita.

"Le ultime notizie dicono che c'è una petizione online con oltre duecentomila firme per chiedere al presidente di intervenire, di fare qualcosa per salvarla."

Wolf ridacchiò sommessamente. "Infatti siamo qui proprio per fare qualcosa."

"Eh già. Quel tipo è comparso su tutti i telegiornali, ha dato interviste per parlare a tutto il mondo di sua sorella. Sembrano molto vicini; è molto agitato perché non riusciamo a trovarla."

Abe scosse la testa alle parole dell'altro SEAL. Agitato. Già, riassumeva un po' lo stato d'animo di tutti. "Va bene, allora ipotizziamo che il nostro bersaglio *sia* qui. Comunque non vuol dire che siamo più vicini a trovarla di quanto non lo fossimo prima."

"Sì, è vero, ma almeno adesso sappiamo cosa stiamo cercando, è già qualcosa. Sappiamo che ci sta lasciando degli indizi, possiamo cercare di scoprire se c'è uno schema. Ci scommetto quello che vuoi, questi qua la stanno spostando in cerchi, usano sempre gli stessi nascondigli. Se troviamo abbastanza indizi da capire che schema seguono, possiamo trovare il sergente," disse Wolf al suo amico e commilitone.

Abe annuì. "È un'ipotesi remota, ma al momento è tutto ciò che abbiamo."

———

Penelope sospirò frustrata. Aveva caldo, era stanca e annoiata. Le sembrava una pazzia, pensare alla noia, eppure si sentiva così. Non faceva nulla tutto il giorno. Per rimanere in forma, cercava di fare delle flessioni e degli addominali durante il giorno, ma sentiva comunque che il suo fisico si stava indebolendo, il che la irritava e la spaventava allo stesso tempo. Senza la sua forza fisica, rischiava di ridurre al minimo le sue possibilità di fuga, al momento opportuno.

Di solito, i rapitori le portavano qualcosa da mangiare la mattina, una crosta di pane rinsecchita, degli spiedini di carne di origine misteriosa; avrebbe voluto rifiutare quei pasti, però sapeva di non avere scelta. L'acqua era disgustosa, ma anche in quello non aveva scelta, doveva bere per idratarsi. Era già al limite della disidratazione, rifiutarsi di bere sarebbe stato un suicidio annunciato.

I suoi carcerieri stavano preparando qualcosa, ma Penelope non sapeva cosa. Non sapeva minimamente se qualcuno la stava cercando, ma conosceva molto bene il fratello e sperava che in qualche modo le ricerche si fossero avviate. Lei avrebbe fatto lo stesso per Cade, suo fratello, quindi immaginava che anche lui non si sarebbe dato tregua se non dopo averla ritrovata, viva o morta.

Erano molto vicini e non avevano molti anni di differenza; Penelope si ricordava che da bambini lo rincorreva spesso per gioco... e lui si divertiva a farsi prendere. Giocavano spesso insieme anche da ragazzi, solo loro due. Uno dei giochi che lei si ricordava meglio era un gioco chiamato "Guerra". C'era un campo vicino a casa dove andavano a nascondersi, si mettevano dietro ai cespugli, pancia a terra e fingevano che nel campo ci fossero dei cattivoni che li cercavano. Cade giocava senza problemi con la sua sorellina, senza curarsi del fatto che era una ragazza.

Crescendo, avevano smesso di giocare, ma Cade non aveva mai smesso di amarla e di sostenerla. Era per lui che Penelope aveva fatto così tanta strada nei vigili del fuoco. Grazie a lui, i colleghi pompieri la sostenevano e si fidavano di lei, affidandole la loro vita. Grazie all'incoraggiamento continuo e incondizionato di Cade nei confronti di Penelope, lei si era fatta forza, riuscendo a resistere anche nella situazione così drammatica in cui si trovava: sapeva bene che lui avrebbe fatto tutto ciò che poteva per trovarla.

Quindi aveva cominciato ad abbandonare dei pezzi

di sé ogni volta che poteva. Si era tolta le mutandine, che comunque erano ormai in uno stato pietoso, e ne aveva strappato le cuciture. Un tempo, erano state le sue mutandine preferite. Forse era stata stupida fin dall'inizio, a portare un indumento così femminile in una missione militare, ma del resto lei aveva sempre cercato di mantenere vivo e vegeto anche il suo lato femminile, anche sotto l'uniforme. Anche se lavorava in un ambiente in cui predominavano gli uomini (beh, per la precisione due uomini), col cavolo che avrebbe lasciato perdere del tutto la propria femminilità. Aveva nascosto quel tessuto sotto la tunica che i suoi rapitori le facevano sempre indossare; dato che fino a quel momento non avevano mostrato alcun interesse per violentarla, quel tessuto era passato inosservato.

Penelope aveva sparso in giro dei brandelli di tessuto, come i sassolini di Pollicino. Da piccola ascoltava sempre la favola di Pollicino. Sperava solo che il vento non se li fosse portati via, sarebbe stato un brutto tiro del destino.

Non sapeva chi potesse essere alla sua ricerca, sempre che qualcuno la stesse cercando, ma sperava con tutto il cuore che si trattasse di persone intelligenti, furbe, osservatrici. I posti in cui la portavano si somigliavano tutti, ma dopo aver lasciato in giro abbastanza brandelli e dopo essere stata spostata varie volte, si era accorta di aver ritrovato un brandello lasciato in precedenza.

Quei bastardi utilizzavano sempre le stesse tende. Continuavano a muoverla, sì, ma tornavano sempre nelle stesse tende. Quella scoperta le dava la speranza che qualcuno notasse i suoi segnali e la trovasse. Doveva solo aspettare, anche se Penelope non sapeva davvero quanto tempo le rimanesse, sperava solo di avere abbastanza tempo, perché qualcuno intercettasse gli indizi che stava spargendo per il campo.

"In piedi. Andiamo."

Furono parole secche, forti e con un accento marcato. Penelope saltò in piedi. Dannazione, era così immersa nei suoi pensieri che non aveva sentito quell'uomo entrare nella tenda. Che situazione merdosa, rischiava di farsi ammazzare. Si alzò in piedi e prese la tunica che quell'uomo le aveva gettato. La indossò rapidamente e sussultò, quando quel tipo l'afferrò per il braccio, trascinandola fuori.

La costrinse a marciare verso un gruppo di uomini che chiacchieravano agitati, sembravano molto presi dall'entusiasmo. Cacchio, era finita? Era giunta la sua ora? La stavano portando al patibolo, per tagliarle la testa? La morte non le faceva paura, ma sapere che l'avrebbero registrata, e che il video sarebbe stato trasmesso al mondo intero (incluso suo fratello) la spaventava a morte. Non voleva che l'ultima immagine di sé impressa nella memoria di Cade fosse la sua testa che le rotolava via dal collo, cadendo a terra.

Nessuno le disse nulla, la circondarono, poi si addentrarono nei meandri del campo per rifugiati. Penelope cercò di riconoscere quei luoghi, cercò di capire dove la portassero, dove fossero diretti, ma era impossibile. Il gruppo infine si fermò davanti a un camion enorme, Penelope fu spinta sul retro del camion e tutti gli altri ci salirono con lei.

Il camion era un modello vecchio a due assi... era enorme, la cabina sembrava una motrice, il rimorchio sembrava quasi un enorme pickup. Il retro era coperto con un telo, un materiale molto simile a quello delle tende, sopra c'erano due panche. Sembrava un veicolo militare adattato al trasporto di tanti passeggeri. Gli uomini si sedettero sulle panche, poi in fondo al camion, con la schiena rivolta alla cabina, vide un uomo bendato, indossava una strana uniforme e aveva le mani legate dietro la schiena.

Nel camion c'erano già altri sei uomini, quando il gruppetto saltò a bordo; ognuno dei sei impugnava un fucile d'assalto AK-47. Nessuno le parlò, ma parlavano molto tra loro. Penelope non aveva idea di cosa dicessero, ma aveva un pessimo presentimento su quanto stava per accadere.

Guardò l'uomo bendato, sperando con tutto l'animo che sopravvivessero entrambi.

CAPITOLO SETTE

È apparso un altro video di Penelope Turner, la prigioniera americana rapita dall'ISIS, che ha pubblicato su internet il video la notte scorsa. Nel video si vede un soldato australiano condotto in una località sconosciuta e costretto ad appoggiarsi su una roccia enorme. Il soldato era bendato e aveva le mani legate dietro la schiena.

Il governo australiano ha fatto sapere di aver identificato il soldato come Thomas Bauer, un tenente dell'esercito sparito da due giorni; sembra sia stato rapito nello stesso campo rifugiati in cui lavoravano anche la Turner e gli altri americani assassinati. Reagendo ai molti rapimenti e alle uccisioni, vari paesi hanno interrotto gli sforzi umanitari nella regione e hanno iniziato a ritirare le truppe in sordina.

Nel video, Bauer non dice nulla e viene decapitato dopo che un uomo mascherato ha letto un comunicato in un dialetto arabo del posto. Subito dopo l'assassinio, una donna (sembra sia Penelope Turner) legge una lunga lettera, probabilmente scritta dai terroristi, in cui si denuncia la collaborazione dell'Australia con l'Occidente, in particolare con gli Stati Uniti, e in cui si avverte che ci saranno altri rapimenti e altre decapitazioni, tutto in nome di Allah.

Vari gruppi religiosi islamici della zona di Washington DC si sono trovati per una marcia pacifica, per mostrare agli USA e al mondo intero che l'Islam non predica odio, per mostrare di non supportare ciò che l'ISIS sta facendo in nome di Dio.

Cade Turner, il fratello del sergente Turner, la donna rapita, stasera sarà ospite di una diretta di un'ora in cui discuterà questo sviluppo cercando di capire cosa significherà per sua sorella.

———

Caroline era seduta a casa, impietrita, che guardava la televisione. Stava cercando di seguire il caso della soldatessa americana rapita, ma ogni volta che vedeva o sentiva delle notizie, le veniva una stretta allo stomaco. Sotto sotto, sapeva che i suoi amici erano andati in missione per cercare di trovarla. Caroline stava malissimo, al pensiero del fratello di quella donna, che andava spesso ospite ai telegiornali o in altri spettacoli televisivi. Caroline sperava di cuore che Matthew e gli altri la riportassero a casa, ma con un po' di egoismo sperava anche solo che il suo uomo tornasse a casa sano e salvo.

Non poteva parlare di nulla, di ciò che pensava stesse succedendo, di dove immaginava fossero andati in missione gli uomini della squadra; non poteva dire nulla alle altre, anche per non farle preoccupare, ma tenersi tutto dentro la lacerava.

Il telefono squillò, facendola saltare dallo spavento.

Caroline rise un poco, silenziò il televisore e rispose al telefono.

"Pronto?"

"Ciao Caroline, sono Melody, come va?"

"Melody! Sono contenta di sentirti! Va bene. Come state tu, Tex e Akilah?"

"Stiamo bene. Tex è riuscito a trovare uno psicologo che parla arabo. Penso che la stia aiutando molto."

"Ma è fantastico. Devo assolutamente fare un giro per venire dalle vostre parti, ho voglia di vedervi. Diamine, negli ultimi due anni non ci sono stati drammi, mi manca parlare con Tex."

"Gli dirò di farsi sentire più spesso." Melody fece una pausa, poi chiese: "Come state tutte? Come te la cavi *tu*?"

"È difficile. Matthew mi manca tantissimo, Cheyenne dovrebbe partorire da un giorno all'altro, quindi è stressatissima, mai stata così tanto. Ovviamente stiamo tutte cercando di nascondere la tensione, ma ce la caviamo da schifo."

Melody rise appena. "Se può farti sentire meglio, sappi che Tex è rintanato in cantina coi suoi computer da due settimane, da quando sono andati in missione."

Caroline sospirò. "Beh, in realtà sì, mi fa sentire meglio. Sapere che Tex è sempre pronto e che... dovunque siano... i ragazzi sanno che lui li segue, che li controlla, mi fa sentire meglio."

"Anche te."

"Come?"

"Segue anche te, anche le altre."

"Apprezzo anche questo. Dopo tutte le traversie che abbiamo dovuto affrontare in passato, è meglio così."

"Volevo dirti che Tex saprà quando Cheyenne viene portata in ospedale, quindi può passar voce agli altri. Quando comincia il travaglio, non preoccuparti di contattare il comandante Hurt, ci pensa Tex."

"Grazie. Ricordati di ringraziare anche Tex."

"Sai che lo farò."

"Melody, hai seguito i notiziari?" Caroline sapeva di muoversi su un terreno pericoloso, ma in fondo Melody non era sposata con un SEAL, almeno tecnicamente (dopo tutto Tex era congedato), quindi non le sembrava di infrangere la regola non scritta, almeno non gravemente quanto se avesse condiviso le sue preoccupazioni con le altre, che vivevano con lei in California. Caroline non era una SEAL, quindi non aveva alcun obbligo di tenersi per sé le sue ipotesi su dove fossero gli uomini in missione, ma voleva risparmiare troppi pensieri alle amiche, che avevano già abbastanza a cui pensare, quindi decise di aprirsi con Melody.

"Sì. Cosa in particolare?"

"Penelope Turner."

"Ah."

Caroline attese che Melody dicesse qualcos'altro.

"Situazione delicata."

"Pensi che la troveranno?"

"Sì. Se c'è qualcuno che può trovarla, sono proprio loro."

Eccola. Una conferma in più che ciò che aveva immaginato Caroline era vero. Tex molto probabilmente non confidava a Melody ogni dettaglio, era una delle persone più riservate che Caroline conoscesse, ma Melody era una donna intelligente e Caroline lo sapeva. Potevano entrambe leggere tra le righe allo stesso modo. I loro uomini *erano* in Turchia e *stavano* cercando la soldatessa rapita. Molto probabilmente *erano* in grave pericolo. Al solo pensiero che l'ISIS mettesse le mani su un SEAL, Caroline rabbrividì terrorizzata.

"Ho paura, Melody," le sussurrò, come se bastasse pronunciare quelle parole a voce alta per far succedere qualcosa di orribile.

"Anch'io. Ma tu la nascondi bene. Sei il collante che tiene unite tutte le altre, Caroline, si appoggiano tutte a te, sei la loro roccia."

"Lo so," sussurrò Caroline. "Però non sono sicura di meritarmelo."

"Ma certo che te lo meriti. Sai come faccio a saperlo?"

"Come?"

"Lo so perché anche tu sei molto spaventata, eppure non ti lasci andare. Vai al lavoro, tieni i bambini, esci con le altre per tenerle impegnate e per distrarle, così non pensano agli uomini in missione. Probabilmente sei diventata anche la nuova preparatrice di Cheyenne, per le respirazioni, dato che Dude non c'è... non è vero?" Melody non aspettò che Caroline le rispondesse. "Sono le *tue* amiche e nulla intaccherà il vostro gruppo, finché ci sei tu." Non era una domanda.

"Ma io *ho* paura."

"Ma certo che hai paura. Se non avessi paura, mi preoccuperei per te."

"Matthew è la *mia* roccia. Dipendo da lui, mi

appoggio a lui. Se resisto alla sua lontananza è solo perché so che tornerà, solo così posso farmi scivolare addosso le mie preoccupazioni, le mie responsabilità. So che poi lui prende tutto in mano... ma stavolta..."

"No, non dire nulla."

"Ma..."

"No, dico sul serio, Caroline. Non puoi pensare negativo. Mai. Allora adesso ti dico cosa so. La roccia *sei tu*. Tu pensi solo a Matthew perché è la tua anima gemella, ma in realtà *sei tu* la sua roccia. Ti ricordi quando ti hanno rapita? Santo cielo, Caroline, ti hanno picchiata, ti hanno sparato e ti hanno lasciata nell'oceano a morire. Invece tu hai reagito, ti sei aggrappata alla vita, per Matthew. Non pensi che avrebbe smosso mari e monti per riaverti con sé?"

Caroline si lasciò sfuggire un sorriso, poi riprese con forza il controllo. Melody aveva ragione. "Proprio così."

"Ma certo che è così."

Caroline fece una risatina. "Allora quando vieni a trovarci?"

"In realtà ti chiamavo proprio per questo. In pratica Tex mi ha ordinato di andarmene di casa. Vorrei venire a trovarvi, porto anche Akilah, se è possibile."

"Ma certo, cacchio, mi farebbe tanto piacere vedervi. L'appartamento nello scantinato è sempre a vostra disposizione."

"Grazie. Speravo proprio che non ci fossero problemi, anche perché Tex ci ha già comprato i biglietti."

Risero entrambe. "Sono contenta di rivederti presto,

Mel," disse Caroline spontaneamente. "Mi fa proprio comodo anche per distrarmi."

"Eccomi qua... distrazione in persona, in arrivo."

"Grazie. Fammi sapere i dettagli e di sicuro sarò in aeroporto ad aspettarvi. Lo dico anche alle altre. Così forse Cheyenne si impegnerà a tenere duro qualche giorno in più, anche se non sono sicura che Faulkner possa tornare in tempo a casa."

"Non lo so neanch'io, ma sai, non si sa mai, potrebbero essere fortunati."

CAPITOLO OTTO

Cacchio, potremmo anche essere fortunati, pensò Wolf tra sé mentre perlustrava con Dude la zona in cui era più probabile che Penelope fosse tenuta prigioniera. Dopo l'uccisione del soldato australiano, le squadre di SEAL avevano raddoppiato gli sforzi per trovare qualunque tipo di indizio Penelope potesse lasciarsi dietro. Le forze internazionali presenti nel campo si stavano lentamente ritirando, perché ormai i pericoli stavano diventando eccessivi, rispetto ai vantaggi legati alla loro presenza. L'abbandono delle organizzazioni internazionali rendeva la presenza dei SEAL nel campo ancora più sospetta. Erano gli unici soldati dall'aspetto occidentale, non era una bella situazione, spiccavano nella folla come dei lampioni accesi nel buio della notte.

L'ISIS sfruttava ancora Penelope come portavoce, quei messaggi erano efficacissimi. Wolf lo sapeva, tutti i notiziari non si sarebbero fatti alcun problema a mostrare una donna dall'aspetto fragile e minuto che leggeva le dichiarazioni scritte dai terroristi. Era un espediente fantastico per farsi sentire in tutto il mondo e diffondere il massimo dell'odio.

I SEAL *non* erano ottimisti per la presenza di Penelope all'ultima decapitazione, si erano molto adirati, sentendola leggere con voce tremante le parole d'odio dell'ISIS, subito dopo l'assassinio del soldato australiano. Certo, era una soldatessa ed era addestrata al combattimento, ma era anche una donna: tutti gli uomini delle squadre avrebbero voluto proteggerla da tutto ciò a cui assisteva, da tutto ciò che doveva subire.

Per quanto fosse chiaramente spaventata a morte, stava comunque reggendo. Era una donna furba e intelligente. Erano serviti due giorni a Mozart e a Bubba, un altro dei SEAL di stanza in Virginia, per trovare tutti i piccoli indizi che si era lasciata dietro. Aveva attaccato dei pezzettini di stoffa rosa nella parte bassa del bordo esterno delle tende in cui probabilmente veniva tenuta prigioniera. L'ipotesi era che passasse dall'interno, sotto ai teli, fissando la stoffa in modo che fosse visibile dall'esterno. Non erano indizi ovvi: Bubba era stato il primo a trovarne uno, all'inizio Mozart non era nemmeno sicuro che fosse davvero un indizio.

Ma poi Mozart ne aveva trovato un altro, attaccato dietro a una tenda non molto lontana da quella del primo indizio, quindi si era capito che erano indizi, era come se Penelope stesse gridando a squarciagola: "Sono qui!"

Era servita una settimana per capire che schema ci fosse, per trovare quanti più indizi possibile, ma una volta contrassegnati sulla mappa tutti i punti in cui erano stati trovati i pezzettini di stoffa rosa, lo schema era divenuto chiaro. Non si sapeva per quante notti fosse tenuta nella stessa tenda, probabilmente non era un numero fisso, ma l'impressione era che la spostassero in circolo, tornando sempre nelle stesse tende.

Quella sera, entrambe le squadre erano fuori a perlustrare. Cercavano di trovare la tenda in cui era tenuta prigioniera la Turner, per poi fare un piano, escogitando il modo migliore per liberarla. Volevano trovarla quella notte per intervenire subito il giorno dopo e sottrarla a quei pazzi terroristi.

Cinque squadre di due persone perlustravano il campo, con due uomini nella tenda di comando in attesa di informazioni. Wolf e Dude si avvicinavano lentamente al loro obiettivo. Wolf era convinto ci fosse una buona probabilità che Penelope si trovasse in quella tenda; era di quell'idea perché aveva analizzato tutte le probabilità, le tende in cui era già stata e quando; quella tenda non era usata da nessuno da un paio di giorni. Doveva essere la tenda giusta.

Gli uomini camminavano al buio tra le file di tende del campo, inciampando ogni tanto negli oggetti lasciati per strada; sentivano russare, gemere, sbadigliare, ogni tanto qualcuno che faceva sesso. Raggiunsero la fine della fila di tende in cui stavano cercando quando la luce del mattino cominciò a fare capolino all'orizzonte.

A un certo punto si fermarono, avevano sentito qualcuno nelle vicinanze parlare inglese. Da quando erano arrivati al campo, non avevano sentito nessuno parlare inglese, lo parlavano solo loro, i militari delle squadre. Si fermarono per ascoltare. La voce era appena udibile, irritata; sentirono solo una parte di ciò che diceva.

"Brutti idioti. Cosa... così tanto? Ho lasciato... indizi che li troverebbe anche un bambino... Ma cosa siete, incompetenti o cosa?"

La voce continuò confusa, Wolf e Dude si sorrisero a vicenda. Furono contentissimi di sentire quella voce, doveva essere per forza quella del sergente Penelope Turner; anche se in pratica li stava insultando, a loro non importava. Anzi, tutta quell'energia era una buona notizia. Sarebbe stato molto più facile salvarla, dato che non era stata picchiata e non era terrorizzata. Era molto meglio un soldato incazzato, pronto ad andarsene, rispetto a una donna isterica in lacrime.

"Rover cinque a TdC." La voce con cui Wolf parlò nella radio era bassa, appena udibile.

"Qui TdC."

"Bersaglio individuato."

"Ripeti."

"Bersaglio... individuato... cazzo," scandì Wolf di nuovo alla radio, ormai quasi incapace di contenere l'entusiasmo.

"Segnale poco chiaro, ho sentito bene? Bersaglio individuato? Conferma." Anche la voce di Cookie era appena udibile, ma Wolf poté percepire l'entusiasmo che riempiva quelle poche parole.

"Confermo."

"Capito. Bersaglio individuato, coordinate segnate. Informo altri rover. Chiuso."

Wolf riagganciò la radio alla cintura e fece un cenno a Dude. Poi tornarono furtivamente indietro da dove erano venuti. Odiavano lasciare Penelope in quella tenda, ma avevano elaborato un piano di intervento, non potevano certo muoversi a casaccio. Mai e poi mai avrebbero rischiato di perderla.

L'indomani a quell'ora sarebbero stati tutti in viaggio verso la base delle Forze Speciali a Yuksekova, circa trecento chilometri a est, per poi tornare a casa. Alleluja!

———

Penelope era seduta per terra nell'ultima tenda in cui era stata spostata; piegò le ginocchia e le avvolse con le braccia. Si spostò i capelli dalla faccia, le sembrava di aver ripetuto lo stesso gesto un milione di volte. Avrebbe ammazzato, pur di farsi una doccia. Se qualcuno si fosse messo tra lei e dell'acqua fresca e pulita (fredda o calda ormai non le importava più) sarebbe stata disposta a uccidere a mani nude, pur di potersi lavare. Ma una doccia era esattamente l'opposto di quanto lei si aspettava, tanto che il pensiero non la divertiva nemmeno.

Aveva i capelli unti, rovinati, pieni di nodi, tanto che di sicuro sarebbe servito un miracolo per eliminarli senza doverseli tagliare. Aveva le mani grigie, tanto erano sporche, le unghie erano rovinate, spezzate, piene di sudiciume. Sentiva prurito dappertutto, immaginava di avere persino i pidocchi o qualche altro insetto infestante. Aveva i peli lunghi sulle gambe e sotto le ascelle, tanto che a volte si sentiva un bestione peloso. Ma almeno era viva e aveva intenzione di rimanere viva il più a lungo possibile, sopportando insetti, sporco, peli lunghi tanto da metterla a disagio; avrebbe resistito tutto il tempo necessario per essere salvata.

La prova più difficile da sopportare era la sete. Il calore del deserto e l'aria bollente sotto le tende in cui era rintanata cominciavano a farsi sentire, sfinendola fisicamente. Ormai non sudava nemmeno più; quelle poche volte che aveva cercato di sfogarsi non aveva avuto abbastanza acqua in corpo da poter piangere. La disidratazione le faceva venire spesso i crampi ai muscoli. Penelope sapeva che il suo corpo avrebbe continuato a spegnersi lentamente, senza un maggiore apporto di liquidi. Ormai beveva da settimane dell'acqua di qualità più che discutibile. Le prime settimane era stata male, poi però il suo corpo si era adattato ai microrganismi che abitavano quell'acqua, almeno così si era immaginata. Però non era abbastanza. Non era *mai* abbastanza.

La sera prima, quando l'avevano spostata, c'era qualcosa di diverso. Non aveva visto gli uomini che di solito si occupavano di lei, mentre quelli che l'avevano trasferita erano stati molto più "appiccicosi" di chiunque altro prima di loro. Penelope pensò che non fosse un buon segno per il suo futuro.

Ripensò a suo fratello. Cade non avrebbe mai permesso che il governo la dimenticasse o si arrendesse, ne era sicura. Anche se fosse stata uccisa nel deserto, Cade si sarebbe impegnato per farla ricordare. Diamine, forse avrebbe persino raccolto il consenso necessario per farla mettere nei libri di storia o per farle avere dei riconoscimenti per il suo sacrificio. Penelope capì di essere molto stanca perché non le veniva nemmeno da sorridere, a quel pensiero.

Quando Cade aveva deciso di entrare nei vigili del fuoco, Penelope aveva deciso di seguire le orme del fratello. Lui non si era messo a ridere, non aveva cercato di convincerla a rinunciare, anzi: l'aveva incoraggiata e spronata finché lei non aveva superato ogni prova. Quando poi le era venuto in mente di entrare nella riserva dell'esercito, lui l'aveva di nuovo incoraggiata, dicendole che sarebbe riuscita ad avere successo in qualunque impresa avesse deciso di realizzare nella vita. Cade l'aveva resa una donna migliore, era la persona che lei aveva più voglia di rivedere. Era l'amico migliore che avesse, era *lui* quello che le mancava di più.

Penelope sapeva di non essere una donna particolarmente alta e che per questo tante persone la sottovalutavano. Invece era una donna forte. Beh, almeno *prima* era forte, prima che le togliessero il cibo, che la confinassero, che le impedissero di allenarsi, a parte qualche piegamento e qualche addominale ogni tanto. Non era certo all'apice della bellezza, dopo mesi senza una doccia, era una conseguenza naturale. Ma non si sarebbe arresa. Non avrebbe ceduto, ci sarebbe voluto un proiettile che le spappolasse il cranio, o un machete che le tagliasse la testa, per finirla.

Le venne in mente il soldato australiano, non aveva lottato, non aveva pianto. Si era comportato in modo stoico, quasi rassegnato al fatto che stava per essere ucciso. Penelope non sapeva proprio se anche lei sarebbe stata in grado di mantenere la calma come aveva fatto lui, nel momento di vedere la morte in faccia. Molto più facilmente avrebbe lottato come una bestia fino al momento in cui i suoi carcerieri l'avessero uccisa.

Aveva preso l'abitudine di parlare da sola, se non altro per sentir parlare inglese. "Non mi lamenterò mai più di qualcuno che parla troppo. Non so cosa darei per parlare davvero con qualcuno. Fanculo le mezze parole biascicate che si sentono qui."

Penelope abbassò la testa mettendola tra le ginocchia e cercò di ignorare l'aria bollente che c'era in quella tenda. Quando il sole si alzava all'orizzonte, si alzava anche la temperatura. Dato che non sudava più, le vennero in mente i giorni in cui finiva l'allenamento, o quando terminava l'addestramento, tutta sudata; allora prendeva la sua bottiglia d'acqua e se la scolava per sedare la sete.

Un giorno alla volta. Doveva sopravvivere un giorno alla volta. Qualcuno l'avrebbe trovata. Dovevano trovarla. Stava pian piano perdendo la testa.

CAPITOLO NOVE

Wolf, Abe, Cookie, Mozart, Dude, Benny, insieme ai sei SEAL dell'altra squadra, Rocco, Gumby, Ace, Ho Chi Mien, Bubba e Rex, erano raccolti intorno alla mappa. Wolf descrisse per la terza volta il piano di estrazione, per essere sicuro che tutti sapessero esattamente dove dovevano essere e quando.

Il piano prevedeva che Rex e la sua squadra creassero un diversivo vicino alla zona in cui Penelope veniva tenuta prigioniera, ma non troppo vicino, per non destare sospetti. La squadra di Wolf invece doveva intervenire col favore delle tenebre per far partire l'operazione: Dude e Cookie dovevano entrare nella tenda dal retro per prelevare il sergente, poi Wolf e Benny avrebbero fatto strada al gruppo, mentre Abe e Mozart avrebbero guardato le spalle a tutti.

Anche il centro operativo aereo era stato contattato e sarebbe intervenuta una squadra di elicotteri dell'esercito specializzati nel volo notturno, sarebbero piombati dall'altra parte del campo per portare tutti via. Avreb-

bero percorso in volo circa trecento chilometri verso
est, per arrivare alla base delle forze speciali a Yuksekova, dove Penelope sarebbe stata visitata da un
medico. Poi sarebbero tornati tutti in volo alla base
aerea di Ramstein, in Germania, dove il personale
medico della base avrebbe potuto effettuare esami più
approfonditi, infine sarebbero tornati tutti a casa.

Il gruppo di Wolf doveva portare in salvo Penelope,
mentre la squadra di SEAL della Virginia sarebbe
tornata in sordina alla tenda di comando per poi uscire
dal campo marciando verso nord, dove gli uomini avrebbero trovato ad attenderli un'altra unità di elicotteri
speciali notturni.

Tutta l'operazione doveva durare non più di trenta
minuti, per l'intervento di salvataggio, più due ore per
raggiungere in volo la base delle forze speciali; l'arrivo a
casa era previsto nel giro di trentasei ore.

Ovviamente sapevano tutti che l'unica certezza in
una missione era che qualcosa andava sempre storto;
l'unico giorno facile è ieri, quindi c'erano anche un piano B
e un piano C.

Il primo inconveniente palese arrivò prima ancora
che facessero partire la missione di recupero del
sergente Turner: le batterie delle radio si stavano esau-
rendo. Il problema era che non c'era niente da fare:
batterie scariche, fine della storia. Non era possibile
portarsi in missione una borsa di batterie di ricambio,
comunque le radio avevano le batterie ricaricabili. Ne
avevano tutti una di riserva, ma avevano usato molto le
radio, al campo, durante le ricerche e le perlustrazioni,
quindi anche le batterie di riserva erano scariche.

Senza alcun collegamento alla rete elettrica, non era stato possibile ricaricare le batterie; anche sapendo in anticipo che le avrebbero usate così tanto, non avrebbero potuto far nulla per evitare che le radio si scaricassero. Rex aveva dato a Dude una radio dell'altra squadra, con le batterie più fresche di una settimana rispetto a quelle della squadra di Wolf, ma in caso di inconveniente difficile da gestire, sarebbero stati fritti, tagliati fuori dalle comunicazioni, tra di loro *e* con il comando delle operazioni.

Dopo la riunione di preparazione, Wolf e gli altri della squadra erano seduti a far passare il tempo, in attesa che facesse scuro e che nel campo scendesse la calma, quando Benny andò sull'argomento dei dispositivi satellitari.

"Visto che ci siamo già trovati in situazioni difficili, volevo solo controllare prima di stasera... Dio non voglia che quegli stronzi dell'ISIS catturino uno di noi: avete tutti i vostri rilevatori?"

Annuirono tutti tranne Mozart, che all'improvviso sembrò sentirsi in colpa.

"Ma che cazzo?" reagì Wolf con voce roca e severa. "Pensavo fossimo tutti d'accordo."

"È vero, eravamo d'accordo... sentite, tra sistemare April e Summer, salutarle, quel mattino... mi sono dimenticato di prenderlo mentre uscivo," cercò di difendersi Mozart. "Di solito lo tengo nella mia borsa tattica, ma l'ho tirato fuori quando siamo andati alle ultime esercitazioni. Lo so che ho fatto una stupidaggine."

Abe sospirò. "Va bene, dai, non è la fine del mondo.

Rimango io con Mozart. Ormai Tex saprà bene che abbiamo solo cinque dispositivi invece che tutti e sei, se ne sarà accorto nel momento stesso in cui siamo partiti. Ce la caveremo comunque."

Tutti gli uomini avevano ceduto loro malgrado alla richiesta delle rispettive compagne, che avevano preteso che anche loro si portassero dei dispositivi di rilevamento satellitare, in missione. Quando Benny era stato rapito, Tex non era riuscito a rintracciarlo e quindi Jess aveva dovuto sacrificarsi e farsi rapire, perché sapeva che il dispositivo che *lei* indossava avrebbe portato Tex dritto da Benny; da quel momento, avevano accettato tutti di portarsi dietro dei dispositivi GPS. All'inizio si erano lamentati, dicendo che le missioni erano top secret, ma Caroline aveva smontato coraggiosamente ogni obiezione e ogni motivazione, dicendo convinta che Tex aveva lo stesso livello di sicurezza degli altri uomini della squadra e che sarebbe stato lui l'unico a conoscere la loro posizione. Insomma, si era fatta valere con una certa logica, così gli uomini avevano finito per accettare quella misura di sicurezza in più, che metteva il cuore in pace sia a loro che alle loro compagne, capendo che ne valeva la pena.

Non era la prima volta che uno degli uomini si dimenticava il piccolo segnalatore GPS, ma era la prima volta che ne sentivano l'esigenza così marcatamente.

L'ISIS non seguiva alcuna regola d'ingaggio; i terroristi erano in realtà bande di criminali che con la scusa della religione torturavano e uccidevano chiunque, pur di portare avanti i loro interessi. La squadra non doveva solo affrontare un gruppo di uomini pericolosi, doveva cercare di soffiare una preda preziosa da sotto il loro naso. C'erano forti probabilità che gli uomini si trovassero in un trambusto e si separassero, i dispositivi satellitari sarebbero stati una risorsa in più, in quel caso, che avrebbe fatto sentire tutti più tranquilli.

Cercando di alleggerire un po' il morale, forse anche per cambiare argomento, dato il suo passo falso, Mozart chiese: "Dude, che nomi state prendendo in considerazione per la vostra piccolina in arrivo?"

"La verità? Non me ne frega un cazzo. Basta che stia bene e che sia felice, per il resto non m'importa nulla."

"Davvero? Allora se Cheyenne la battezza Bertha, tu sei contento?"

"Sì. Sarà il mio piccolo pasticcino a prescindere dal nome che Cheyenne sceglie di darle." Qualche anno prima, tutti avrebbero dato addosso a Dude per un'affermazione del genere; ma ormai avevano tutti famiglia e lo capivano. Dude proseguì: "Però mi piace stuzzicare la mia Che, abbiamo scherzato così tanto che adesso non sa più neanche lei quello che vuole."

"Non so se sia un bene, sinceramente," commentò Benny. "I nomi sono importanti, se Cheyenne è confusa e non sa come ti piacerebbe chiamare la bimba, o come piacerebbe a lei, può diventare uno stress. Io ne so qualcosa: con Jess abbiamo altalenato avanti e indietro fino a decidere di dare ai nostri figli dei nomi il più normali possibile. John e Sara sono nomi forti, nomi per cui non verranno presi in giro."

"Com'è capitato a te?" chiese Wolf.

"Eh già. Non c'erano molti Kason in circolazione

quando ero ragazzo; cacchio, nemmeno adesso, ci stavo malissimo."

"La mia Che sa che la stuzzico di proposito, Benny," rispose serio Dude. "Non farei mai nulla per causare altro stress a Cheyenne, ne ha già abbastanza. Ne discutiamo anche per ridere un po' insieme. Facciamo a chi trova i nomi più ridicoli, ma ne abbiamo parlato anche seriamente. Se Che è stressata sul nome della piccola, è perché si stressa da sola. Credetemi, sono arrivato al punto di minacciarla, le ho detto che la prendevo a sculacciate se non la smetteva di cambiare idea continuamente; ma lei ha giurato di voler *vedere* la bimba prima di decidere il nome. Vuole essere sicura che il nome a cui pensa corrisponda alla persona che vedrà, quando la guarderà in faccia per la prima volta."

Rimasero tutti in silenzio. Conoscevano tutti Dude e la sua mania del controllo, sapevano anche che ogni sculacciata data alla moglie finiva sempre in piacere fisico per entrambi. Sapevano bene che non avrebbe mai fatto nulla per far del male a Cheyenne, del resto nessuno di loro avrebbe mai anche solo pensato di far del male alla moglie.

"Scusami, amico, lo so che non la metteresti mai in difficoltà. Stavo solo..."

Dude interruppe Benny. "Nessun problema. Spero solo che finisca tutto presto, cazzo, così posso tornare da lei in tempo."

Annuirono tutti. Era una speranza comune, anche se dovevano comunque aspettare che calasse il buio.

"A proposito di nomi," riprese Cookie con un ghigno

divertito, "hai già raccontato alla tua donna come ti sei beccato il soprannome, Benny?"

"Col cazzo," rispose subito Benny. "Per prima cosa, Jess probabilmente se la farebbe addosso dalle risate e non la finirebbe mai di scherzarci sopra; in secondo luogo, mai e poi mai vorrei farle sapere che una prostituta qualunque, in un paesino sperduto in mezzo all'Africa, mi ha affibbiato questo soprannome."

Risero tutti sommessamente.

"Mi sembra una bella storia," disse Rex entrando appena dopo che gli altri avevano smesso di ridere.

Abe non lasciò a Benny il tempo di schermarsi dalla domanda implicita. "Ci stavamo rilassando fuori da un bar, in Africa, dopo una missione. Una prostituta si è avvicinata al nostro tavolo, cercava clienti per la notte. Ha chiesto al nostro amico qui se aveva voglia di divertirsi. Lui voleva fare lo spiritoso e le ha risposto: 'Beh, ni, già fatto, a posto.' Solo che nel bar c'era molto rumore e la prostituta non capiva bene la nostra lingua e pensava che lui si stesse presentando, così gli ha risposto: 'Dieci dollari per te, Benny Fatto a Posto.' Da allora, gli è rimasto il soprannome."

Al che fu il turno degli uomini dell'altra squadra, che scoppiarono in una fragorosa risata.

"Cazzo, un classico," commentò Rex, annuendo divertito.

"Che stronzi," replicò Benny, mettendosi le mani dietro la testa e cercando di rilassarsi nella sua branda. "Se Jess lo scopre, la colpa sarà tutta vostra. Mi piace il modo in cui cerca di convincermi a raccontarle la storia."

I suoi commilitoni risero tutti, ma Benny sapeva che nessuno di loro aveva spifferato, negli ultimi due anni, quindi andava bene così. Anche se lo prendevano in giro, Benny sapeva che erano tutte frecciatine benevole. A lui non interessava più di tanto che Jess scoprisse come gli era stato affibbiato il soprannome, ovviamente Jess e le altre sapevano che al mondo esisteva la prostituzione, ma più chiedevano, più diventava divertente negare. Sapevano tutti che le loro compagne impazzivano, non conoscendo da dove veniva il soprannome di Benny, quindi era più divertente mantenere il segreto.

Il silenzio cadde nella tenda, intorno si sentivano solo i rumori soliti del campo, che si acquietava per la notte. Gli uomini di Rex chiacchierarono sommessamente per un po', ma poi entrarono tutti lentamente in umore da battaglia. Era quasi arrivato il momento.

————

Penelope era seduta in un angolo della tenda e pensava a cos'avrebbe voluto mangiare appena rientrata negli Stati Uniti, dopo aver bevuto almeno tre litri di acqua potabile bella fresca e pulita. Forse un hamburger doppio al fast food sotto casa. No, meglio il tortino col cioccolatofuso in pasticceria. Diamine, non le importava. Bastava che fosse qualcosa di grosso, qualcosa da mangiare fino a sentirsi scoppiare. Potersi rimpinzare era la cosa che le importava di più.

Era nel bel mezzo dei suoi sogni gastronomici quando sentì un rumore, uno scoppio provenire da fuori, verso est. Non fu uno scoppio molto fragoroso, ma abbastanza da attirare la sua attenzione.

Sentì due uomini parlare freneticamente in arabo appena fuori dalla tenda, ma nessuno entrò. Poco più tardi, Penelope sentì un rumore che aveva sognato a lungo, anche se aveva cominciato a temere che non l'avrebbe mai sentito davvero.

Il suono del telo spesso che costituiva le pareti della sua prigione che veniva squarciato. Poteva anche essere un terrorista o un altro bastardo che veniva a prenderla, ma lei credeva di no. A loro bastava irrompere dall'ingresso della tenda, non dovevano certo entrare dal retro di nascosto. Dovevano essere i buoni.

Così Penelope si voltò verso il punto da cui aveva sentito quel rumore e vide un'ombra scura che entrava nella tenda dall'enorme squarcio creato nel retro.

"Era ora, porca vacca," disse lentamente, ma con molta emozione, alzandosi in piedi e girandosi verso quell'ombra, facendo comunque attenzione, perché c'era sempre il *rischio* che fosse qualcun altro, qualcuno che voleva fare del casino nel campo.

Dude si alzò in piedi nella tenda e guardò il sergente Penelope Turner. Aveva esattamente l'aspetto descritto dai rapporti dei servizi, anche se un po' logora. Aveva i capelli biondi tutti scompigliati, le arrivavano alle spalle, sembrava aver perso almeno una decina di chili. Non era molto alta, la descrizione diceva meno di uno e sessanta, era probabilmente corretta.

Penelope era in piedi davanti a lui, aspettava che le dicesse qualcosa, più grata di quanto potesse mai esprimere a parole.

"Siamo SEAL della marina degli Stati Uniti, sergente, siamo qui per portarti a casa," disse Dude con un tono appena percettibile.

"Fantastico. Non mi interessa se sei anche il presidente degli Stati Uniti, basta che mi porti via di qua, cazzo."

Dude quasi sorrise. Gli uomini della squadra avevano parlato a lungo delle condizioni in cui si aspettavano di trovare la prigioniera, al loro ingresso nella tenda. Lui era pronto a tutto, anche a incontrare resistenza, ma fu più che felice di scoprire che invece Penelope non aveva ceduto. Diamine, non sembrava nemmeno particolarmente in difficoltà.

"Non è che per caso hai un'arma anche per me?"

Dude si fece serio. "Sei sicura di potercela fare?" Vedendola subito imbronciata, le spiegò: "Cioè, probabilmente non hai mangiato molto, ultimamente. Abbiamo tutto pronto per raggiungere il punto di estrazione, non vogliamo rischiare che ti cada, o che tu perda il controllo dell'arma, se ci sono dei problemi." La vide riflettere su quelle parole e gli sembrò di rispettarla di più.

"Cazzo, sì, probabilmente hai ragione. Mi sento molto debole, tremo, non so nemmeno quanto posso tirare avanti con le mie forze. Hai dell'acqua?" Penelope non fu molto felice di sentire un SEAL che dubitava della sua capacità di maneggiare un'arma, ma sotto sotto sapeva che probabilmente era meglio usare la massima prudenza. L'ultima cosa che voleva era diventare un peso, col rischio di mandare all'aria la missione dedicata proprio a salvarla.

"Dobbiamo andarcene di qui, ma appena arriviamo in un punto sicuro, a una buona distanza, ti procuro dell'acqua."

Penelope annuì. Se lo aspettava, anche lei preferiva filarsela subito, piuttosto che mettersi a bere, col rischio di farsi beccare; ma aveva una sete tremenda, tanto da non riuscire a ritardare la richiesta d'acqua. Fece un cenno verso lo squarcio nella tenda. "Vai prima tu, vado prima io?"

A quel punto, Dude non frenò un sorriso. Diamine, era davvero piena di vita. Gli ricordava parecchio la sua Che. Le fece cenno di precederlo. "C'è un altro uomo appena fuori, non andargli addosso."

Lei lo guardò con l'intento evidente di mandarlo all'inferno. Lui le sorrise di nuovo e la guardò mentre lei separava con attenzione i teli e compiva il suo primo passo verso la libertà.

———

Il campo buio fu molto tranquillo da attraversare, c'era un'atmosfera di grande spossatezza. Wolf e Benny andarono avanti comunicando a Cookie e Dude qualunque deviazione, mentre Mozart e Abe erano in retroguardia, controllavano che nessuno li seguisse o che nessuno disturbasse la fuga, mentre il gruppo usciva dal campo.

La squadra di Rex aveva fatto un ottimo lavoro: nessuno si era insospettito, tanto che arrivarono per tempo al punto di estrazione.

Penelope seguì Dude meglio che poteva. Si fermarono una decina di minuti dopo aver lasciato la tenda per darle una borraccia piena d'acqua. Penelope avrebbe tanto voluto scolarsela tutta d'un fiato e poi versarsene un'altra sulla testa, ma controllò il suo istinto e bevve solo qualche sorso. L'ultima cosa che voleva era sentirsi male nel bel mezzo dell'operazione di soccorso. Quindi restituì la borraccia al SEAL entrato per primo nella tenda, che la guardò con molto rispetto, facendola sentire molto bene. Penelope scrollò ogni sensazione e fece ciò che faceva sempre, cioè disse qualcosa di provocatorio, semplicemente per andare oltre senza mettersi a piangere. "Se hai finito di mangiarmi con gli occhi, che ne dici se ce ne andiamo da questo cazzo di deserto?"

Invece di farlo incazzare, il che di solito succedeva, con le sue frecciate, lui si limitò a sorridere e ad annuire, per poi annuire agli altri SEAL e riprendere il cammino.

Proprio quando Penelope pensava di non riuscire a fare un passo in più, si fermarono e il SEAL davanti a lei le fece cenno di accovacciarsi. Non c'era molto da vedere nei paraggi; c'era molto buio, nemmeno uno spicchio di luna a illuminare il percorso. Era uscita dal campo tenendo una mano appoggiata sulla schiena del SEAL, a volte infilandola sotto il suo giubbotto. Si inginocchiò e si sforzò di vedere qualcosa, qualunque cosa.

"Fra circa tre minuti, un elicottero MH-60 Blackhawk arriverà in questo punto da nord. Tieni gli occhi chiusi quando arriva, così non ti entra la sabbia; qualunque cosa succeda, non mollare mai il mio giubbotto. Hai capito?"

"Come fai *tu* a vedere?" Penelope non era mai stata il tipo da seguire ciecamente gli ordini, anche quando era nei vigili del fuoco, vicino a casa.

"Indosso occhiali per la visione notturna, mi proteggono anche gli occhi dalla sabbia e dal terriccio. Dovremo correre. Ce la fai? Dimmi la verità."

Penelope cercò di squadrare quell'uomo, ma cacchio, c'era ancora troppo buio per poterlo vedere chiaramente. Allora ci pensò. Riusciva a correre? La camminata per uscire dal campo l'aveva quasi sfinita. Ma la corsa verso la libertà? Cavolo, certo che ce la faceva. "Sì." Non spiegò altro.

"Va bene. Se per qualunque ragione ti accorgi che non ce la fai ad arrivare all'elicottero, strattonami per il giubbotto che ti ci porto io di peso. Non ce ne andiamo da questo cazzo di deserto senza di te, sergente. Col cavolo!"

Penelope sentì le lacrime che cominciavano a formarsi nei suoi occhi. Merda. No, non poteva crollare. Non in quel momento. Non quando era così vicina alla libertà. "Grazie." Fece una pausa, poi chiese: "Mi dici come ti chiami?"

"Dude. Quello dietro di te è Cookie. Non so se ti ricordi, ma Wolf e Benny sono quelli che ci hanno fatto strada mentre uscivamo dal campo, Mozart e Abe ci hanno coperto le spalle. Ci stringiamo tutti nell'elicottero con te, quindi quando saliamo a bordo spingiti più dentro che puoi. Conosci gli MH-60?"

"Sì," rispose Penelope, impressionata dalla professionalità e dalla bravura con cui era stata trattata fino a quel momento. "Tiene dieci persone nel retro, mentre davanti ci stanno pilota, copilota, mitragliere e comandante."

"Conosci gli MH-60." A quel punto, non era più una domanda.

Penelope sorrise, amava sorprendere le persone. Le succedeva spesso, perché tanti la giudicavano in base al suo aspetto esteriore e alle sue dimensioni. Per la prima volta da mesi, finalmente veniva trattata alla pari, che bella sensazione.

"Tieniti forte." Dude parlò con voce tranquilla, Penelope si aggrappò a lui. Entro pochi secondi, si sentì il ronzio dei rotori dell'elicottero. Prima di entrare nell'esercito, lei conosceva solamente gli elicotteri a rotore singolo, che venivano usati soprattutto dagli ospedali e per le eliambulanze. Dato che avevano un solo rotore, producevano un suono molto tipico, una specie di flap-flap-flap. Invece il modello MH-60 era un elicottero molto più grande e potente, con più pale sullo stesso rotore. Lei non aveva mai sentito prima in vita sua niente di più meraviglioso del suono di un elicottero sospeso nell'aria di una notte buia.

L'elicottero volava basso e con le luci spente. Entrò nella radura e si abbassò fin quasi a toccar terra, fermandosi a pochi centimetri di quota.

"Andiamo, via!" ordinò Dude.

Penelope lo sentì che si alzava, era rimasta aggrappata al suo giubbotto, poi aprì gli occhi di colpo. Prima ancora che potesse pensarci, si ritrovò a correre verso l'enorme elicottero. Inciampò una volta, ma rimase aggrappata al giubbotto del SEAL che la precedeva cadendo così sulle ginocchia ed evitando di cadere faccia a terra nel deserto implacabile. Si rialzò in piedi e riprese a correre come se la inseguissero i demoni dell'inferno. Sentì una mano appoggiata alla schiena, non ebbe bisogno di voltarsi per sapere che era un altro SEAL, quello che le era stato al fianco in tutto il tragitto per uscire dal campo.

Arrivarono al portello aperto sul lato destro dell'elicottero, dove un uomo, probabilmente il comandante, li aspettava con la mano tesa, pronto ad aiutarli a salire a bordo.

Penelope lasciò andare il giubbotto a cui era rimasta aggrappata e Dude saltò nella zona di carico dell'elicottero, voltandosi immediatamente verso di lei per aiutarla. Lei alzò le braccia e sentì gli uomini già saliti sull'elicottero che l'afferravano, uno le mise anche una mano sotto al sedere per spingerla su. Lei si spostò subito dal portello aperto appena la lasciarono andare, gattonando verso il fondo dell'elicottero.

Osservò altre cinque ombre scure che saltavano a bordo, ricevendo un aiuto minimo da Dude. Il comandante tornò al suo posto sul lato destro della cabina di comando e Penelope sentì che il mezzo riprendeva quota sollevandosi nell'aria, appena due secondi dopo che l'ultimo SEAL era saltato a bordo.

Quando i sette furono tutti insieme, quello spazio le sembrò all'improvviso più angusto di quando era stata tirata a bordo. Non ci fu tempo di allacciare alcuna cintura di sicurezza, Penelope gattonò all'indietro fino a sentire con la schiena una parete solida. Si ancorò alla bene meglio al pavimento dell'elicottero, che sfrecciava nella notte buia.

CAPITOLO DIECI

"Cade, tua sorella è stata rapita oltre tre mesi fa, pensi che la rivedrai mai?

"Ma certo, assolutamente sì."

"Come fai a essere così sicuro?"

"Come si fa a essere sicuri di qualcosa? Mia sorella è una combattente, è una che lotta, ma soprattutto è una donna intelligente. L'avete vista, nei filmati, l'hanno vista tutti, in America. Fa esattamente quello che le dicono di fare, è così che è rimasta viva finora. Quegli BIIIP la tengono in vita per usarla. È una bella donna, la usano come strumento di propaganda. Adesso il governo deve inviare una missione di soccorso per salvarla. Conoscendola, probabilmente quando arriveranno per liberarla si lamenterà con qualcuno di quanto tempo ci hanno messo a trovarla e a salvarla."

"Il governo ha detto più volte che non tratta con in terroristi, pensi davvero che si spenderanno magari milioni di dollari, rischiando molte vite, per inviare una squadra a salvarla?"

"Prima di tutto, non c'è alcun bisogno di trattare. Il governo deve intervenire e riprenderla. In secondo luogo, non *posso credere che si metta un prezzo alla vita di mia sorella. È un soldato americano, ha messo la sua vita in pericolo quando è stata inviata in missione. Il governo degli Stati Uniti l'ha inviata in quel posto, quindi possono benissimo andarla a riprendere.*

"Quali saranno le prime parole che dirai a tua sorella, se la rivedrai?"

"Quando *la rivedrò, le dirò che le voglio un mondo di bene e che non mi sono mai arreso e mi sono sempre impegnato per farla tornare."*

Il giornalista si voltò verso la telecamera per la prima volta e disse ai telespettatori: "Per chi se l'è perso, ecco l'ultimo video che abbiamo ricevuto, con il sergente Turner che legge un messaggio dei terroristi dell'ISIS..."

———

Fiona era seduta con Melody, guardavano insieme Akilah che giocava con la piccola Sara. Jessyka fu contenta di lasciare la sua piccola per un poco con Fiona. Era un'occasione per una breve pausa, sia per la mamma che per la figlia. Akilah aveva ancora qualche difficoltà con la lingua, del resto anche la piccolina di due anni non parlava ancora molto, quindi si divertivano molto facilmente.

"Che bello che tu e Tex avete adottato Akilah, sono fiera di voi."

"Anche *io* sono fiera di Tex, è stato lui a gestire tutto in pochissimo tempo, così siamo *riusciti* ad adottarla."

"Non ti dà fastidio a volte che Tex... sa rendere tutto così... semplice?"

Melody capì cosa intendeva dire Fiona. "Sai che c'è? Mi fido ciecamente di Tex, è una persona fin troppo onesta, non farebbe mai nulla di irregolare per trarne vantaggio, né per sé né per noi."

Fiona rise, soprattutto per quel "per noi" che Melody buttò nel discorso. "Beh, so che lo sai, ma Tex ha un posticino speciale anche nel mio cuore. Farei qualunque cosa per lui, sono strafelice che vi siate trovati."

"È stato *lui* a trovare *me*, vuoi dire," la corresse Melody.

"Sì, è quello che intendevo. Noi diciamo sempre che Tex può trovare chi vuole, è chiaro che è così." Fiona notò che gli occhi di Melody si erano fissati sulle bambine. Allora osservò anche lei e vide Akilah che guardava la televisione con sguardo quasi rapito. Così Fiona si rivolse allo schermo e vide l'ultimo filmato della povera soldatessa americana, che finiva proprio in quel momento.

"Cosa c'è, Akilah?" le chiese Melody sottovoce.

Akilah fece solo spallucce e tornò a giocare con Sara. Melody e Fiona si guardarono a vicenda.

"Starà davvero bene? Non immagino neanche le atrocità a cui avrà assistito in Iraq," disse Fiona a bassa voce.

"Penso che stia bene, a volte mi accorgo che fissa nel vuoto, ma poi mi sorride sempre e dice cha sta bene, quando le chiedo come va."

"Pensi che le manchi casa?"

"A volte, sì. Pensa se ci trasferissimo anche noi in Germania, per dire, senza parlare una sola parola di tedesco. Ci ambienteremmo, certo, ma a volte ci mancherebbe un bel panino stile *McDonald's*... capisci cosa intendo?"

Fiona capiva molto meglio di quanto Melody credesse; aveva passato un sacco di tempo in Messico, quando era stata rapita. Era sorprendente, che Julie vivesse nella stessa città, aveva quasi un effetto catartico. Per Fiona era un sollievo avere qualcuno con cui parlare di ciò che entrambe avevano passato, sapeva che anche Julie poteva capire davvero i suoi stati d'animo e cosa li causasse. Fiona e Julie non si frequentavano spesso, ma avevano sviluppato bene il loro rapporto, tanto da definirsi amiche e da uscire ogni tanto, a volte anche a mangiare insieme.

Dopo un po' di tempo, finalmente Melody sentì che era ora di tornare da Caroline. L'idea era di trovarsi tutte a cena all'*Aces*, ma Melody sapeva che Akilah aveva bisogno di una pausa, per rilassarsi, prima di uscire con così tante persone. Anche se sembrava stare molto bene, Melody pensò che era meglio non insistere troppo.

Caroline aveva lasciato a Melody la macchina in prestito; mentre tornavano verso casa di Caroline, Akilah chiese dal sedile posteriore: "Cosa dicevano alla TV?"

Melody guardò la figlia nello specchietto retrovisore, sentendosi felice per la milionesima volta, perché Akilah era entrata nella vita sua e di Tex. Così cercò di spiegarle senza entrare troppo nel dettaglio. Akilah aveva solo dodici anni, ma ne aveva viste di tutti i colori, tanto che a volte si comportava da trentenne. Melody voleva preservare la sua giovane età il più a lungo possibile. "Una soldatessa americana rapita dall'ISIS."

"Lei nel video?"

"Sì, sembra proprio che sia lei."

Akilah rimase in silenzio per un poco, poi disse, stranamente: "Io parlo arabo."

"Sì, tesoro, lo so."

"La TV era in arabo."

Melody guardò dritta negli occhi della figlia. "Sì, ho visto gli uomini sullo sfondo che parlavano. Sai cosa dicevano?"

Akilah non sembrò molto contenta. "Sì."

"Li hai sentiti?"

"No. Labbra."

"Hai letto le labbra? Parlavano in arabo?"

Akilah annuì con gli occhi spalancati.

"Era qualcosa di brutto?"

"Sì."

"Devi dirlo a Tex?"

Akilah guardò fuori dal finestrino e pensò a cosa dire a Melody. Anche se aveva solo dodici anni, conosceva abbastanza il suo nuovo padre, tanto da sapere che era diverso dagli altri genitori della scuola speciale che frequentava. Sapeva che Tex era come lei, gli mancava un arto, ma sapeva anche cosa faceva nella vita, perché una sera gliel'aveva raccontato. Era stato onesto, Akilah era riuscita a capire quasi tutto ciò che le aveva detto. Tex usava i suoi computer per aiutare le persone. Trovava le persone che si perdevano, faceva ricerche per aiutare i soldati americani e il governo, poi riusciva... non sapeva cosa volesse dire quell'espressione speciale che Tex aveva usato, ma se la ricordava alla lettera, faceva delle cose speciali per aiutare gli altri, cose che nessun altro poteva fare. Tutto grazie al computer.

Tirava i fili. Ecco cosa le aveva detto, forse era un proverbio. Se il nuovo papà poteva tirare i fili per aiutare quella povera americana che si era persa e che parlava con un brutto accento, quando leggeva le parole arabe sulla lettera, allora bisognava dire a Tex ciò che aveva sentito in TV.

"Sì," rispose Akilah decisa.

"Va bene. Gli telefoniamo appena arriviamo a casa di Caroline."

Akilah si sistemò sul sedile e si rilassò un poco. Era molto felice di come la trattava Melody, si sentiva importante. Quando parlava, Melody la ascoltava, mentre in patria non succedeva mai, di solito le opinioni e i pensieri delle donne non venivano considerati, ma ignorati. Akilah si sentì bene, dentro, era felice di essere in America con una nuova famiglia. Voleva aiutare in ogni modo.

CAPITOLO UNDICI

Qualcuno passò a Penelope delle cuffie; le indossò e sentì i piloti che si parlavano con voce appena percettibile; ogni tanto i SEAL commentavano o si dicevano qualcosa. Lei invece rimase in silenzio. Era contentissima di essere ancora viva e di essere scampata a quel dannato rapimento. Se si fosse fermata a pensare anche solo per un secondo a tutto ciò che aveva passato e rischiato, sarebbe crollata come un castello di carte.

Penelope non voleva nemmeno fermarsi a pensare a quel povero soldato australiano, a Thomas, a Henry e a Robert. Avrebbe trovato il luogo e il momento opportuno per ricordarli com'erano in vita e per commemorarne la morte; non certo su quell'elicottero. Pur contenta di essere uscita dal campo di rifugiati, aveva sentito abbastanza dai piloti e dai SEAL per capire che non erano ancora del tutto fuori pericolo.

Mentre era nelle mani dei terroristi dell'ISIS, non c'era stato un solo momento in cui non si sentisse spaventata e in pericolo, perché era una donna in una società in cui gli uomini comandavano, una società senz'altro avversa alle donne.

Aveva sempre saputo che in qualunque momento poteva essere violentata, persino passata da un terrorista all'altro. Il motivo per cui l'avevano lasciata stare in tutti quei mesi era un vero mistero. Le sovvenne che tempo addietro aveva letto qualcosa sulle bionde nella cultura musulmana, venivano viste con sospetto, ma forse non si ricordava bene ed era solo una sua fantasia. Qualunque fosse il motivo, era così felice che pensava di non riuscire a esprimere fino in fondo la sua gratitudine.

In quel momento, in quell'elicottero, circondata da dieci uomini così forti... uomini che potevano facilmente tenerla ferma e fare di lei ciò che volevano, non aveva affatto paura. In primo luogo, erano soldati americani, poi erano venuti a salvarla. Infine, poteva percepire che i SEAL traspiravano onore e protettività da ogni poro. Con loro si sentiva al sicuro. Completamente e totalmente al sicuro. Penelope era disidratata, aveva fame, era stata picchiata più volte, ma era viva, sopravvissuta e al sicuro, almeno per il momento. Andava bene così.

Penelope stava appena cominciando a rilassarsi, cadendo in uno stato di dormiveglia, quando sentì nelle cuffie che indossava uno dei piloti imprecare.

"Porca troia. Tenetevi forte! Colpo in arrivo!"

Furono le ultime parole che ricordò di aver sentito, prima che l'elicottero oscillasse malamente per un'esplosione forte e che tutto si facesse buio.

CAPITOLO DODICI

"Ciao, Tex. Sono io. Per favore, richiamami appena puoi. So che sei rintanato nel tuo seminterrato, ma è importante. Akilah deve dirti cos'ha visto al telegiornale. Stava guardando un filmato di quella soldatessa americana che leggeva un comunicato, ha visto alcuni uomini sullo sfondo che parlavano arabo. Ho scoperto che legge il labiale, non vuole raccontarmi cosa dicevano, ma ha deciso che devi saperlo. Per favore, telefonami appena senti questo messaggio."

Melody chiuse la chiamata e sospirò. A parte qualche trucchetto subdolo, come mettere il suo dispositivo satellitare in un camion dell'immondizia per farlo portare in discarica (di sicuro così avrebbe attirato l'attenzione di suo marito), non sapeva che altro fare. Di solito Tex era molto protettivo, sia con lei che con Akilah, ma con tutto ciò che stava succedendo, probabilmente aveva perso la cognizione del tempo. Prima o poi sarebbe uscito dalla sua tana, per farsi una doccia, per mangiare, si sarebbe accorto che gli aveva lasciato un messaggio su entrambi i suoi cellulari e anche sul loro vecchio telefono di casa.

Nel frattempo, Melody continuò a impegnarsi per aiutare le sue amiche. Jess era spossata, tra i due figli e le sue "nausee pomeridiane", come le chiamava lei. Alabama se la cavava bene con Brinique e Davisa, ma da quando Cristopher era partito in missione, le due ragazzine erano diventate molto appiccicose. Summer stava bene, ormai si era completamente ripresa dopo il parto di April, stava tornando in forma, ma faticava a riprendere il lavoro; il suo permesso per maternità era terminato e stare lontana da April tanto a lungo la preoccupava.

Melody sapeva che Caroline era preoccupata per Fiona. Non la si vedeva molto in giro, perché lavorava parecchio; quando gli uomini erano in missione, si preoccupavano tutte per lei. Infine c'era Cheyenne. Caroline aveva cercato di convincerla perché andasse a dormire da lei, almeno se le doglie del parto fossero arrivate di notte, all'improvviso, Caroline sarebbe stata presente per aiutarla; ma Cheyenne si era sempre rifiutata, dicendo che stava bene e che non voleva rompere le scatole a nessuno.

Melody era molto impressionata da Caroline, come sempre. Si faceva carico di tanto, eppure sembrava davvero sempre molto piena di energie. Era in grado di lavorare una giornata intera in laboratorio, poi tornava a casa, seguiva i bambini, dava consigli, organizzava persino una cena con le amiche e relativi figli, per stare insieme... e alla fine riusciva sempre a chiudere il tutto con un bel sorriso.

Melody andò in cucina e trovò Caroline che insegnava ad Akilah come preparare i biscotti partendo dagli ingredienti base. Akilah si stava appassionando alla cucina, ogni volta che mangiava qualcosa che le piaceva, chiedeva come prepararlo e insisteva con Melody finché non cucinavano la stessa cosa insieme. Melody immaginava che tutto questo entusiasmo nascesse dal fatto che in Iraq il cibo era scarso, ma non aveva alcun problema a insegnare tutto ciò che sapeva alla sua nuova figlia. Akilah sarebbe diventata adolescente fin troppo presto, probabilmente non avrebbe più voluto passare tanto tempo con la mamma.

Il telefono di Caroline squillò proprio mentre lei aveva le mani immerse nell'impasto dei biscotti (insisteva sempre che l'unico modo per amalgamare bene tutti gli ingredienti era lavorarli a mano, aveva persino tirato fuori la sua laurea in chimica per convincere tutte).

"Rispondo io," disse Melody, prendendo il cellulare. "Pronto?"

"Caroline?"

"No, sono Melody. Cheyenne?"

"Sì... ahi..."

"Stai bene?"

Melody sentì il respiro affannato di Cheyenne dall'altra parte della linea, che poi rispose: "Sì, ma è ora."

"È ora? Hai le doglie? Sei sicura?"

"Sì, sono sicura."

Melody appoggiò l'altra mano al telefono e gridò a Caroline: "È ora!" Poi tolse la mano e tornò a parlare con Cheyenne. "Dove sei? Hai chiamato un'ambulanza? Veniamo noi a prenderti."

"Sono ancora a casa, non ho ancora chiamato un'ambulanza... Ho telefonato a Caroline, ma..."

"Va bene, allora arriviamo subito. Hai la borsa pronta? Non possiamo dimenticarcela."

"Volevo dirlo a Caroline, ma voglio chiamare l'ambulanza. Potete venire all'ospedale?"

"Sì, certo, ma perché non vuoi che veniamo noi a prenderti? Non è che la devi sfornare nei prossimi dieci minuti... aspetta, è così?"

"No, non credo... ma... sto sanguinando, c'è qualcosa che non va."

"Merda, d'accordo, allora riattacchiamo, chiama subito l'ambulanza e ci vediamo all'ospedale. Vedrai che andrà tutto bene, non aver paura. D'accordo?"

"D'accordo. Melody?"

"Sì, Cheyenne?"

"Ho paura."

"Vedrai che andrà tutto bene. Adesso ascoltami, riattacca e chiama subito il numero per le emergenze."

"Va bene, ci vediamo là."

Melody chiuse la conversazione e vide che Caroline si era già lavata le mani e attendeva con ansia di sentire cosa stava succedendo. Così le passò il telefono e prese il proprio dalla tasca dei pantaloni. "Chiaramente era Cheyenne, stanno cominciando le doglie, però sanguina. Quella mezza matta telefona *a te* prima di chiamare l'ambulanza. Oh, è sempre così, poliziotti, medici e infermieri (a quanto pare anche quelli che rispondono alle chiamate d'emergenza) sono sempre gli ultimi a

chiedere aiuto quando ne hanno bisogno. Telefona a
Fiona e Alabama, io chiamo Jessyka e Summer.
Dobbiamo andare all'ospedale. Subito."

Caroline annuì e cominciò subito a telefonare. La
missione neonato stava cominciando. In quel preciso
momento.

CAPITOLO TREDICI

Penelope riprese i sensi all'improvviso. Aveva letto più volte di persone che tornavano coscienti lentamente dopo essere svenute, ma a lei non era andata così.

Sentiva addosso l'odore del carburante e il puzzo di fumo proveniente dal fuoco. Aprì gli occhi e vide distruzione tutt'intorno. Santo Dio.

A quel punto si ricordò: chiaramente l'elicottero su cui viaggiava si era schiantato, o più probabilmente era stato colpito.

Si guardò intorno e non vide altro che rocce e cespugli secchi. Erano evidentemente sulle montagne, ma chissà quali montagne, in quale paese. Pensò a cosa fare e la sua preparazione da soccorritrice le venne in aiuto: si alzò da terra dolorante, sostenendosi con mani e ginocchia, poi si fermò, cercando di capire se era ferita.

Non sentì nulla di rotto, tranne forse una costola o due incrinate, un infortunio che poteva sopportare senza alcun problema. Il torace le faceva un male dell'a-

nima, ma nella situazione in cui era poteva anche igno-
rarlo. Si accorse di avere subito dei tagli, dei graffi,
probabilmente le sarebbero venuti un sacco di ematomi.
Tutto considerato, per essere appena caduta a terra
mentre volava in un aggeggio di metallo, era in forma
smagliante.

Si guardò attorno e vide tre uomini a terra proprio
vicino a lei. Si avvicinò a loro gattonando e notò vagamente che erano tre dei SEAL che l'avevano aiutata a
scappare. Non ne ricordava i nomi, ma in quel momento
non era importante. Erano tutti e tre privi di sensi, ma li
controllò e per fortuna respiravano. Dando una rapida
occhiata, Penelope capì che uno aveva un braccio rotto
(ce l'aveva piegato sopra la testa a un angolo innaturale)
mentre gli altri due sembravano relativamente sani. Non
poteva capire se avessero delle emorragie interne o se
fossero feriti alla testa.

Sentì un rumore e alzò lo sguardo. Era Dude, l'uomo
che era entrato nella sua tenda prigione come un angelo
mandato da Dio.

"Stai bene?" le chiese senza troppi fronzoli. Traspor-
tava uno degli uomini dell'elicottero, che sembrava
messo maluccio.

Penelope annuì. "Sto bene. Cosa posso fare per
aiutare?"

Dude squadrò con attenzione quella donna minuta.
Erano tutti feriti e doloranti, dovevano rimettere
insieme i pezzi alla svelta per non essere spacciati.
Anche lei poteva dare una mano, per quanto poteva.
Così Dude ignorò le fitte proveniente dalla sua caviglia
ferita e le disse con più decisione: "Il copilota è morto.

Mitragliere e comandante sono messi male. I miei compagni di squadra stanno bene, tutto sommato, ma sono feriti. I piloti hanno fatto un lavoro pazzesco a tirar giù il mezzo senza ammazzarci tutti. Ma se non ce ne andiamo da qui alla svelta siamo spacciati." Dude attese che Penelope annuisse, poi continuò. "Io tiro fuori tutti, ma mi serve il tuo aiuto per soccorrerli, ce la puoi fare?"

"Sì. In Texas ho preso il brevetto di pronto soccorso. Farò del mio meglio."

"Ti ringrazio." Due parole brevi ma sentite.

Penelope annuì e si voltò verso gli uomini che aveva davanti. Si guardò intorno e vide la scatola rossa con la croce bianca. In passato, si sarebbe chiesta come faceva quella scatola a essere esattamente dove doveva, proprio nel momento giusto, ma dopo tutti i miracoli a cui aveva assistito, da soccorritrice e da vigile del fuoco, ormai non la colpivano più di tanto quelle coincidenze. Raggiunse il kit di pronto soccorso e lo trascinò verso i SEAL. Vide uno degli uomini che apriva gli occhi e la guardava con molta attenzione.

"Ciao, ti ricordi di me? Sono Penelope, adesso ti aiuto." Si mise automaticamente in modalità infermiera, era una situazione a cui era abituata. "Ti senti bene? Hai male da qualche parte?"

Lo vide cercare di capacitarsi, muovere lentamente le gambe, poi le braccia, infine lo vide girare la testa da una parte e dall'altra. "Penso di essere tutto intero. Mi fa male dappertutto, ma niente di rotto. Rapporto?"

Penelope sospirò dal sollievo. Per fortuna quell'uomo era vivo; uno controllato, ne mancavano sette.

Rispose al SEAL. "Da quel che ho capito, l'elicottero è stato abbattuto da un missile RPG. Un caduto, sette da controllare."

"Io sono Cookie, non so se ti ricordi il mio nome."

"Non me lo ricordavo, né posso prometterti di ricordarmelo anche dopo, ma intanto grazie. Puoi aiutarmi?" Penelope gli indicò l'uomo che aveva il braccio rotto, non si era ancora ripreso.

"Cosa ti serve?"

"Dobbiamo sistemargli il braccio. Gli farà un male cane, non so se posso tenerlo fermo, se si sveglia proprio mentre gli muovo il braccio."

"Cazzo. Wolf non sarà affatto contento."

"Wolf?"

"Sì, è Wolf, il nostro caposquadra. Questo qui..." Cookie indicò l'altro uomo immobile "...è Benny."

Penelope si mise a lavorare insieme agli altri. Anche Cookie era preparato in pronto soccorso, probabilmente anche più di lei, dato che era un SEAL, così insieme furono in grado di mettere il braccio di Wolf attaccato al fianco, tenendolo immobile. Wolf stava riprendendo lentamente i sensi, quando Dude tornò da loro con il pilota: aveva una ferita consistente alla testa e sanguinava molto.

"Il pilota è messo male. Non sono sicuro che possiamo muovere il personale dell'elicottero." Parlò direttamente a Cookie, che annuì e rispose: "Aspetta, ti aiuto a prendere gli altri poi passiamo al piano D."

I due partirono verso il relitto di metallo squarciato, ciò che era rimasto dell'elicottero MH-60, mentre Penelope si voltò verso Benny. Cookie e Dude tornarono rapidamente, portando ciascuno uno degli uomini dell'equipaggio.

"Mozart si sta riprendendo, è nell'elicottero. Ha un taglio profondo a un braccio, ma per il resto è tutto intero. Dov'è Abe?"

"Merda, è l'unico che manca."

Penelope all'improvviso si sentì appesantita dal senso di colpa. Si sedette sui talloni e guardò i sei uomini doloranti a terra davanti a lei. Dannazione.

"Non è colpa tua, cazzo."

Penelope si girò e vide che a parlare era stato l'uomo con il braccio rotto, Wolf. "Come fai a sapere cosa sto pensando?" gli chiese sorpresa.

"Ti si legge in faccia, tesoro."

"Non penso che tu possa chiamarmi tesoro."

Wolf rise. Rise di cuore. "Scusami, ma quando sei così piccolina e caruccia non penso di poterti chiamare diversamente *se non* tesoro, a prescindere dal tuo grado e dalla tua ovvia preparazione come soldato."

"Ma che cazzo, mi prendi in giro? È la cosa più sessista che abbia mai sentito da quando sono arrivata in questa regione, il che è tutto dire," si lamentò Penelope.

Wolf rise di nuovo, vedendo come lo guardava. "Scusami. Aiutami ad alzarmi." *Quello* sì che sembrava un ordine.

Penelope lo aiutò a mettersi seduto. "Quel braccio ti farà un male cane. Ti abbiamo dato della morfina, ma non tanta. Cookie ha pensato che era meglio se non eri troppo sballato, caso mai dovessimo combattere con dei guerriglieri in queste cazzo di montagne... parole sue, non mie."

Wolf annuì. "Come stanno?" Si comportò come se le battute di prima non fossero state nemmeno pronunciate. Penelope preferì seguire il filo logico della conversazione, andando nel dettaglio.

"Il copilota è morto. Non ho ancora esaminato gli altri tre. Mi sembra che questo qui non abbia niente di grave... Benny, mi sembra che l'abbiano chiamato, adesso stanno cercando Abe. Dude zoppica un poco, ma sembra muoversi ignorando il dolore, quindi probabilmente non è messo male. Mozart sembra a posto, probabilmente trascinerà qui ben presto le chiappe; di nuovo, parole loro, non mie."

Wolf si trascinò verso i piloti dell'elicottero, privi di sensi, Penelope fece lo stesso. Si mossero in silenzio, Wolf l'aiutò con le bende dove poteva, dandole anche qualche consiglio. Sentirono dei rumori tra gli arbusti dietro di loro, prima ancora che Penelope potesse pensarci, Wolf si era già girato e aveva puntato la pistola verso gli arbusti.

"Calma, Wolf, siamo noi," sentì Penelope, appena prima che tre SEAL comparissero dalle fitte sterpaglie.

L'uomo che chiamavano Abe camminava... più o meno. Aveva del sangue su tutti i pantaloni, era chiaro che da solo non si sarebbe mosso, senza l'aiuto dei suoi compagni.

"Cazzo, Abe, dove cazzo eri finito?"

Rispose Dude al suo posto. "Gli abbiamo tirato fuori dalla coscia un bel pezzo di metallo. L'abbiamo fasciato alla bene meglio, ma avrà bisogno di punti di sutura appena arriviamo dove dobbiamo andare."

Appoggiarono Abe a terra vicino a Benny, che finalmente si stava riprendendo. Dopo un ulteriore esame, si capì che anche Benny stava bene. Aveva un mal di testa molto forte, ma nessuna ferita aperta; il che probabilmente significava che aveva subito una commozione cerebrale. Mozart camminò e si mise in mezzo al gruppo; barcollava un poco, ma era dritto in piedi e si muoveva. Era già qualcosa.

"Parliamo del piano D," disse Wolf con voce molto seria e sommessa. "Sergente Turner, ascolta, adesso anche tu fai parte di questa squadra."

Penelope annuì, contenta che almeno non stessero cercando di metterla da parte, prendendo da soli tutte le decisioni. All'improvviso sentì il *bisogno* di capire cosa stesse succedendo. Negli ultimi mesi era rimasta sempre all'oscuro di tutto. Le faceva piacere sentirsi coinvolta.

"La gamba di Abe è KO, quindi due di noi dovranno aiutarlo a spostarsi. Io ho un braccio rotto, Benny una concussione. Mozart si muove, ma il suo braccio sarà inutile tanto quanto il mio. Tiger si tiene il fianco destro, credo si tratti di costole incrinate, se non rotte."

"Come dici, Tiger?" Penelope non era sicura che quel nome le piacesse, anche se era comunque un sacco meglio di come la chiamavano i colleghi, alla stazione dei pompieri.

"Fiera come una tigre," spiegò Wolf senza nemmeno sorridere; poi continuò come se Penelope non l'avesse interrotto. "Quindi ci rimangono solo Dude e Cookie relativamente illesi, ma voi dovrete aiutare Abe." Guardò con occhi tristi il personale dell'elicottero. "Non possiamo portarli con noi."

Rimasero tutti in silenzio per un attimo, poi Benny

disse: "Abbiamo i dispositivi satellitari. Ne abbiamo cinque, se ne lasciamo uno ciascuno, Tex potrà rintracciarli."

"Com'è la situazione con le radio?" domandò Abe.

Cookie rispose scuotendo la testa. "Niente radio. Sono tutte scariche. Sono d'accordo con Benny. Non possiamo portarli con noi, ma non possiamo nemmeno lasciarli qui in preda ai guerriglieri," spiegò.

"Come?" Penelope si sentì come un disco rotto. "Le radio sono scariche? Dispositivi satellitari? Che dispositivi?"

"Non c'è tempo per spiegare, in poche parole abbiamo cinque dispositivi satellitari GPS addosso, inviano un segnale di localizzazione che viene monitorato dal miglior hacker cazzuto che abbia mai conosciuto in vita mia. Lui ci segue e ci protegge sempre, anche quando siamo in missione," le spiegò Mozart.

"Non è proprio legale, vero?"

"Chi cazzo se ne frega? In questo momento è l'unica speranza di questi qua, la loro unica possibilità di uscire vivi da questa cazzo di regione, con la testa attaccata al collo," aggiunse Benny un po' acidamente.

Penelope sussultò. Dannazione, aveva ragione. "Ma il copilota? È già morto..."

Wolf non la fece finire. "Un SEAL non abbandona mai un altro SEAL. Anche se è morto, quindi può darsi che le bande ignorino il suo corpo e lo lascino perdere, ma se decidono di prenderlo e di portarlo via, col rischio che dissacrino il suo corpo per fare uno dei loro fottuti filmati, almeno col satellitare lo potranno sempre trovare, si spera, prima che lo trovino i guerriglieri. Lasceremo un dispositivo ciascuno. Così se arrivano le bande e per caso li portano in posti diversi, diventerà più semplice tornare in forze a ritrovarli."

Penelope deglutì a fatica; chiaro, aveva capito. Quegli uomini erano fedeli fino al midollo, a prescindere dal fatto che il personale dell'elicottero fosse dell'esercito, non della marina. Erano venuti a salvarla, si erano rifiutati di abbandonarla. Proprio il tipo di soldati che voleva avere vicino. "Va bene."

Cookie si avvicinò a Wolf, Abe e Benny e prese i loro dispositivi. Mentre si dava da fare per nascondere i rilevatori addosso agli uomini a terra, Penelope chiese: "Come mai solo cinque dispositivi se siete in sei?"

Fu Mozart a rispondere senza esitare. "Perché io sono stato fesso e me lo sono dimenticato. Mia moglie mi farà di sicuro il mazzo, quando torniamo a casa, ci puoi scommettere. Credimi, anch'io se potessi mi prenderei a calci in culo da solo."

Penelope vide che Cookie parlava a ciascuno degli uomini feriti, chiaramente per spiegare loro cosa stava succedendo. Tornò con uno sguardo serio e rattristato.

"Va bene, è andata così: il pilota dice che ci è arrivato un missile da sudest. Siamo troppo lontani dai Yuksekova per raggiungere a piedi la base. Siamo nel bel mezzo della cordigliera dell'Hakkari Daglari, che separa Iraq e Turchia. A questo punto, la mossa migliore sarebbe trovare un buon punto dove nascondersi per aspettare. Per avere qualche probabilità di successo dobbiamo appostarci in alto, qua possono arrivare uomini dell'ISIS o di Al Qaeda. Tex saprà già dove l'elicottero è precipitato e molto probabilmente lo farà sapere al comando. Invieranno delle squadre di Delta Force, o potrebbe anche arrivare la squadra di Rex, gli altri SEAL. Non abbiamo molto tempo, ma io e Benny possiamo spostare il personale dell'elicottero per metterli al sicuro, poi noi sette ci ficchiamo da qualche parte. Andiamo su per le montagne, troveremo di sicuro delle caverne."

"Ma le bande di guerriglieri non si nascondono proprio nelle caverne?" domandò Penelope perplessa.

Cookie fece spallucce e annuì.

"Allora come faremo a evitarli?"

"Culo."

Penelope quasi ringhiò, tanto non le piacevano le risposte che riceveva. "Non sarebbe meglio rimanere qui con i piloti e aspettare che il vostro amico faccia quello che deve fare? Se arriva qualcuno, possiamo sempre difenderci."

Wolf non se la prese per quel disaccordo, ma proseguì impaziente, sapendo che il tempo poteva esaurirsi alla svelta. "Cookie, Benny, voi andate avanti e spostate gli altri. Noi prepariamo ciò che possiamo intanto che tornate." Poi si voltò verso Penelope per risponderle. "Non possiamo difendere questa postazione. Guardati intorno, siamo in una buca. Dobbiamo raggiungere una postazione più elevata, per avere un vantaggio di posizione. Qui siamo dei bersagli facili. Abbiamo comunque il dispositivo di Dude, Tex si accorgerà che è successo qualcosa e potrà ritrovarci."

"Ma..." Penelope guardò gli uomini a terra, quelli che Dude e Cookie stavano aiutando a spostarsi in un punto più protetto. "Loro lo sanno quanto è difficile difendere questa posizione?"

Wolf annuì tristemente.

Porca di quella vacca. Penelope deglutì a fatica una volta, poi di nuovo. Accettando di rimanere in quella zona, senza pretendere di venire portati via, quegli uomini stavano praticamente firmando la propria condanna a morte. Del resto, se avessero insistito a rimanere tutti uniti, il pericolo sarebbe stato grave per *tutti*.

Wolf rispose con voce sommessa e gentile, anche un po' triste. "Il mitragliere ha le gambe rotte, il comandante non ha ancora ripreso conoscenza e sanguina dal naso e dalle orecchie. Il pilota si è rotto nello schianto le caviglie e i polsi. Anche noi abbiamo degli uomini feriti, non possiamo portarli via. Conoscono i rischi, Tiger. Meno male che possiamo consegnare loro dei dispositivi satellitari, almeno avranno qualche possibilità in più."

Penelope si voltò bruscamente per guardare da un'altra parte, poi cominciò a raccogliere più attrezzature che poteva, più di quante pensasse di aver bisogno. Capì che avrebbe visto i volti di quegli uomini e sentito le loro voci nei suoi sogni per molti anni a venire. In quel momento prese un impegno con se stessa: si sarebbe accertata che tutta l'America conoscesse l'enorme sacrificio che avevano fatto e il coraggio che avevano dimostrato davanti alla morte.

Sentì una mano sul braccio e alzò lo sguardo. Era Dude.

"Tex li troverà. Li riporterà a casa, dalle loro famiglie. Li troverà, i rinforzi troveranno *tutti noi*."

Penelope annuì, ben sapendo che, se avesse aperto
bocca per dire qualcosa, sarebbe scoppiata in lacrime,
mettendosi solo in imbarazzo. Ormai era arrivata alla
soglia massima della sopportazione, la misura era colma.

Cookie, Dude, Wolf, Mozart e Penelope raccolsero
quanta più attrezzatura potevano trasportare facilmente, cercando di portarsi dietro anche molte munizioni e armi da fuoco. Penelope non disse una parola
quando Dude le passò un coltello d'assalto KA-BAR e
una pistola carica. Gli annuì per ringraziarlo, si ricordava ciò di cui avevano parlato, nella tenda, mentre si
preparavano a scappare. Non era certo in forma
migliore di quando l'avevano tirata fuori da quella
tendopoli, ma ormai era tutto diverso. Ormai era parte
integrante della squadra, tra l'altro era una di quelle
messe meglio, con meno ferite, quindi doveva fare la sua
parte.

Wolf si mise in testa al gruppo, Dude e Cookie
sostenevano Abe dai fianchi, dietro a Wolf. Poi c'era
Benny, poi Mozart, alla fine Penelope. Sapeva cosa
voleva dire, mettersi in fondo alla fila. Aveva la responsabilità di coprire le spalle agli altri. Non era un incarico
da prendere alla leggera. Avrebbe fatto la sua parte,
combattendo con quegli uomini e morendo con loro, se
necessario. Suo fratello aveva insistito tanto con lei
perché passasse gli esami da vigile del fuoco, quella
fatica non sarebbe andata sprecata. Era una Turner, non
avrebbe deluso i suoi compagni di disavventura.

Mentre si spostavano su per le montagne, Penelope

lanciò un'ultima occhiata indietro, prima di superare un dosso. Vide il fumo nero che si alzava dai rottami dell'elicottero, un segnale facile da individuare per tutte le bande di guerriglieri della zona. Non poteva vedere il pilota e gli altri uomini, ma sapeva che erano nascosti all'ombra, pronti a combattere, forse a morire.

Quel pensiero era troppo da sopportare. Continuando a camminare, si concesse di versare qualche lacrima, sapendo che i SEAL davanti a lei erano troppo impegnati per notarle.

CAPITOLO QUATTORDICI

Le notizie di oggi: una fonte della Casa Bianca ha confermato lo schianto di un elicottero MH-60 nella catena montuosa dell'Hakkari Daglari, tra Turchia e Iraq. Non si conosce il numero dei feriti o delle persone a bordo, ma sembra che l'elicottero stesse andando a liberare la soldatessa americana rapita, Penelope Turner, o che stesse rientrando dopo averci tentato. Non si sa se il tentativo di liberarla sia riuscito o meno, né si hanno notizie di eventuali caduti nello schianto. Rimanete con noi per un aggiornamento al telegiornale delle dieci.

———

Melody sentì il cellulare che le vibrava in mano. Finalmente, santo cielo. "Pronto?"

"Cheyenne sta per partorire?"

Melody non fu sorpresa da Tex, che sapeva che erano tutte all'ospedale per un solo motivo (beh, un solo buon motivo), cioè che Cheyenne era in travaglio. "Sì, quando le si sono rotte le acque ha cominciato a sanguinare, l'abbiamo convinta a chiamare un'ambulanza. Quando si è convinta, poi l'abbiamo raggiunta qui."

"Ho ricevuto il tuo messaggio. Mi dispiace di non averti risposto, quando hai telefonato. Ti prometto che cercherò di migliorare e di tenere il telefono più vicino e acceso." Era il modo di Tex per scusarsi.

"Lo so. Va... tutto bene?" Melody aveva sentito le notizie, era impossibile evitarle.

"Akilah è con te? Non ho molto tempo."

Cacchio, se non le rispondeva nemmeno, allora non andava affatto tutto bene. Non protestò, non fece altre domande. "Sì, è qui con me, aspetta in linea... va bene?"

"Ma certo. Mel?"

Melody si stava voltando verso la figlia ma si fermò a metà movimento. "Dimmi, Tex."

"Ti amo. Ti amo più di quanto abbia mai amato chiunque altro o qualunque altra cosa in vita mia. Lo sai, vero?"

Ahi ahi ahi ahi. Stava succedendo senz'altro qualcosa. Melody ripensò alla notizia dell'elicottero schiantatosi a terra, le si seccò la gola e le sembrò di vomitare. Ma non aveva intenzione di chiedere altro. Non sarebbe mai riuscita a nascondere una notizia del genere alle amiche, quindi preferiva non sapere. Inoltre, Cheyenne stava per partorire. Non era quello il momento di mettere in mezzo dei dolori o delle preoccupazioni.

"Anch'io ti amo, Tex. Costa a costa." Era un loro modo di dire. Da quando avevano attraversato il paese in auto due volte, la seconda per sposarsi, era diventato come un loro slogan.

"Passami Akilah. Stai tranquilla. Ti amo."

"Va bene. Ti amo anch'io. Aspetta." Melody si girò e fece un cenno ad Akilah, che la stava osservando, probabilmente da quando aveva cominciato a parlare con Tex. Melody passò il telefono alla figlia dodicenne. "È Tex," le disse sottovoce. "Digli quello che hai visto in TV."

Akilah prese il cellulare e annuì, poi uscì dal salone e dalle porte dell'ospedale. "Pronto?"

"Ciao, tesoro. Mel dice che hai sentito qualcosa?"

"Sentito parole in arabo, televisione."

Tex ormai si era abituato a capire cosa intendesse Akilah, nonostante le lacune nell'apprendere la lingua. Negli ultimi mesi era molto migliorata, ma al telefono aveva particolare bisogno di farsi aiutare a trovare le parole giuste. "Stavi guardando il telegiornale e qualcuno parlava in arabo, tu hai capito cosa dicevano leggendo le labbra?"

"Sì."

"E cosa dicevano?"

"Signora leggeva lettera, uomo vestito nero in piedi dietro. Si gira e parla altro uomo."

"Ho capito, vai avanti."

"Detto vuole prendere più americani."

"Prendere? Come la soldatessa?"

"Sì. Detto che buon momento. Tanti soldati in campo."

Quella non era una grande novità per Tex, anche il governo sapeva bene che l'ISIS voleva rapire e torturare quanti più soldati occidentali poteva, ma lui fu comunque molto impressionato dalla figlia. "C'è altro?"

"No."

"Grazie, Akilah. Sei fantastica."

"Ho aiutato?"

"Mi hai aiutato tantissimo."

Akilah sorrise. Le piaceva sentirsi utile. Tex e Melody cercavano di dirle sempre quanto erano fieri di lei e quanto erano felici di averla con loro. "Mi manchi."

"Oh, tesoro, anche tu mi manchi. Di' a Mel che vi voglio a casa al più presto. Va bene?"

"Va bene."

"Prenditi cura di Melody anche per me. Ti voglio bene."

"Lo farò. Ti voglio bene anch'io."

Tex sorrise ampiamente, dall'altra parte del paese. Gli sembrava quella fosse la prima volta che Akilah glielo diceva. Non voleva reagire in modo troppo travolgente, però, per non metterla in imbarazzo, altrimenti in futuro sarebbe stata restia a ripetere quelle parole. "Ci sentiamo dopo. Se senti o vedi qualcos'altro al telegiornale, chiamami subito."

"Sì."

"Va bene, a più tardi."

"Ciao."

"Ciao, Akilah."

Tex chiuse la conversazione e tornò a guardare gli schermi dei computer che aveva davanti. Aveva saputo dello schianto dell'elicottero nel momento stesso in cui era successo. Il software con cui rintracciava i suoi amici era sempre in funzione, aveva notato che i puntini rossi avevano smesso all'improvviso di muoversi molto prima di raggiungere la base delle forze speciali a Yuksekova. Quando aveva visto quattro puntini rossi rimanere fermi e uno che si muoveva tra le montagne, Tex aveva capito che c'erano stati dei problemi. Dividersi non era una procedura comune per gli uomini in missione. Aveva subito raggiunto i suoi contatti e dato le coordinate in cui si trovavano i quattro punti rossi.

Poi aveva saputo che il comando delle operazioni stava organizzando una squadra di Delta Force proprio in quel momento, per mandarla nelle montagne a recuperare i suoi amici. Le informazioni che Tex aveva rivelato avrebbero semplificato enormemente le ricerche, anche se a lui aveva fatto piacere che il comando conoscesse già la situazione: si erano accorti che qualcosa era andato storto e stavano inviando degli uomini in soccorso.

Era impossibile immaginare cos'avrebbero trovato, al loro arrivo. Tex non sapeva proprio a chi fossero attaccati i quattro dispositivi immobili, poteva solo sperare di non dover dire a sua moglie o alle donne a cui voleva bene come sorelle che alcuni dei loro uomini non sarebbero tornati a casa vivi.

CAPITOLO QUINDICI

Penelope se l'era cavata a camminare per un'oretta, la spingevano l'adrenalina e i nervi, ma lentamente, man mano che la camminata proseguiva, la sua forza stava svanendo. Le mancavano un'alimentazione adeguata e l'allenamento a cui era abituata, le mancava bere acqua sana e abbastanza pulita, poi aveva delle costole incrinate; tutti i patimenti cominciavano a pesare.

Sapere di non essere l'unica a faticare l'aiutava a tenersi su. Chiaramente, Abe non era leggero, Cookie e Dude stavano facendo fatica ad aiutarlo a superare le rocce e le colline che li separavano da un posto forse più sicuro, un buco in una montagna. Abe faceva il possibile per aiutarsi, ma lo squarcio alla coscia si faceva sentire; nonostante tutti i suoi sforzi, comunque si procedeva lentamente. Penelope non aveva idea di come avrebbero fatto Wolf e gli altri a decidere *quale* caverna sarebbe andata bene per nascondersi, ma senza dubbio avrebbero trovato il nascondiglio perfetto.

Un passo dopo l'altro, era lo slogan che si ripeteva.

Piuttosto che essere *lei* il motivo per cui rallentavano, sarebbe andata all'inferno. Già si sentiva in colpa, per aver portato quegli uomini in quel caos. Certo, logicamente sapeva di non essere stata *lei*, ma non poteva sfuggirle il fatto che fossero tutti in quella regione, a scalare montagne in Turchia, feriti e molto probabilmente inseguiti da guerriglieri, perché erano venuti a salvare lei.

Penelope si asciugò il sudore della fronte, per fortuna almeno aveva bevuto abbastanza per *riuscire* a sudare, le sembrava la milionesima volta che si asciugava il sudore, ma intanto continuò a camminare affaticata. Per fortuna, vide Dude e Cookie che appoggiavano lentamente Abe a terra, sospirando sollevati. Grazie a Dio, cacchio. Davvero, non sapeva quanto avrebbe potuto andare avanti in quel modo.

"Ci fermiamo qui per la notte. Non possiamo rimanere qui a lungo, ma siamo abbastanza lontani. Abbiamo tutti bisogno di riposare. Abe, adesso ti cuciamo per bene la gamba e ti imbottiamo di antibiotici. Mozart, vale anche per te. Tiger, se hai bisogno di fasciarti il torace, possiamo fare anche quello."

"Tu che dici, invece, Wolf? Come va il braccio?" Penelope si azzardò a chiedergli come andava, ma fu irritata nel vedere che le sorridevano tutti. "Cosa c'è? Cos'ho detto di così divertente?" Era stanca, aveva fame, sete, le costole le facevano un male cane. L'ultima cosa che poteva trovare divertente era un gruppo di sei fichi che ridevano di lei.

Mozart si schiarì la gola e parlò per primo. "Non c'è nulla di divertente, Tiger. Immagino siamo tutti sorri-

denti perché ci ricordi le nostre compagne. Sono un po'
come te. Sfrontate e materne allo stesso tempo."

Penelope li guardò tutti un po' ripugnata. "Io non
sono materna."

Riuscirono tutti a trattenere un'altra risata, tutti
tranne Benny, che sbuffò scettico e fece un'imitazione
piuttosto ben riuscita di lei che diceva: "Come va il
braccio, Wolf?"

"Ma stai buono. Solo perché sono un essere umano
ben educato non vuol dire che sia materna. Ammette-
telo, volevate saperlo anche voi."

"Beh, sì, ma sei stata tu a chiederlo," scherzò Abe,
nonostante il dolore.

Penelope alzò gli occhi al cielo. "Come volete. Allora
spero che gli si stacchi il braccio, e a te la testa, e a te la
gamba," brontolò indicando nell'ordine Wolf, Benny
e Abe.

"Forza, dobbiamo darci da fare per prepararci a
passare qui la notte. Non è un nascondiglio ideale, ma
dovremo accontentarci," disse Wolf, interrompendo il
clima d'ilarità.

Cookie e Dude si misero all'opera per allestire un
giaciglio di fortuna per ognuno di loro, cercando di
nascondere tutto il più possibile.

Penelope si sedette vicino ad Abe e fece del suo
meglio per pulire, suturare e bendare la gamba. Era una
brutta ferita, profonda, i punti che Penelope riuscì a
dare non erano certo destinati a vincere il premio
dell'Associazione Americana Suture, ma ad Abe probabilmente non interessava. Più che nell'efficacia di quei
punti di sutura, Penelope sperava che la crema antibio-

tica e le pillole che Abe aveva ingerito facessero effetto, eliminando il rischio di infezioni.

Erano tutti sfiniti, quindi si sistemarono molto rapidamente, dopo aver deciso i turni per fare la guardia di notte. Decisero di rimanere svegli a coppie, per evitare che si addormentassero tutti. L'ultima cosa di cui avevano bisogno era essere colti di sorpresa da un agguato dei guerriglieri, solo perché qualcuno era troppo stanco o troppo ferito per rimanere sveglio. Penelope insisté per fare anche lei un turno di guardia e fu sollevata, quando Wolf non si mise a discutere e le assegnò uno dei turni.

La razione pronta che aveva mangiato a cena era uno dei pasti migliori che Penelope ricordasse di aver mangiato in tutta la vita. Certo, non era nemmeno lontanamente un pasto degno di uno chef, ma dopo tutto il tempo in cui era rimasta senza mangiare qualcosa di concreto, tenuta al minimo delle calorie per sopravvivere, durante la prigionia lo stomaco le si era ristretto; eppure le sembrava di sentire il suo corpo che assorbiva energie dal cibo, mentre mangiava. Le avevano dato una borraccia tutta sua, piena di acqua bella fresca e saporita, la più buona che avesse mai bevuto, un vero privilegio. Certo, aveva un sapore vagamente metallico, dovuto alle pastiglie per renderla potabile che servivano per purificarla, ma Penelope non aveva certo intenzione di lamentarsi.

Finalmente, dopo un bel po' di silenzio, Wolf le chiese proprio ciò che lei si aspettava di sentirsi chiedere fin dal mattino.

"Allora, Tiger... puoi raccontarci che cavolo è

successo? Come hanno fatto quei bastardi a mettere le mani su di te e sugli altri?"

Penelope sospirò, ma non esitò a raccontare ai SEAL cos'era successo. Aspettava da tempo di raccontare quella storia a qualcuno, a chiunque; non credeva davvero fosse stata colpa loro, se li avevano catturati, non erano certo degli idioti che scorrazzavano per il campo rifugiati, proprio nel settore più pericoloso, comportandosi come fossero a Disneyworld. "Ci hanno ordinato di perlustrare la zona ovest del campo, in cerca di guai."

"Da soli? Chi è stato l'idiota a dare l'ordine?" domandò subito Dude. Dopo aver passato tanto tempo nel campo per cercarla, ormai sapevano tutti com'era il lato ovest.

"Sì, da soli! Io ho protestato, contestando il più possibile quell'incarico, ma il maggiore era nuovo. Non aveva esperienza né di comando, né di combattimento. Certo, in teoria non eravamo in combattimento, ma non aveva idea dei pericoli che si correvano in quella zona del campo. Noi invece eravamo nel campo da più tempo, lo sapevamo, quindi evitavamo di andare di ronda in quella zona. Non serviva proprio a nulla. Quella zona era pienamente sotto il controllo dei criminali e dei terroristi, ma il maggiore ha deciso che *lui* la sapeva più lunga e che il nostro disaccordo era solo un modo per fare i difficili. Quindi abbiamo dovuto andare."

Penelope scosse la testa e proseguì. "Thomas è stato il primo a percepire il pericolo. Sapevamo bene di essere osservati, durante la perlustrazione, ma lui ha notato che gli uomini che ci osservavano quel giorno erano gli stessi che ci avevano seguito il giorno prima. Stavamo camminando e all'improvviso ci hanno circondato, bloccandoci. Noi eravamo in quattro, loro una ventina. Eravamo bersagli facili, ci hanno picchiato e ci hanno sottratto facilmente le armi. Poi mi hanno trascinata via, separandomi dagli altri." Penelope cercò di controllare l'emozione mentre parlava, poi fece la domanda per la quale già sapeva la risposta. "Sono morti, vero?"

"Sì," confermò Dude.

Penelope non voleva conoscere tutti i dettagli, ormai erano morti, così proseguì. "Insomma, mi hanno picchiata per qualche giorno, poi hanno deciso di buttarmi davanti a una telecamera a leggere quelle merdate da asini che chiamavano manifesto, o qualche stronzata del genere. Io ho fatto tutto quello che mi chiedevano, pur di non contrastarli."

"Ti hanno violentata?"

Le parole di Cookie erano arrabbiate, dirette... dritte al punto. Penelope immaginò ci fosse un motivo, ma non fece domande e non si sentì offesa da quella richiesta. Diamine, lei stessa era piuttosto sorpresa di non essere stata violentata. "No. Prima che me lo chiediate, non sto mentendo. Mi hanno chiesto se ero vergine, io ho detto di no, il che è la verità, in ogni caso. Non volevo cercassero di usarmi come premio per le loro ideologie malate. Certo, quei dinamitardi suicidi avranno in premio le loro settantadue vergini, quando saranno *morti*, ma non volevo rischiare che uno di loro provasse a prendersi la sua vergine prima del tempo."

"Lo sai che sono tutte fandonie, vero? I musulmani

non ci credono davvero," le spiegò Cookie molto tranquillamente.

"Lo so, ma non avevo idea di cosa credessero davvero *quelli là*. Sappiamo tutti che il sole sorge a est e tramonta a ovest, ma se qualcuno riceve un lavaggio del cervello totale, può anche giurare il contrario."

Compresero tutti e annuirono.

"Ti hanno tenuta sempre al campo?" Fu Mozart a farle quella domanda.

"Sì, credo proprio di sì. Ma non ne sono sicura, perché all'inizio mi picchiavano molto e non ci stavo con la testa, ma quando hanno smesso di menare, credo che non mi abbiano spostato molto."

"L'idea del tessuto rosa è stata geniale, comunque," le disse Wolf.

Penelope quasi rise. "Beh, non so se è stata geniale, ma ho immaginato che non ci fosse niente di male. Quando ho indossato quelle mutandine rosa particolari, mesi fa, non avrei mai immaginato che le avrei sparpagliate nel campo rifugiati. Siccome ogni volta che uscivo dalla tenda mi coprivano come una mummia, ho capito che nessuno avrebbe potuto riconoscermi e che quindi avrei dovuto spargere degli indizi per farmi trovare, se qualcuno mi cercava."

"Come facevi a sapere che ti stavamo cercando?"

"Beh, non lo sapevo, almeno non di sicuro. Ma conosco mio fratello: Cade non avrebbe accettato che scomparissi così, senza lasciar traccia."

"Ti farà piacere sapere che hai ragione: tuo fratello è andato continuamente in televisione, ha promosso petizioni, organizzato raduni, inviato lettere al presidente, in pratica è stato un rompiscatole di prim'ordine," le disse Benny.

"Ottimo, scommetto che ha tirato fuori persino la mia stupida foto del diploma, non è vero?"

Wolf sorrise. "Sì, se ti riferisci alla foto in cui siete vicini, quella dove ti mette il gomito sulla testa e tu ridi come una pazza."

Penelope rise. "Proprio quella. Odio quella foto, invece a lui piace molto. Tutto quello che ha fatto, è tipico, proprio da lui, mentre ero in prigionia, ci contavo. Si è fatto il mazzo per arrivare dov'è adesso, è uno dei migliori vigili del fuoco che ci sia mai stato a San Antonio."

"Non è che la tua opinione è un po' di parte," scherzò Benny.

"Non sono di parte," rispose Penelope con voce secca. "Sì, siamo parenti, ma l'ho visto in azione," Penelope provò a insistere, cercando di spiegare: "Una volta siamo arrivati a un palazzo con i tre piani più alti completamente avvolto dalle fiamme e qualcuno ha detto che forse c'era un bambino intrappolato. Certo, fa parte delle mansioni dei vigili del fuoco, ma nessuno degli altri si è fatto avanti per entrare. Cade non ci ha nemmeno pensato su: si è fiondato dritto dentro nel palazzo e ha trovato una bimba, l'ha portata fuori sana e salva."

"A me sembra una mossa impulsiva e rischiosa," commentò Dude un po' ironicamente.

"Vista da fuori probabilmente è così, ma lui non agisce mai in modo impulsivo. Nemmeno lontanamente. Cade conosce il fuoco, sa come si sposta, come funziona. Lo ha studiato e lo percepisce, è come un sesto senso. Dopo quell'episodio, mi ha detto di aver capito a occhio che c'era abbastanza tempo per entrare, trovare la ragazzina e uscire. Di tutti gli uomini che ho conosciuto in vita mia, lui è quello meno impulsivo di tutti." Penelope sapeva di aver parlato in modo appassionato, ma avrebbe difeso il fratello sempre e comunque. Era davvero *molto* bravo in ciò che faceva.

"Hai qualcuno che ti aspetta, a casa?" le chiese Abe.

"A parte la mia famiglia e i colleghi vigili del fuoco della settima sezione, dove lavoro? No, nessuno. Tra i pompieri e l'esercito, come riservista, non mi rimane molto tempo per delle uscite romantiche. Anche se, dopo questa esperienza, mi sa che mi ritirerò dal mondo militare. Anzi, son contenta anche a non mettere mai più piede fuori dal Texas."

Risero tutti sommessamente.

"Voi che mi dite, ragazzi? Sarete tutti sposati, immagino? Non è normale, per un gruppo di SEAL, vero?"

Wolf rispose anche per gli altri. "Forse hai ragione, essere sposati non è certo una passeggiata, per un SEAL. Non possiamo dire alle nostre mogli dove andiamo o quanto tempo staremo in missione. Tanti non possono sopportare questo stress."

"Le vostre mogli sì?" domandò Penelope, ormai sinceramente interessata.

"Sì, le nostre mogli possono," disse Dude con voce decisa.

"Mi fa piacere, davvero. Figli?"

"Eh sì. Il nostro Abe, qui, ha due figlie adottive, prelevate proprio sotto al naso dalla loro inutile madre per non tornare più indietro. Mozart ha una bimba di sei mesi, Benny ne ha due, una figlia di due anni e un bimbo di un anno; mia moglie è in attesa." Dude fece una pausa e rise, non in modo divertito, Penelope se ne accorse. "Beh, almeno era in attesa, quando sono partito. Speravo di tornare in tempo per vedere la nascita di mia figlia, ma ormai mi sa che sarà un po' difficile."

Penelope non sapeva che dire. "Mi dispiace" non le sembrava abbastanza, inoltre non era stata lei a colpire l'elicottero. Così alla fine disse qualcosa che sembrò insipido persino a lei: "Sono forti le vostre mogli."

"Sì, sono forti," ribadì Mozart tranquillamente.

Poi la conversazione sembrò esaurirsi, ognuno si perse nei propri pensieri, con il cuore rivolto alle persone amate, chiedendosi quando si sarebbero visti di nuovo.

CAPITOLO SEDICI

Fiona camminava avanti e indietro nella sala d'attesa dell'ospedale. Dato che Faulkner non era nei paraggi, Caroline aveva avuto il permesso di entrare in sala parto con Cheyenne. Erano rimaste tutte in ospedale, per tutto il giorno, perché nessuna voleva correre il rischio di andarsene e perdersi il momento in cui Cheyenne avrebbe partorito. Ma dopo essere stata ingabbiata tutto il giorno, Jess aveva portato John e Sara fuori per una boccata d'aria fresca, mentre Alabama aveva finito per cedere, portando Davisa e Brinique fuori a mangiare qualcosa. Così in ospedale erano rimaste Summer con la bimba, Melody e Akilah, poi Fiona... ma Fiona non ce la faceva più a rimanere seduta.

Caroline era uscita ogni tanto per aggiornare su come andava il travaglio. Il sangue che Cheyenne aveva perso a casa, quando le si erano rotte le acque, non sembrava nulla di serio, ma i medici la tenevano comunque controllata. Però era passato molto tempo dall'ultima volta in cui Caroline era uscita, per cui Fiona stava per scoppiare.

Proprio quando Fiona credeva di non poter sopportare un minuto di più, Caroline uscì dal corridoio: era pallida come l'intonaco alle pareti.

"Santo Dio, la bambina sta bene? E Cheyenne? Cos'è successo?" Fiona era tutta agitata, accorse e prese le mani di Caroline.

"La bimba sta benissimo. Tre chili e nove etti... per forza Cheyenne aveva un pancione che sembravano tre gemelli. Respira bene ed è tutta intera, dalla testa ai piedi, la bimba più bella che abbia mai visto... con buona pace dei bimbi di Jess."

"Allora cosa c'è? Che succede?" domandò di nuovo Fiona.

"È Cheyenne: sanguina, i medici hanno fatto fatica a fermare l'emorragia. Mi hanno fatta uscire, ma ho sentito l'infermiera dire al medico che probabilmente è un'emorragia post-parto."

Summer inspirò di colpo. "Santo cielo, un'emorragia? Non è una bella cosa... sono riusciti a fermarla?"

"Non lo so. Mi hanno mandata via." Caroline respirò a fondo, ma poi espirò singhiozzando. "Cheyenne era pro... proprio contenta che la bimba sta bene, era mo... molto preoccupata. L'ha tenuta in braccio e mi ha guardata, poi ha detto che non stava molto bene. A quel punto le si è annebbiata la vista, è quasi svenuta. Ho dovuto afferrare la bimba perché non le cadesse dalle braccia."

"Oh, Caroline, vieni qui..." Fiona prese Caroline tra

le braccia e sentì Melody che si avvicinava da dietro. Summer si affiancò a loro e mise un braccio sulle spalle di Caroline, tenendo la piccola April con l'altro braccio. Le quattro amiche rimasero in piedi, abbracciate, nella sala d'attesa affollata, cercando di farsi forza e di confortarsi a vicenda. Fiona sentì Caroline che le tremava addosso e provò una forte sensazione di impotenza, nei confronti di Caroline e di Cheyenne.

Caroline infine si riprese e si tirò indietro. "Eravamo tutte così preoccupate per la nascitura che non abbiamo nemmeno *pensato* che potesse succedere qualcosa a Cheyenne. È troppo giovane perché le succeda qualcosa."

"Non penso che l'età abbia molto peso," disse Summer sommessamente. "Dobbiamo chiamare le altre?"

"Penso che Jess e Alabama torneranno comunque tra poco, vediamo di non spaventarle, aspettiamo di avere più notizie," disse Fiona, senza sapere quale fosse la decisione più giusta da prendere. "Magari, ora che tornano, arriva il medico e ci dice che è di nuovo tutto sotto controllo."

"Dai, sediamoci. Non possiamo fare altro che aspettare." Melody riuscì a convincere le altre, così si diressero verso un gruppo di sedie nell'angolo della sala.

Dopo una ventina di minuti, Jessyka tornò con i suoi bambini e dopo altri dieci minuti arrivò anche Alabama, con Davisa e Brinique al seguito. Rimasero tutte in gruppo, molto scure in volto, in attesa che i medici facessero sapere qualcosa. L'entusiasmo doveva essere alle stelle, per la neonata in perfetta salute, ma erano tutte preoccupate: non volevano dover chiamare il comandante Hurt con un messaggio urgente, perché facesse tornare Faulkner a casa a seppellire la moglie.

Passò un'altra ora, prima che si sapesse qualcosa in più su Cheyenne; ormai erano tutte più che impazienti di ricevere aggiornamenti. Le bimbe erano irrequiete e i loro bronci innervosivano tutte.

Finalmente un'infermiera entrò in sala d'attesa e chiese della famiglia di Cheyenne. Si alzarono in piedi tutte e sei; quando l'infermiera le vide tutte, le portò in una saletta più appartata, poi attese che tutto il gruppo di donne e bambini si accomodasse; sembrava non sapere bene da dove cominciare.

"Ma insomma, santo cielo, ci dica qualcosa," la pregò Caroline, non riuscendo più a sopportare la tensione dell'attesa. "Come sta Cheyenne? Quando potremo rivederla?"

"Come sapete già, ci sono state... delle complicazioni. Cheyenne stava sanguinando pesantemente, tanto che abbiamo dovuto trasferirla in sala operatoria."

"Oh, santo, cielo," sussurrò Melody, esprimendo ciò che tutti gli altri in quella stanza pensavano. "È ancora viva?"

Gli occhi di tutti si incollarono a quell'infermiera terrorizzata, inviata come nella fossa dei leoni, per così dire, a informare la famiglia delle condizioni di una paziente.

"Ho saputo che il marito è un militare in servizio ed è all'estero in missione?" Tutte annuirono, al che lei aggiunse: "Sarà meglio contattarlo il prima possibile. Deve tornare a casa. Subito."

La sala d'attesa rimase in silenzio per un attimo, poi si sentì il respiro flebile di Caroline, che ripeté con terrore la domanda di Melody. "Cheyenne è ancora viva?"

CAPITOLO DICIASSETTE

Dude si svegliò all'improvviso e si gettò in avanti trattenendo un urlo. "Porco cane," sussurrò poi nell'aria fredda della notte.

"Stai bene, Dude?" gli chiese Wolf al suo fianco.

Dude si passò una mano sulla faccia e cercò di togliersi dalla testa le immagini fin troppo vivide che l'avevano spaventato; notò anche che gli tremava la mano. La sua cazzo di mano *tremava*. Proprio a lui, che era quello flemmatico, quello che prendeva le cose una alla volta senza mai farsi dei problemi, quello che aveva sempre il controllo su tutto. Invece in quel momento si sentiva tutt'altro che forte. "No," rispose all'amico.

"Vuoi parlare?"

No, Dude non voleva parlare, ma lo fece lo stesso, pensando che forse l'avrebbe aiutato a riprendersi. "Ho sognato che Cheyenne ha partorito."

"Un bel sogno, allora?" gli chiese Wolf, tirandosi su con il gomito sano e tenendo la voce bassa per non disturbare il sonno degli altri.

"Sì, poi però, subito dopo il parto, Cheyenne mi ha guardato, ha detto che mi amava e mi ha chiesto di far sapere alla neonata quanto le voleva bene la sua mamma, poi ha chiuso gli occhi ed è morta, cazzo! Proprio davanti ai miei occhi. Sentivo perfino la piccola piangere in sottofondo e tutto il resto."

"Era solo un brutto sogno, Dude. Sei stressato perché non puoi starle vicino in questo momento," gli disse Wolf, cercando di far calmare il suo amico.

"Sì, un brutto sogno, ma sembrava fin troppo reale, porco cane."

A quel punto, Wolf non seppe più che dire. Avevano visto entrambi delle porcherie enormi, nella vita, situazioni tanto brutte che potevano sembrare impossibili. Per questo entrambi sapevano che forse il brutto sogno di Dude poteva anche non essere solo un brutto sogno, ma un brutto presentimento. Dopo un po', Wolf disse a Dude con voce sincera: "Sto facendo tutto ciò che posso perché torniamo tutti a casa."

"Lo so." Dude si passò di nuovo la mano sulla faccia, sentendo la barba che gli era cresciuta nelle settimane della missione. Cambiando argomento, Dude chiese: "Quanto dovremo andare a nord?" Sapeva bene quanto Wolf che dovevano salire più in alto possibile e trovare un buon punto in cui asserragliarsi e difendersi. Qualora fossero arrivati i guerriglieri e ci fosse stato un conflitto a fuoco, i SEAL avrebbero finito per essere sconfitti, perché non avevano abbastanza munizioni per resistere a lungo. Quindi la strategia migliore era nascondersi, barricarsi e rimanere il più a lungo possibile senza farsi trovare, dando a Tex (e al governo) il tempo di inviare un altro elicottero che li andasse a prendere e che li tirasse fuori da quella trappola.

"Quanto a nord?" ripeté Wolf. "Finché possiamo. È impossibile riuscire a schivarli per sempre, anche perché potrebbero fare delle ricerche agli infrarossi e noi siamo in sette. Se fossimo solo uno o due, magari ce la faremmo anche, ma non possiamo lasciare da soli Benny o Abe, io stesso non posso fare molto, con questo braccio rotto, quindi dobbiamo rimanere uniti."

"Come se potessimo dividerci," sbottò Dude.

Wolf sorrise amaramente. Sapevano bene entrambi che non avrebbero mai e poi mai lasciato qualcuno indietro. Erano troppo legati per farlo, poi erano anche troppo addestrati.

"Cosa ne pensi di Tiger?" chiese Dude. "Pensi che dica la verità, che non l'abbiano violentata?"

"Sì, penso di sì," rispose subito Wolf, girandosi per guardare Penelope che dormiva per terra, un po' più distante. La sentivano russare leggermente, ma era chiaramente immersa in un sonno profondo, il genere di sonno a cui una donna si abbandona quando sa di essere al sicuro. "È una tosta, penso che sarebbe più a disagio con noi, se l'avessero violentata."

"Sono d'accordo fino a un certo punto: penso anche che sarebbe disposta a farsi in quattro per non darci l'impressione di essere una debole," puntualizzò Dude. "Ho già visto donne così, in passato. Non vogliono assolutamente sembrare deboli, quindi sono disposte a mentire e nascondere il dolore, le emozioni, i pensieri; hai voglia, a chiedere un milione di volte come stanno."

Wolf sapeva che Dude stava parlando per esperienza, dato che a lui piaceva fare il dominante a letto; la logica di quel ragionamento era ineccepibile, ma Wolf sotto sotto sentiva che con Penelope Dude si stava sbagliando. "La Turner non è il tipo di soldato o il tipo di donna che si tiene tutto dentro, che non esprime i propri pensieri. Se fosse arrabbiata, non avrebbe problemi a farcelo sapere. Ieri, quando aveva fame, ha chiesto qualcosa da mangiare. Mi hai detto tu stesso la prima cosa che ha fatto, quando sei entrato nella tenda: ti ha chiesto qualcosa da bere."

Dude annuì. "È vero."

Wolf proseguì: "Mi ricorda molto Caroline, è pronta a lottare fino alla morte per sopravvivere, per farsi rispettare. Penso che sia questo il motivo per cui ha avuto successo, nei vigili del fuoco."

"Sì."

"Ragazzi, se avete finito di parlare di me, possiamo darci una mossa o che?"

Dude e Wolf alzarono lo sguardo sorpresi e videro Penelope sveglia, appoggiata su un ginocchio, che li guardava.

"Va bene, allora, appena si svegliano anche gli altri possiamo definire il piano per oggi." Wolf non si preoccupò minimamente di scusarsi per aver parlato di lei: si limitò a sorridere al broncio che Penelope aveva appena accennato.

"Ottimo," borbottò Penelope, che poi si mise seduta, incrociando le braccia al petto e gemendo: ignorò il proprio dolore, era ancora sotto controllo, e si spostò vicino ad Abe, che si stava svegliando. "Come va la gamba, come te la senti? Posso darci un'occhiata?"

"Goditi lo spettacolo, Tiger," le disse Abe sottovoce; se Penelope non avesse avuto una certa esperienza con persone ferite, forse si sarebbe fatta ingannare da quel tono di voce così noncurante. Abe soffriva, soffriva molto. Penelope gli spostò i pantaloni strappati e disfece le bende che gli aveva messo il giorno prima, poi fece una brutta smorfia alla vista della ferita.

"Cazzo!" esclamò Cookie dietro di lei, con voce appena accennata.

Abe non alzò la testa da terra. "Infetta, eh?" chiese con voce piatta.

"Sì," confermò Cookie.

Penelope interruppe quella conversazione per monosillabi. "Beh, se cominciamo a imprecare non migliorerà di certo magicamente. Cookie, pensi di potermi procurare delle altre salviette disinfettanti? Abbiamo degli altri antidolorifici? Dovrà prenderne, se vogliamo tirarlo su e fargli muovere il culo in montagna per andare in un posto più sicuro."

"Sissignora," rispose Cookie con un bel sorriso in volto. Non c'era niente da ridere, ma Penelope era troppo carina e vivace per trattenersi.

"Penso che..." cominciò Abe, ma Penelope lo interruppe.

"No."

"No che cosa?" chiese Abe confuso.

"No a qualunque cosa stessi per dire. Tanto era una scemenza," gli disse Penelope senza alcun rancore, sempre concentrata sulla gamba di Abe.

Benny rise dalla posizione seduta in cui si era messo dopo essersi svegliato: "Ti ha steso, Abe."

"Vaffanculo," disse Abe al suo commilitone, poi chiuse gli occhi, ma non riprese a dire ciò che aveva in mente, qualunque cosa fosse.

Penelope sorrise, divertita dal cameratismo tra quegli uomini; le ricordava gli amici con cui lavorava, a San Antonio. Taco e Driftwood erano i comici del gruppo, sempre pronti a raccontare storie o a scambiarsi battute vivaci. Il Capitano somigliava molto a Wolf, era responsabile di tutti, ma anche molto amico di ognuno. Squirrel e Crash erano come fratelli per lei, poi ovviamente c'era Cade, altrimenti noto come Sledge; lui sì che *era* suo fratello. Moose era un tipo tranquillo e introverso, anche se non gli sfuggiva mai nulla di ciò che gli succedeva intorno. Le mancavano tutti tremendamente, avrebbe fatto qualunque cosa, pur di tornare da loro e ascoltare le loro battute e i loro scherzi, alla stazione dei pompieri.

Fu Wolf a passarle le salviette disinfettanti dal kit di pronto soccorso. Penelope si mise subito al lavoro, cercando di pulire la ferita di Abe senza fargli troppo male, mentre Cookie gli iniettava in vena degli antibiotici e degli antidolorifici.

"Va bene, oggi dobbiamo continuare a dirigerci verso nord, più o meno come abbiamo fatto ieri. Ci fermiamo più di frequente per bere e per controllare le ferite. Dobbiamo puntare a recuperare al cento per cento, se vogliamo avere una chance di uscirne vivi. Benny, devi farci sapere se ti viene la nausea o se ti gira la testa. Dude, bendati la caviglia molto stretta, ma senza esagerare. Quando ci fermiamo, devi alzare il piede per cercare di ridurre al massimo il gonfiore. Abe, continua a dirci come va la gamba: non voglio che ti cada da qualche parte, lungo il tragitto." A quella battuta ridacchiarono tutti, poi Wolf proseguì: "Tiger, prima di partire ti benderemo il torace, ma purtroppo non c'è molto altro che possiamo fare. Se hai bisogno di qualcosa contro il dolore, faccelo sapere. Dovrai anche bere più di noi, devi recuperare molti liquidi. Inoltre, ricordati di mangiare sempre qualcosa durante il giorno: anche se sei più piccola di noi, hai bisogno di calorie e di energie."

Penelope annuì; Wolf aveva ragione, non le diceva nulla che lei non sapesse già di dover fare, per riuscire a proseguire sorreggendo il proprio peso. Anche se lo scopo della missione era salvare lei, avrebbe fatto tutto il possibile per non essere di peso.

"Io terrò controllato il mio braccio. Mi fa male, ma è sopportabile. Me l'avete messo in sesto perfettamente," disse Wolf, facendo i complimenti a Penelope e Cookie. "Oggi dobbiamo trovare un bel nascondiglio. Se quei bastardi hanno dei rilevatori termici, dobbiamo riuscire ad allontanarci abbastanza per sfuggire allo sguardo indiscreto di chi potrebbe sorvegliare questa zona. Allo stesso tempo, dobbiamo rimanere sempre pronti a uscire per saltare su un elicottero senza preavviso. Quindi teniamo tutti gli occhi aperti."

Annuirono tutti e si prepararono a partire in gruppo. La giornata si presentava dura, ma i SEAL lo sapevano già: l'unico giorno facile era ieri.

CAPITOLO DICIOTTO

Jess e Summer erano sedute con i loro figli, mentre le altre stavano in piedi nella piccola saletta, in attesa che l'infermiera proseguisse nel dir loro come stava Cheyenne. Akilah era stata ancora una volta molto utile, occupandosi di Sara.

"Cheyenne è stata trasferita in sala operatoria, ma è solo una precauzione. In pratica, l'emorragia post-parto avviene perché l'utero non si contrae come dovrebbe dopo il parto. Le abbiamo dato alcuni antidolorifici e abbiamo estratto la placenta a mano. Di solito, quando la placenta esce, l'utero comincia a contrarsi da solo e il sanguinamento si interrompe," spiegò l'infermiera, parlando lentamente e guardando attentamente ognuna delle donne presenti, per controllare che stessero seguendo la spiegazione.

Vedendo che annuivano tutte, proseguì: "Le abbiamo somministrato dei farmaci per favorire le contrazioni uterine, in modo da fermare il sanguina-mento, ma non ha funzionato. Il sanguinamento è diminuito, ma non si è fermato. Allora le abbiamo fatto una trasfusione, le abbiamo somministrato dei farmaci più specifici così alla fine il sanguinamento si è fermato. Non siamo stati costretti a procedere con l'isterectomia, che sarebbe stato il passo successivo, se il sanguinamento proseguiva nonostante tutti i tentativi."

"Santo Dio, isterectomia?" Jessyka rimase senza fiato e si mise una mano sulla pancia, ancora piatta, come a proteggere da quella parola il bimbo che le stava crescendo dentro.

"Sì, ma non ci siamo arrivati. Cheyenne per ora sta bene. Con gli antidolorifici si è addormentata. Però consiglio di far tornare il prima possibile il marito a casa, perché prima di addormentarsi stava chiedendo di lui. Oggi c'è andata molto vicino, a dirla tutta non è ancora completamente fuori pericolo. Continueremo a somministrarle farmaci e soluzioni liquide, per far sì che l'utero rimanga contratto. Dovrà rimanere qui stanotte e probabilmente anche domani notte. Poi la dottoressa la visiterà e vedrà se è il caso di congedarla. Però, anche se va a casa, dovrà rilassarsi e dormire molto, assumere fluidi e mangiare bene. Niente fast food, niente schifezze almeno per un paio di settimane. Dovrà riposarsi e non fare sforzi. Secondo la mia esperienza, molte neomamme vogliono tornare il prima possibile alla loro routine quotidiana, ma non è proprio il caso. La dottoressa le prescriverà anche un ciclo di vitamine per far sì che l'apporto di ferro e acido folico sia sempre abbondante."

"Riuscirà ad allattare al seno?" domandò Summer.

"Ma certo. Non cambierà nulla su come dovrà prendersi cura della neonata." Tutte le amiche annuirono sollevate, poi l'infermiera proseguì: "Se ci sono altre domande, chiedete pure all'infermiera di turno al piano. Per stasera la paziente sarà in terapia intensiva, ma molto probabilmente domattina verrà trasferita al piano. Stasera può entrare solo una persona, ma quando si sarà ripresa per bene e sarà fuori pericolo, quando uscirà dalla terapia intensiva, potrete farle visita... ma è meglio se non andate tutte insieme."

A quel punto le donne presenti risero leggermente, contente di sentire che Cheyenne si sarebbe ripresa.

"Possiamo vedere bambina?" chiese Akilah.

L'infermiera si voltò verso di lei e confermò: "Sì, ma forse è meglio un po' alla volta... siete in tante."

"Va bene," disse Caroline, rassicurando l'infermiera gentile. "Grazie per essersi presa il tempo di parlare con noi per tranquillizzarci su Cheyenne. Non sono sicura che potremo raggiungere il marito o far tornare i nostri mariti a casa in questo momento, ma ci prenderemo cura noi di lei finché non *potrà* tornare. Faremo a turno per starle vicino e per costringerla a prendersela comoda. È un po' la nostra specialità."

"Ci mancherebbe, non c'è di che. Mi fa piacere, è bello vedere che ha delle amiche così vicine. In ogni caso, grazie per il servizio che i vostri mariti rendono al paese. Anche se sono loro in prima linea, so bene che sacrifici fanno le mogli che rimangono a casa. Quindi sono io a ringraziarvi."

Tutte le donne annuirono e seguirono con lo sguardo l'infermiera che usciva dalla stanza. Essere incluse nei ringraziamenti faceva loro sempre piacere, anche se, come aveva detto l'infermiera, non erano loro in prima linea a combattere.

"Caroline, tu, Akilah e Melody andate pure a vedere la piccola Cooper," disse Fiona con decisione. "Noi aspettiamo che torniate."

"Ma sei sicura?" domandò Caroline, guardandosi intorno e incrociando lo sguardo delle altre donne nella sala.

"Ma certo, noi aspettiamo!" esclamò Jessyka con entusiasmo.

"A proposito, Caroline, che nome ha dato Cheyenne alla neonata?" chiese Alabama tranquillamente.

"Non lo so," rispose Caroline. "Credo che non abbia avuto il tempo, prima di svenire. Il medico le aveva appena messo la bimba tra le braccia, lei si è messa a contare le dita di mani e piedi e poi è stata male."

Alabama rise un pochino: "Che numero. Allora dovremo continuare a chiamarla piccola Cooper finché Cheyenne non si sveglia e dice ai medici che nome mettere sul certificato di nascita."

"Taylor!" disse Davisa nel silenzio che regnava nella sala.

"Come dici, tesoro?" chiese Alabama alla figlia.

"Taylor. Il nome della bambina."

Alabama cercò di dissuadere la nuova figlia senza deluderla troppo. "Davisa, è un bel nome, ma Cheyenne e Faulkner probabilmente avranno già un nome in mente."

"Taylor," ripeté la bimba di cinque anni con insistenza.

"Vedremo," disse Alabama, cercando di spegnere

quei capricci. Tutte le mamme presenti risero, intuendo quella tecnica evasiva.

"Va bene, allora andiamo. Alabama, Jess, Summer, voi dovrete riportare i bimbi a casa perché vadano a letto. Io e Fiona rimaniamo per la notte, voi potete tornare domani," disse Caroline, cercando di aiutare a organizzare il gruppo.

"Rimango anch'io," intervenne Akilah.

Caroline guardò Melody, che a sua volta guardava la figlia, cercando di capire se dovevano rimanere o meno. Alla fine annuì: "Sì, rimaniamo anche noi, ragazze."

"Va bene, allora è deciso. Noi facciamo in fretta, così potete entrare anche voi e poi siete libere di tornare a casa."

Annuirono tutte, poi le tre donne uscirono dalla saletta e si avviarono verso il reparto neonatale, dove c'erano tutti i bambini appena nati, in attesa di tornare a casa dai genitori.

Mentre camminavano, Caroline chiese sottovoce a Melody: "Telefoni tu a Tex? Io posso chiamare il comandante, se a Tex ci pensi tu."

Melody annuì. "Sì, gli telefono appena vediamo la bimba di Cheyenne." Sapevano che Tex avrebbe fatto di tutto per far arrivare voce alla squadra sulle condizioni di Cheyenne e sulla nascita della figlia di Faulkner. Melody si ricordò della notizia del telegiornale, l'elicottero caduto, ma decise di nuovo di tenersela per sé. Non era quello il momento di tirarla fuori, anche perché forse non aveva a che fare con i loro uomini.

CAPITOLO DICIANNOVE

Penelope si guardò intorno nella caverna con occhio critico. Non era una caverna enorme, ma era abbastanza grande per starci dentro in sette comodamente. Cookie e Mozart avevano sostenuto di peso Abe per raggiungere quel buco nella montagna. Era stato Wolf a individuare per primo la grotta.

Si trovava circa a metà di un pendio roccioso scosceso, l'apertura era visibile solo in parte dal sentiero che stavano percorrendo. Cookie, Mozart e Wolf si erano subito diretti verso l'alto, per controllare, camminando su quel tratto di terreno scosceso. Erano tornati dopo una trentina di minuti, informando gli altri che pensavano la grotta andasse bene.

Penelope era dispiaciuta per Cookie e Mozart, che avevano dovuto sorbirsi quella scarpinata in montagna per ben *tre* volte, prima di sistemarsi finalmente nel nuovo nascondiglio.

All'imbocco della grotta c'erano dei cespugli selvatici, un ottimo posto per espletare qualche bisogno corporale. Non c'era un modo chiaro o facile di proseguire la salita, nel caso avessero avuto bisogno di uscire rapidamente, ma c'erano molti cespugli che fornivano un facile riparo, se necessario.

Penelope non voleva fare domande, ma non seppe trattenersi. Lei non si tratteneva mai, quando sentiva di dover chiedere qualcosa, quindi non ci provò nemmeno. "E adesso?"

"E adesso?" ripeté Mozart.

"Sì, e adesso? Ce ne stiamo rannicchiati in questo buco nella roccia, ma per quanto tempo? Qual è il piano?"

"Il piano è aspettare," rispose Wolf con calma.

"Aspettare?" chiese Penelope incredula. "Aspettare che cosa?"

"Tex."

Penelope si massaggiò le tempie. "Chi cazzo è Tex? Sarà la terza volta che lo nominate. Sappiate che non sono molto brava ad aspettare."

Nessuno degli uomini si agitò, nessuno mostrò alcun segno di irritazione. Fu Cookie a rispondere, ma non nel mondo che Penelope si aspettava. "Circa due anni e mezzo fa, più o meno, eravamo in Messico per una missione di soccorso. Eravamo andati a salvare una ragazza che era stata rapita. Quando siamo arrivati, abbiamo trovato un'altra donna, anche lei era stata rapita, ma nessuno la stava cercando. Siamo riusciti a tornare tutti sani e salvi, senza feriti."

Cookie fece una pausa, lasciando abbastanza tempo a Penelope per dire: "Non capisco cosa..."

"Ascolta, Tiger," la riprese Wolf.

Penelope allora chiuse la bocca e annuì, trattenendo la frustrazione per quella risposta così indecifrabile alla sua domanda.

"Fiona sembrava riprendersi bene, all'esterno. Era coraggiosa, stoica, ti somigliava molto, Penelope. L'avevano drogata e ha dovuto lottare per disintossicarsi e uscire dal tunnel. Io non ho seguito il mio istinto, pensavo che stesse bene, così siamo partiti per un'altra missione, ma Fee ha cominciato ad avere dei flashback. A un certo punto si è convinta di essere di nuovo in Messico e ha cominciato a scappare. Scappava dai fantasmi dei rapitori che esistevano solo nella sua testa. Io ero all'estero e non potevo tornare a casa, se non dopo un paio di giorni. Nel frattempo, lei era dispersa, tutta sola, impaurita e sofferente."

Cookie respirò profondamente, poi continuò: "Tex l'ha trovata. È riuscito a rintracciarla e l'ha tenuta al sicuro finché non sono tornato. Mi fido ciecamente di Tex, metterei la mia vita, la vita di mia moglie e di tutti i miei amici nelle sue mani. Tex ci troverà. Ci scommetto tutto quello che ho, anche la mia stessa vita."

"Puoi anche scommetterci la *tua* vita," borbottò Penelope, ancora non convinta al cento per cento che fosse una buona idea riporre tutte le speranze su quel Tex.

"Tiger, ognuno di noi deve qualcosa a Tex: in un modo o nell'altro, ha sempre avuto un ruolo importante nel salvare la vita delle nostre mogli. Posso garantirti che in questo preciso momento sta facendo tutto ciò che può per farci tornare a casa," disse Benny seriamente.

Penelope guardò Benny, il SEAL che fino a quel punto era stato il più taciturno di tutti, il quale riprese a parlare.

"Noi non gli facciamo domande, lui non ci dice più di tanto, perché sappiamo tutti che quel che fa è a dir poco ai limiti della legalità, ma a noi non importa un cazzo. Lui ha tanti contatti, anche lui era un SEAL, adesso invece lavora per la CIA, per l'FBI, per le Delta Force, per i Rangers, e non sarei sorpreso se saltasse fuori che conosce qualche cazzo di terrorista anche qui in Iraq che gli deve un favore. Se dovrà, Tex smuoverà ogni singola persona che conosce per tirarci fuori da questo cazzo di posto. Devi solo fidarti."

"Non sono una che si fida," rispose Penelope sinceramente, "ma di *voi* mi fido. Mi avete tirato fuori da quel buco infernale in cui mi tenevano prigioniera. Se mi dite che posso fidarmi di questo Tex, allora lo farò."

"Ottimo." Benny annuì soddisfatto.

"Però..."

Tutti sei gli uomini gemettero, Penelope non poté trattenere un sorriso. Erano tutti così... ragazzi, fin troppo. "Abbiamo un piano per come reagire se i guerriglieri ci trovano prima che Tex faccia arrivare i rinforzi?"

"Sì: rimanere vivi."

Penelope grugnì frustrata per la risposta di Abe, poi scosse la testa: "Non importa, Gesù santo."

Wolf intervenne di nuovo: "Siamo tutti armati e abbiamo le munizioni, Tiger. Combatteremo contro chiunque oserà portare il culo vicino a questo buco. Non ce ne staremo qui seduti a farci ammazzare."

"E se ci sparano con un razzo?" chiese Penelope, dando voce a una delle sue paure peggiori.

"Potrebbero anche farlo."

Penelope non fu certo rassicurata dal commento di Wolf, che però continuò a parlare prima che lei potesse intervenire.

"Ma è un rischio che dovremo correre. Rimarremo al riparo finché non saremo assolutamente costretti a dare battaglia. Con un po' di fortuna, avranno al massimo qualche granata."

"Merda," sussurrò Penelope terrorizzata dall'immagine di uno di quegli aggeggi infernali che veniva lanciato nella caverna, esplodeva e li uccideva tutti.

"Cazzo," disse Dude con un filo di voce. "Bel modo di spaventarla a morte, Wolf."

"Senti," spiegò Wolf, "non c'è alcuna garanzia di uscirne vivi, ma se segui le nostre istruzioni ti tireremo fuori di qui, noi *abbiamo* già avuto esperienze di merda come questa."

Penelope ci pensò su, poi decise di lasciar perdere. Wolf aveva ragione, stava dando loro il tormento per qualcosa che nessuno di loro poteva prevedere. Erano tutti SEAL ben addestrati: in una situazione pericolosa, erano abituati ad agire, proprio come faceva lei quando si lanciava in un edificio in fiamme. Se nell'edificio che andava a fuoco ci fossero stati dei civili, le avrebbe fatto piacere sentirsi fare tutte quelle domande, come stava facendo lei con quegli uomini? No. L'avrebbero solo fatta arrabbiare. Avrebbe risposto anche lei così, dicendo di fidarsi di lei e di seguire le sue istruzioni.

Così respirò a fondo e disse: "Avete ragione, quando

comincia a piovere merda, farò tutto ciò che mi direte di fare. Promesso."

Wolf annuì sollevato. "Ottimo."

Un silenzio scomodo piombò nella caverna, era come se tutti aspettassero che succedesse qualcosa... qualunque cosa...

———

Tex era concentrato sullo schermo del computer che aveva davanti. Aveva già lavorato con Keane "Ghost" Bryson in passato, in una missione; il soldato delle Delta Force era dannatamente bravo nel suo lavoro e aveva persino salvato la vita a Tex. Dopo quella missione, non avevano più parlato di persona, ma si erano tenuti in costante contatto negli anni, sempre per via informatica.

Il comandante Hurt sapeva già che l'elicottero si era schiantato, ma non sapeva dove fosse. Tex gli aveva comunicato le coordinate e sapeva che l'altra squadra di SEAL già presente sul campo veniva mobilitata per intervenire, ma aveva la netta sensazione che ai suoi amici sarebbero serviti ulteriori rinforzi.

Ormai era ovvio che Wolf e gli altri della squadra avevano lasciato quattro dispositivi di rilevamento con altri quattro militari, feriti o morti, tenendone solo uno per loro. Altrimenti non si sarebbero mai divisi. Tex stava seguendo l'unico puntino rosso che si spostava verso nord, allontanandosi dagli altri puntini rossi. Il dubbio era: chi teneva gli altri dispositivi?

Se Wolf aveva bisogno di rinforzi, era esattamente

quello che avrebbe fatto Tex, inviare altri uomini. I SEAL non potevano cadere in un posto peggiore: si erano schiantati proprio in mezzo a un focolaio di guerriglieri, cadendo come con la faccia in un vespaio... lentamente, ma inesorabilmente, le vespe si stavano attivando, uscivano dal nido per cercare chi le aveva disturbate.

Ecco perché stavano intervenendo Ghost e le Delta Force: Tex aveva contattato Ghost subito dopo aver parlato con il comandante. Ghost aveva ascoltato le preoccupazioni di Tex e aveva subito contattato il *suo* comandante. Di solito il governo non si attivava a quella velocità, ma Ghost e la sua squadra di Delta Force avevano molta influenza e nel giro di qualche ora le forze speciali si stavano dirigendo in Medio Oriente.

Tex teneva gli occhi fissi sullo schermo. Sulla sinistra c'erano quattro puntini rossi lampeggianti che non si muovevano, mente l'altro puntino rosso si allontanava sempre di più dagli altri. Sulla destra dello schermo c'era un'immagine satellitare, un'immagine nitida e sorprendentemente ben definita. Tex aveva violato uno dei satelliti di massima sicurezza del governo e stava seguendo la trasmissione in diretta dalle montagne della Turchia. Seguiva gli eventi, si sentiva impotente, vedeva nella penombra delle figure che si avvicinavano sempre più ai quattro puntini immobili, nascosti ai lati di una montagna.

Tex tratteneva il fiato per la tensione, sapendo che tutto ciò che poteva fare, ormai, era solo guardare.

CAPITOLO VENTI

Sono passati due giorni da quando si è saputo dell'elicottero schiantatosi sulle montagne tra la Turchia e l'Iraq. Non abbiamo ricevuto alcuna conferma su chi fossero le persone a bordo dell'elicottero e sulle conseguenze dello schianto. Il presidente ha preferito non fare commenti sull'incidente e stranamente non circolano nemmeno voci di corridoio.

Nessun gruppo terroristico ha rivendicato la responsabilità di questo schianto, persino l'ISIS è rimasta in silenzio.

I nostri telespettatori si ricorderanno che il sergente Penelope Turner è stata rapita dai terroristi dell'ISIS e che sono stati trasmessi dei video di propaganda con una certa regolarità. Al momento non si hanno informazioni sul destino del sergente Turner, ma le ipotesi ritenute più credibili legano lo schianto dell'elicottero proprio alla Turner.

Rimanete con noi per il notiziario delle dieci, in cui ci sarà un approfondimento sulla vita dei SEAL della marina e su cosa comporta organizzare una missione di salvataggio. Con noi sarà presente un ex SEAL della sesta squadra, che come sapete è stata quella principalmente coinvolta nella missione che ha portato all'uccisione di Osama Bin Laden nel 2011.

———

Cheyenne alzò lo sguardo e trovò una delle sue migliori amiche che teneva in mano la neonata, così le disse: "Ho sognato che ero sdraiata a letto e guardavo Faulkner, poi gli ho detto che l'amavo e che doveva far sapere a nostra figlia quanto l'amavo. Poi chiudevo gli occhi e morivo."

Jessyka era seduta vicina al letto di Cheyenne, le stringeva forte la mano libera. "Invece sei qui."

Cheyenne annuì, ma non disse nulla per molto tempo, limitandosi a guardare sua figlia con tutto l'amore possibile.

Infine fu Jess a rompere il silenzio: "Allora... ci togli dalle spine finalmente? Ci vuoi dire che nome hai scelto per la tua bella bimba?"

Jess prese uno spavento, vedendo le lacrime che scendevano dagli occhi di Cheyenne, rigandole le guance.

"Santo cielo, ma che c'è? Cos'ho detto?" domandò Jess presa dalla frenesia e preoccupata di aver detto qualcosa di sbagliato, facendo star male la sua amica.

Cheyenne guardò di nuovo Jess. "È una... è una stupidaggine, è solo che pensavo di essere qui con Faulkner, pensavo che avremmo accolto insieme la nostra neonata, che avremmo compilato insieme il certificato di nascita."

Jess si abbassò su Cheyenne e la strinse come

poteva, facendo attenzione alla bimba tra di loro, poi le sussurrò nell'orecchio, mentre l'abbracciava: "Ma dai, lo *so*, vedrai che tornerà presto a casa e che avrete un sacco di altre occasioni da ricordare insieme. È una grande seccatura, che non sia qui adesso, ma pensa quando finalmente *tornerà*, quando gliela consegnerai, quando gli presenterai la figlia per la prima volta. Non è la stessa cosa, ma sarà comunque un'esperienza speciale, a suo modo."

Jess sentì Cheyenne che le annuiva contro, tirando su col naso, così si fece indietro e prese un fazzolettino, con cui asciugò le lacrime dell'amica, per poi passarle il fazzoletto, perché si soffiasse il naso. Quando Cheyenne riprese il controllo di sé, Jess le chiese di nuovo: "Allora... me lo vuoi dire il suo nome, o vuoi tenere il segreto e costringermi a chiamarla 'ragazza' per il resto della sua vita?"

Cheyenne sorrise, sapeva che Jess voleva proprio farla sorridere. "Taylor Caroline Cooper."

Jess sembrò presa alla sprovvista per un momento, poi sorrise ampiamente. "Santa paletta, Davisa mi ha detto che l'avresti chiamata così, ma io non le ho creduto. L'hai già detto a Caroline?"

"Davisa è una ragazza intelligente, ma no, non l'ho ancora detto a Caroline."

"Promettimi che glielo dirai quando ci sono anch'io."

Cheyenne rise sommessamente. "Te lo prometto."

Jess abbracciò un'altra volta l'amica, poi si alzò in piedi. "Va bene, ora devo tornare dai miei mostriciattoli, ma saremo di nuovo qui tutti nel pomeriggio, così vi portiamo a casa nostra."

"Ah, ma io pensavo..."

"No," la interruppe Jess. "Lo so che pensavi di andare a casa tua, invece no: la dottoressa ha detto che devi riposarti, sappiamo tutte che se torni a casa tua poi non ti riposi. Finché Faulkner non sarà tornato, ci penseremo noi a costringerti a seguire i consigli della dottoressa, ti marcheremo stretto."

"Ma io non..."

Jess la interruppe di nuovo: "Invece sì, faresti di testa tua, invece non puoi."

Cheyenne sospirò, fingendosi annoiata, poi sbuffò: "Vaaaa bene!"

"Ottimo." Jess sorrise. "Allora, come ti dicevo, torniamo oggi pomeriggio per portarti a casa da Caroline. Tu fai la brava, ci vediamo tra un po'. Ho già chiamato l'infermiera, verrà a prendere Taylor. Tu devi riposarti, prima che ti tiriamo fuori di qui."

"Va bene, allora grazie, Jess."

"Non mi devi ringraziare. Ci hai fatte spaventare a morte, siamo proprio felici che tu stia bene, abbiamo tutta l'intenzione di farti rimanere in salute."

"Ti stai comportando da capetto, proprio come Faulkner."

"Ah, proprio come lui," sbuffò Jess. "Il tuo uomo ha portato a un altro livello il concetto stesso di fare il capetto... e a te comunque piace."

"È vero. Si sa nulla?

Jess capì subito a cosa si riferiva Cheyenne. "No, ancora nulla."

"Hai chiesto a Melody?"

Jess scosse la testa. "No. Non voglio proprio farle pressioni per sapere. Non voglio darle l'impressione che la mettiamo in mezzo, sai, per scoprire quello che sa Tex."

Cheyenne annuì. "Sì, hai ragione, non sarebbe corretto chiederle troppo, vero?"

"Non credo, ma di sicuro ci dirà tutto quello che potrà dirci."

"Mah, non so." Cheyenne non sapeva se essere d'accordo o meno con Jess. Aveva visto Melody solo una volta, da quando si era svegliata dopo il parto, ma le rughe di espressione che le contornavano il sorriso non sembravano del tutto spontanee come al solito, quindi l'impressione era che Melody sapesse più di quanto non stava dicendo. Cheyenne lasciò perdere quel punto. "Grazie di tutto. Ci vediamo dopo."

Jess annuì e se ne andò, sorridendo all'infermiera che stava arrivando a prendere la piccola Taylor per riportarla nella sua culla al reparto neonatale.

———

Melody era seduta nella cameretta che Caroline e Wolf avevano arredato come un appartamentino nel seminterrato di casa loro, aveva la schiena contro il muro e le ginocchia piegate, con le braccia che le avvolgevano. C'erano un letto comodissimo e una bella sedia su cui poteva sedersi, invece chissà perché si sentiva più a suo agio appallottolata dov'era. Melody aveva il telefono incollato all'orecchio, la mano che lo teneva era pallida.

"Non hai alcuna notizia?" chiese a Tex, con la voce tremante.

"No."

Melody sapeva che Tex doveva per forza rimanere sul vago, ma quella vaghezza non la faceva stare affatto bene. "Pensi che siano vivi?

"Sì."

"Come fai a saperlo, se non hai più notizie?"

"Mel," la voce di Tex era calma, rassicurante, "anche se sono i mariti delle tue amiche, i padri di quei bambini, padri che si inteneriscono a ogni vagito, ma sono anche dei SEAL della marina, vere e proprie armi letali viventi."

Melody capì tra le righe delle parole di Tex. "Capito."

"Ti amo, piccola. Non preoccuparti di nulla. Beh, il meno possibile, almeno. Sinceramente non so cosa stia succedendo, ma stai pur certa che sto facendo tutto ciò che posso per riportarli a casa. Va bene?"

"Va bene, Tex."

"Ora dimmi, come sta la mia bimba?"

Melody sorrise; le piaceva tantissimo sentire l'amore che Tex provava per Akilah. "È davvero brava, l'aiuto ogni sera con la sua protesi, anche se in realtà non ha più bisogno del mio aiuto. È stata bravissima con i bimbi di Jess e si è impegnata molto con la piccola Sara."

"Davero?"

"Sì, davvero."

Tex rimase in silenzio per un momento, poi

aggiunse: "Sai, ci stavo pensando. Ne parlavamo prima che Akilah entrasse nella nostra vita, ma poi non abbiamo avuto più occasione. Mi piacerebbe avere un figlio da te, Melody. Vorrei una figlia con i tuoi capelli biondi, con i tuoi begli occhi azzurri, una bimba che ti somigli e che mi scorrazzi intorno. Mi piacerebbe molto far avere una sorellina tutta sua ad Akilah."

Melody non disse nulla, così Tex la chiamò preoccupato: "Mel?" Poi al telefono si sentì tirar su col naso. "Mel? Dai, mi dispiace, non volevo farti piangere."

"Dicevi sul serio?"

"Ogni singola parola."

"Anch'io lo voglio," sospirò Melody, asciugandosi le lacrime dagli occhi.

"Cazzo, meno male," disse sottovoce Tex. "Quando tornate a casa?"

"Cheyenne torna a casa oggi dall'ospedale. Noi volevamo andare da Jess per darle una mano con John e Sara. Non avevo un giorno preciso in mente, ma adesso vorrei tanto tornare a casa domani."

Tex ridacchiò. "Non c'è fretta, Mel. Prima devi smettere di prendere la pillola, poi ora che funzioni, potrebbe passare del tempo prima che tu rimanga incinta."

"Lo so, ma ciò non significa che non mi voglia divertire provandoci."

"Santo cielo, Mel, davvero... non puoi farmi questo."

Melody ridacchiò. "Hai ragione, scusami. Allora, facciamo così: rimango un'altra settimana. Così dovresti avere il tempo di far tornare i ragazzi finalmente a casa,

si spera; noi aiuteremo Jess e passeremo del tempo con
le altre.”

"Mi sembra un'ottima idea."

"Va bene, però, Tex..."

"Dimmi, piccola."

"Pensi che Amy potrebbe tenere Akilah per un fine
settimana, quando torniamo? Mi piacerebbe provare
fino in fondo a fare un figlio, sarebbe più semplice se
nostra figlia non fosse nella stanza accanto."

"Le telefono appena ci salutiamo, consideralo fatto.
Amy è la tua migliore amica, farebbe qualunque cosa
per te. Cacchio se ti amo, Mel."

Melody sorrise e si strinse alle ginocchia con più
forza. "Anch'io ti amo. Dai un bacio a Baby da parte
mia."

"Lo farò. Ogni sera si mette alla porta a frignare. È
ovvio che le manchi." La voce di Tex si fece seria. "Fatti
forza, Mel. Per quanto mi riguarda, i nostri uomini
torneranno a casa molto presto."

"Lo so, tu sei super-Tex. Fai le tue cose."

"Mandami dei messaggi per farmi sapere che fai."

"Lo farò. Ti amo, Tex."

"Io ti amo. Costa a costa. Stammi bene."

"Ciao."

"Ciao."

Melody chiuse la conversazione e appoggiò la testa
sulle ginocchia. Aveva la testa nel pallone per l'eccesso
di emozioni, non sapeva come riprendere il filo. Era
preoccupata per i suoi amici, soddisfatta di Akilah, che
si stava ambientando, felice che Cheyenne stesse
meglio, con una neonata perfettamente sana; amava

Tex, *desiderava* il marito, era contenta nel profondo dell'animo perché Tex voleva un figlio da lei.

Sospirò e alla fine si alzò in piedi. Era ora di andare a prendere Cheyenne e la neonata per aiutarle a sistemarsi.

CAPITOLO VENTUNO

L'eco di un colpo d'arma da fuoco fece sussultare Penelope, che si mise seduta, in preda alla confusione. Guardandosi intorno, vide Dude e Cookie sdraiati proni per terra all'imbocco della grotta. Mozart e Benny non erano nei paraggi. Wolf era in piedi, appoggiato alla parete della caverna, impugnava la pistola al fianco. Ogni tanto si sporgeva per dare un'occhiata fuori, poi ritirava dentro la testa.

Abe era sdraiato, fermo immobile, dietro di lei. Non stava migliorando, per quanti antibiotici gli somministrassero. La sua gamba aveva bisogno di cure più intense di quelle che poteva ricevere sul campo. Penelope era preoccupata, perché senza un intervento medico approfondito Abe rischiava come minimo di perdere la gamba, ma nella peggiore delle ipotesi poteva anche... perdere la vita.

Si sentirono altri spari, Penelope trasalì di nuovo, ma si sforzò di gattonare fino al fianco di Wolf. "Che succede?" gli sussurrò, sentendosi stupida per aver parlato sottovoce, ma le era venuto spontaneo. Si stavano nascondendo, le sembrava normale non farsi sentire, anche se nessuno poteva di certo sentirla, considerata la distanza di quei colpi d'arma da fuoco.

"Sparano." La risposta di Wolf fu breve e concisa.

"Ma va là? Che genio," fu la risposta irritata di Penelope. Nessuno si mise a ridere, così anche lei tornò seria. "Stanno sparando contro di noi?"

"No."

Penelope sospirò. Tirar fuori informazioni da quell'uomo era come estrarre un dente a mani nude. Si sdraiò pancia a terra, ignorando le fitte di dolore che sentiva al costato, poi strisciò verso Dude e Cookie. Poi fece capolino fuori dalla caverna e non vide nulla. "A chi stanno sparando?"

"Non si sa."

"È un bene o un male?" domandò Penelope.

"Può essere l'uno o l'altro," rispose Dude.

"Allora che si fa?"

"Si aspetta," rispose Cookie.

"Mi fa schifo aspettare," mormorò Penelope, arretrando dall'imbocco della caverna e tornando verso Abe; voleva dare un'altra occhiata alla sua gamba, per pulirla di nuovo, sperando di riuscire in qualche modo ad aiutarlo.

———

Ghost alzò la mano, segnalando agli altri uomini della squadra di fermarsi. Si erano paracadutati in quella regione ostile e si stavano avvicinando alle coordinate ricevute da Tex. Ghost nutriva nei confronti di Tex un rispetto assoluto, per lui, Tex era una persona che valeva davvero la pena di conoscere, perché sapeva sempre come raggiungere il risultato desiderato. Se Tex voleva un favore, Ghost era più che felice di accontentarlo, insieme agli altri della squadra. Del resto, Dio solo sapeva quante volte Tex li aveva già aiutati.

Fletch e Coach si sparpagliarono alla sua destra, mentre Hollywood e Beatle lo raggiunsero dalla sinistra. Ghost sapeva che Blade e Truck tenevano sotto controllo la retroguardia, così si abbassò e attese che i guerriglieri si facessero notare. Nessuno di loro credeva di poter marciare direttamente verso il punto in cui Tex aveva rilevato almeno quattro uomini, senza incontrare alcun problema. Ben presto, il problema si concretizzò.

L'allarme gli era arrivato nell'auricolare nel momento stesso in cui il primo colpo di arma da fuoco era risuonato tra le montagne. La squadra di Delta Force si avvicinò rapidamente al conflitto a fuoco, ogni uomo era pieno di adrenalina, pronto a battersi.

Il suono degli spari era sporadico ma potente, riecheggiava tra le montagne. Invece di accorrere ad armi spianate, la squadra di Ghost, il "fantasma", operava proprio come quel soprannome lasciava presagire. Quattro terroristi morirono prima ancora di accorgersi che qualcuno era arrivato alle loro spalle. Ghost fece cenno a Fletch e Beatle perché andassero verso ovest, mentre lui, Coach e Blade si dirigevano verso est. Truck e Hollywood andarono in silenzio verso il punto in cui speravano di trovare i SEAL dispersi.

Si sbarazzarono rapidamente degli altri terroristi

rimasti nei dintorni, sapendo bene che molto probabilmente ne stavano arrivando degli altri a dar loro man forte.

"Cinque a uno," sentì Ghost nell'auricolare.

"Uno, parla cinque, avanti," rispose.

"Zona pulita."

"Pulita." Ghost sapeva che anche gli altri uomini potevano sentire quel dialogo e si avvicinarono lentamente al punto in cui pensavano di trovare i SEAL. Quando arrivarono, trovarono quattro uomini, non sei, e non riuscirono a trovare alcun sergente dell'esercito.

Furono sorpresi di scoprire che gli uomini in quel punto erano in realtà degli aviatori, l'equipaggio dell'elicottero di soccorso. Il copilota e il mitragliere erano morti. Il pilota e il comandante erano ancora vivi, ma in condizioni difficili. Erano stati loro a rispondere al fuoco dei terroristi per difendere la loro posizione.

Ghost si accovacciò vicino al pilota mentre Truck ne controllava le condizioni, cominciando a soccorrerlo, poi guardò il comandante e vide che Beatle stava facendo quanto poteva per soccorrerlo. "Rapporto?" chiese al pilota.

"Undici a bordo. Missile spuntato dal nulla, abbattuti. Copilota morto sul colpo."

"E gli altri?"

"Sinceramente non lo so," rispose il pilota con un filo di voce, in preda al dolore. "o ne sono rimasto fuori, ci hanno detto qualcosa prima di andarsene, ma non conosco il loro piano. Alcuni erano feriti."

"La donna?"

"Al sicuro, signore."

Sentendo che il sergente Turner era stato portato in salvo, Ghost si sentì più sollevato, ma non si lasciò andare. "Vi hanno lasciati qui?" Quelle parole gli uscirono con un tono chiaramente non tanto neutro quanto lui stesso voleva, quindi il pilota si sbrigò a spiegare.

"Sì, ma non ci hanno abbandonato, se è questo che intendi. Mi hanno spiegato che ci lasciavano dei dispositivi di rilevamento per darci qualche possibilità di sopravvivenza. Li abbiamo incoraggiati noi ad andarsene. Se avessero cercato di portarci con loro, saremmo finiti tutti nella merda."

Ghost annuì. Non voleva pensar male dei SEAL, che grazie al cielo si muovevano secondo gli stessi valori. "Hanno detto dove andavano?"

"Solo che andavano su. Volevano raggiungere una postazione facile da difendere, per proteggersi dai guerriglieri, hanno detto che avrebbero avuto più possibilità nascondendosi in una caverna. Speravano anche che muovendosi avrebbero deviato i terroristi, evitando che ci trovassero."

Ghost annuì, capendo che anche lui si sarebbe comportato nello stesso modo, in quella situazione; così pensò rapidamente al prossimo piano d'azione. Non poteva lasciare quegli uomini dov'erano, a meno che non avesse avuto altra scelta.

Si alzò in piedi e si diresse verso l'inizio della salita, indicando agli altri di seguirlo. Così formarono un gruppetto per condividere la storia degli elicotteristi.

Ghost fece come al solito, cioè elencò le varie opzioni per poter decidere insieme agli altri, una decisione di squadra sui prossimi passi da compiere. "Uno, lasciamo qui gli elicotteristi e cominciamo a salire per trovare i SEAL e il nostro sergente. Due, portiamo con noi questi uomini e andiamo su in montagna a cercare i SEAL e il sergente. Tre, chiamiamo un elicottero che venga a prendere gli elicotteristi e quando si sono messi in salvo proseguiamo verso nord per cercare sergente e SEAL. Quattro, ci dividiamo, tre di noi stanno qui con questi uomini e gli altri vanno verso nord. Quando troviamo i SEAL torniamo indietro e poi chiamiamo qualcuno che ci venga a prendere."

Gli uomini di Ghost risposero subito, esattamente con l'opzione che lui si aspettava.

"Tre," disse Hollywood.

"Tre," confermò Beatle.

"Tre," ribadì Blade.

Anche gli altri confermarono la stessa scelta e si trovarono tutti d'accordo con la terza opzione, senza alcuna esitazione. Non avrebbero mai potuto abbandonare dei commilitoni, lasciando che venissero raggiunti dai terroristi. Le squadre delle Delta Force rientravano nei ranghi dell'esercito degli Stati Uniti, ma nel cuore tutti i militari delle Forze Speciali si sentivano come fratelli.

La squadra dei SEAL che aveva nascosto quei misteriosi aggeggi addosso agli uomini feriti dell'elicottero aveva salvato almeno due vite. Ghost sapeva che avrebbe dovuto discutere con Tex di quei dispositivi, doveva chiedergli che cazzo ci facessero addosso a una squadra di SEAL delle migliori, in una missione della massima segretezza. Ovviamente non erano dispositivi di ordinanza, non erano previsti dal comando operazioni o dalla marina, ma in quel momento erano una vera manna dal cielo.

Ghost annuì agli altri uomini della squadra, sapendo che avevano preso la decisione migliore, poi prese la radio. La decisione migliore non era per forza quella più sicura, ma insieme avrebbero affrontato ogni pericolo.

Dopo due ore, e dopo altre due scaramucce con i guerriglieri, da dietro una collina arrivò un elicottero MH-60 col motore rombante. Per fortuna, Ghost era abituato a quel rumore, altrimenti si sarebbe spaventato. Fletch e Coach presero gli uomini deceduti, Hollywood e Truck aiutarono i due feriti a salire sull'elicottero. Nel momento stesso in cui i soldati furono consegnati nelle mani degli uomini che li aspettavano a bordo dell'elicottero, questo si levò in volo per tornare alla base, così come era arrivato. L'intera operazione di soccorso durò al massimo due minuti e mezzo.

Quando il suono dell'elicottero svanì tra le montagne, Ghost guardò i suoi uomini. "Ora basta con i giochetti. Andiamo a riprendere i nostri soldati."

Gli altri annuirono, con molta determinazione. Ormai non importava più quanti terroristi avrebbero incontrato: era ora di riportare a casa il sergente Penelope Turner.

CAPITOLO VENTIDUE

Abbiamo ricevuto un aggiornamento sulla notizia di ieri sera, l'elicottero schiantatosi sulle montagne tra la Turchia e l'Iraq. Abbiamo appreso da fonti di fiducia che quattro uomini sono stati riportati alla base aerea di Ramstein, in Germania, due feriti e due morti. Non siamo in grado di confermare l'identità dei militari in questione, ma secondo le nostre fonti si tratta di personale in servizio sull'elicottero al momento dello schianto. Non sappiamo se una delle persone tornate in Germania sia o meno una donna. Continueremo a raccogliere ulteriori informazioni per scoprire se il sergente Penelope Turner era o meno tra le persone ferite o uccise a bordo dell'elicottero caduto. Gli ultimi aggiornamenti nel notiziario della notte.

Caroline era in piedi davanti al piccolo televisore nella camera da letto sua e di Matthew, quando sentì l'ultimo aggiornamento e rimase senza fiato. Non si capiva molto, ma si capiva abbastanza. Un elicottero si era schiantato. Due uomini morti, due feriti, niente altro. Ovviamente, gli uomini nella squadra di Wolf erano sei, ma il telegiornale poteva sempre sbagliarsi.

Caroline sentì il cuore che le batteva troppo forte, però non le veniva da piangere. Rimase in piedi davanti alla TV, anche se ormai andava la pubblicità. Ma lei non la seguiva più, era persa nei suoi pensieri, preoccupata per il marito e per gli amici, i mariti delle sue amiche.

"Ciao, Caroline, dove posso trovare... Caroline?" Melody smise di parlare quando vide l'amica in piedi nella camera da letto, con le braccia conserte intorno alla vita, che quasi frignava. Melody le si avvicinò e le mise un braccio intorno al corpo, appoggiandole una mano sulla guancia per farla girare, in modo da guardarla dritto in faccia. "Cosa c'è, Caroline?" le sussurrò.

Melody vide Caroline sbattere le palpebre una volta, poi un'altra volta, prima di darsi una sistemata per controllarsi, proprio davanti ai suoi occhi. "Come? Ehm..."

Melody lasciò andare il volto di Caroline, ma si voltò verso la TV, il telegiornale stava per cominciare. Melody capì all'improvviso di cosa poteva trattarsi e chiese preoccupata: "Hanno annunciato un servizio sull'elicottero caduto in Medio Oriente?"

A quelle parole, Caroline si voltò di scatto e la guardò negli occhi: "Sì."

"Cos'hanno detto?" le chiese Melody sottovoce.

"Due feriti, due morti. Li hanno portati alla base aerea di Ramstein, in Germania."

"Hanno detto qualcos'altro?"

"No."

Melody fece una pausa. "Io non so nulla di particolare, Caroline, ma, per quel che vale, Tex pensa che torneranno a casa."

Sapevano entrambe di essere al limite di un confine che avevano promesso di non varcare mai: fare ipotesi sulle missioni dei loro uomini; ma accorgersi che sapevano più di quanto avessero ammesso fino a quel momento fu un sollievo per entrambe.

"Vale molto," si confidò Caroline. Poi si abbracciarono forte e rimasero abbracciate finché sentirono bussare alla porta: era Akilah.

"Avete trovato i piatti di carta?"

Caroline si tirò indietro e guardò Melody dubbiosa.

Melody scrollò le spalle. "Ero venuta a chiederti se ne avevi e dove potevo trovarli. Pensavamo fosse meglio distribuire dei piatti di carta, così dopo non dobbiamo metterci a lavarli."

"Bella idea. Comunque, sì, ne ho alcuni. Vengo giù, così vi faccio vedere dove sono."

Melody annuì, poi prese sottobraccio Caroline e si avviò fuori dalla stanza per andare da basso. Le altre sarebbero arrivate tutte da Caroline nel giro di un'ora. Il programma era di servire spuntini e finger food per festeggiare la convalescenza di Cheyenne, che stava sempre meglio, oltre naturalmente all'arrivo della neonata. Cheyenne aveva promesso che quella sera avrebbe anche rivelato il nome della figlia.

Era stata molto evasiva, quasi quanto Kason con il suo soprannome, aveva rifiutato di rivelare in anticipo il nome della bimba, dicendo che voleva aspettare di trovarsi tutte insieme. Caroline a quel punto aveva alzato gli occhi al cielo, ma in fin dei conti non era un problema. Cheyenne stava bene, era viva e vegeta, quindi si poteva pur aspettare che fosse pronta ad annunciare il nome della figlia.

Caroline era grata a Melody per l'aiuto nell'organizzare il ritrovo. Sette donne, due bambine, una quasi adolescente, due bambini piccoli e una neonata... era una vera impresa, anche per Caroline.

Melody, Caroline e Akilah lavorarono tutte insieme per organizzare alcuni antipasti, un vassoio di verdure, uova alla diavola, qualche panino con del burro di arachidi per i più piccini. Cheyenne era nella camera vicino, faceva un sonnellino prima che arrivassero tutte.

Infine, quando viveri e bevande furono quasi pronti, le altre cominciarono ad arrivare. Dopo tutti i saluti e i complimenti a Cheyenne per la neonata, si sparpagliarono tutte nel salotto di Caroline. Ci stavano un po' strette, ma avevano spostato il tavolino da caffè e avevano portato anche due sedie prese dal seminterrato.

Cheyenne sedeva nella poltrona grande e morbida, con in braccio la neonata addormentata. Jess, Summer e Fiona erano sedute sul grande divano marrone scuro, Alabama era seduta su un'altra poltrona, Caroline e Melody andavano avanti e indietro dalla cucina per rifornire di bevande e portare altro cibo, appena i piatti si svuotavano. Infine anche loro si sedettero per terra davanti al divano. Akilah era seduta vicino a Sara, davanti a tutte, giocava con lei in silenzio. John finalmente si era addormentato, dopo aver scorrazzato come un matto per tutta la casa sulle sue gambette incerte da bimbo di un anno. Anche Brinique e Davisa si erano accomodate e sembravano contente di giocare con alcune delle vecchie bambole che Caroline aveva disseppellito da chissà dove.

La stanza era piena d'amore e di contentezza, Caroline era felicissima di far parte di quel gruppo, tanto da ringraziare la sua buona sorte ogni giorno per il destino di essersi ritrovata sul posto di fianco a Matthew, sull'aereo, tanto tempo prima.

"Va bene, Cheyenne, adesso sputa il rospo," disse Alabama, brontolando bonariamente all'amica. "Te lo giuro, se pensi di menare ancora il can per l'aia, allora passeremo alle maniere forti, magari ti torturiamo con il solletico per farti parlare. Come si chiama la neonata?"

Cheyenne non esitò e fece un gran sorriso, annunciando: "Taylor Caroline Cooper."

Furono tutte sorprese e commentarono con "ooh" e "aah", poi si avvicinarono ancora a Cheyenne e Taylor per congratularsi... di nuovo. Tutte tranne Caroline.

Davisa guardò Caroline scivolare fuori dalla stanza per andare in cucina; Davisa non capì, pensava che l'amica della sua nuova mamma sarebbe stata contenta che la neonata prendesse il suo nome. Così diede la bambola con cui stava giocando a Brinique e seguì Caroline.

La trovò in cucina. Caroline era appoggiata al bancone, le lacrime le rigavano le guance. "Non sei felice?" le chiese Davisa.

Caroline sussultò per lo spavento, non aveva sentito arrivare nessuno. Poi si voltò e guardò la figlia di Alabama; aveva la fronte corrugata e sembrava estremamente preoccupata... per lei. Caroline si asciugò le lacrime dal viso e cercò di riprendere il controllo. "Sono felice."

"Allora perché piangi?"

"A volte si piange per la felicità, Davisa. Sono solo sorpresa che Cheyenne abbia dato alla figlia il mio nome."

"Aveva deciso il nome tanto tempo fa."

"Cosa?" domandò Caroline sorpresa.

"Sì, l'ho sentita che parlava con lo zio Dude una sera quando eravamo da loro con Brinique. Stavano ridendo e scherzando sul nome, ma come secondo nome sono stati d'accordo su Caroline."

Caroline sentì le lacrime che le riempivano di nuovo gli occhi. Ma che cacchio. Davisa proseguì.

"Il nome preferito dello zio Dude tra tutti quelli di cui parlavano era Taylor, quindi ho immaginato che Cheyenne lo scegliesse."

"Sei una bimba intelligente. Lo sapevi del nome?" le chiese Caroline, asciugandosi di nuovo le lacrime dal viso.

"Sì, lo sapevo."

Caroline sorrise. "Dai, torniamo dalle altre a guardare la piccola Taylor Caroline... ti va?"

"Va bene, ma a me non piacciono i neonati. Aspetto che diventi più grande così poi possiamo giocare insieme alle Barbie."

Caroline non ebbe il coraggio di dire a Davisa che, quanto Taylor sarebbe stata abbastanza cresciuta da voler giocare con le Barbie, Davisa probabilmente sarebbe stata troppo grande e si sarebbe interessata ad altre cose. La prese per mano e insieme camminarono verso il salotto. Caroline vide Cheyenne che la cercava con gli occhi, preoccupata, così le si avvicinò, lasciando andare la mano di Davisa, che tornò dalla sorella a giocare con una pila di bambole.

Cheyenne prese la mano di Caroline appena le fu vicina e Caroline si sedette sul bordo della poltrona.

"Taylor è proprio bella. Non sono mai stata tanto onorata in vita mia."

"Io e Faulkner ne abbiamo parlato tanto. Lui nutre il massimo rispetto per Matthew, sia come uomo che come comandante della squadra. Se questo bimbo fosse stato un maschietto, il secondo nome sarebbe stato Matthew, ma abbiamo pensato di poter onorare entrambi dandole il tuo nome. Decidere il secondo nome è stato estremamente facile, a dire il vero."

Caroline sentì di nuovo che le tremavano le labbra, ma prima di parlare aspettò che le passasse la voglia di esplodere in un pianto fragoroso e incontrollato. "Non so come abbiamo fatto a essere così fortunate, ma grazie a Dio ci siamo tutte trovate." Avrebbe voluto dire molto altro, ma Taylor scelse proprio quel momento per svegliarsi e per cominciare a piangere. A sua volta, pure April si svegliò, aggiungendo anche il rumore del suo pianto.

Donne e bambini passarono alcune ore insieme, ridendo e divertendosi. Alla fine, quando i bambini cominciarono a fare il broncio perché avevano sonno, le mamme cominciarono a raccogliere le loro cose per tornare a casa.

Melody sarebbe andata con Jessyka ad aiutarla per qualche giorno, prima di tornare a casa, in Virginia.

Alabama fece preparare le figlie, che chiesero di portare
con loro anche tutta la scatola di Barbie; Caroline
rispose che potevano prenderla per tutto il tempo che
volevano, fino a quando avrebbero avuto voglia di
giocare con qualcos'altro. Fiona aiutò Summer a prendere le sue cose, alla fine Caroline e Cheyenne rimasero
sole.

Finalmente la casa tornò tranquilla.

"Per quanto voglia bene a tutte, devo ammettere che
mi piace avere la casa tranquilla, sai, il silenzio che
rimane quando vanno tutte via."

Cheyenne ridacchiò leggermente, cercando di non
svegliare la piccola Taylor, che nel frattempo si era
addormentata in una culla portatile vicino alla poltrona.
"Sì, ho la sensazione che anch'io diventerò una delle
persone che ti farà piacere veder andare via, tra qualche
mese, quando Taylor diventa un po' più grandicella e
comincia a fare più capricci."

Le due amiche sorrisero guardandosi negli occhi.
"Sei pronta per andare a dormire?" chiese Caroline.

Cheyenne trattenne a stento uno sbadiglio. "Sì,
credo proprio di sì. Che tristezza, avere una grande
voglia di andare a dormire ogni sera?"

"Ma no, dai, hai passato delle giornate difficili.
Lascia che il tuo corpo si prenda il tempo di guarire.
Non pretendere troppo da te stessa."

"Ti ho già ringraziata per tutto quello che hai fatto
per me, Caroline?"

"Sì, ma lo sai che farei qualunque cosa, per te."

"Beh, mi sei stata vicina quando Faulkner non
poteva, la tua presenza è stata importantissima per me,

quindi anche per lui. Se fosse qui, ti direbbe lo stesso anche lui."

"Vedrai che tornerà presto, me lo sento."

"Lo spero proprio."

"Ne sono convinta." Caroline aiutò Cheyenne ad alzarsi dalla poltrona e prese in braccio Taylor, poi scesero insieme nel seminterrato e Caroline disse, con tono deciso: "Hai preso con te il walkie-talkie? Così puoi chiamarmi se ti serve qualcosa, anche di notte, va bene?"

"Sissignora."

Caroline sospirò. "Non hai intenzione di chiamarmi, vero?"

"No, ma starò bene, te lo prometto."

"Va bene, ma per favore ricordati che se hai bisogno di me io ci sono."

"Ma lo so, e lo apprezzo."

Caroline mise Taylor nella culla vicino al letto e guardò la neonata che si muoveva, per poi sistemarsi e tornare a dormire profondamente. Poi Caroline si avvicinò a Cheyenne e la abbracciò. "Grazie per l'onore che mi hai dato. Ti voglio bene, amica mia."

Cheyenne ricambiò l'abbraccio di Caroline. "Anch'io ti voglio bene."

Poi Caroline si staccò da quell'abbraccio e risalì le scale, chiuse la porta del seminterrato e controllò che tutte le porte e le finestre della casa fossero chiuse. Poi controllò la cucina e fece partire la lavastoviglie. Non c'era molto da lavare, solo alcuni vassoi e delle tazze, ma Caroline voleva mettere tutto a lavare prima di andare a dormire.

Poi spense le luci, tranne che in cucina, nel caso
Cheyenne avesse bisogno di qualcosa nel bel mezzo
della notte; infine Caroline andò al piano di sopra, nella
camera da letto sua e di Matthew, si preparò a dormire
indossando una maglietta di Matthew, si infilò sotto le
coperte e prese il cuscino di Matthew, stringendolo
forte. Ormai aveva perso il profumo del marito, che era
partito da troppo tempo.

Dopo tutto quello che era successo quel giorno,
Caroline finalmente si lasciò andare a un pianto libera-
torio. Non fu un pianto leggero, ma un pianto sentito
fino al midollo, per la mancanza del marito, per la
speranza che fosse sano e salvo e che tornasse a casa
presto.

Caroline si addormentò con il viso bagnato dalle
lacrime e con impressa nella mente l'immagine del volto
di Matthew.

CAPITOLO VENTITRÉ

Wolf e i suoi compagni di squadra rimasero all'erta tutta la notte e anche il mattino successivo. Ogni tanto si sentivano degli spari, ma non si vedeva nessuno. Wolf e Cookie si guardarono appena sentirono il rumore di un elicottero MH-60. Attesero e continuarono a guardarsi intorno, ma non riuscirono mai a vederlo.

Capirono che Penelope non l'aveva sentito, o anche se l'aveva sentito, comunque non aveva detto nulla. L'elicottero arrivò e se ne andò nel giro di un minuto. Wolf sperò di tutto cuore che il soccorso fosse arrivato in tempo per salvare gli elicotteristi. Non che rimpiangesse la decisione presa, ma comunque gli faceva molto male. Non era sua abitudine lasciarsi indietro qualcuno, quindi pensare che forse, anche se solo forse, Tex era riuscito a individuarli e a inviare soccorso per recuperare i colleghi dell'esercito lo faceva sentire molto meglio.

Ora la questione era... chi sarebbe venuto a salvare i SEAL, e quando? Wolf non aveva dubbi, qualcuno *sarebbe* arrivato anche per loro. Su questo non c'erano dubbi.

"Wolf, ore dieci." Cookie parlò con voce bassa e diretta.

Wolf guardò nella direzione indicata da Cookie e vide del movimento, così prese il binocolo per osservare meglio la zona circostante. "Li ho visti. Anche a ore nove, tre e dodici." I guerriglieri si muovevano con metodo, risalivano rapidamente la montagna proprio in direzione della caverna in cui si nascondevano i SEAL. In breve tempo avrebbero raggiunto il punto in cui i SEAL si erano fermati qualche giorno prima, il punto da cui avevano individuato la caverna. A quel punto, i guerriglieri avrebbero capito che quella caverna era un eccellente nascondiglio, un ottimo riparo da ogni assalto.

"Tienili d'occhio," ordinò Wolf, sapendo che non c'era nemmeno bisogno di chiederglielo: Cookie avrebbe fatto in modo di sapere la posizione di ogni cattivo, in ogni momento.

Wolf gattonò all'indietro goffamente aiutandosi col braccio buono senza alzarsi: non voleva svelare troppo presto la loro posizione difensiva. Una volta allontanatosi dall'imbocco della caverna abbastanza per potersi muovere liberamente, andò a raggiungere Penelope, che stava seduta di fianco ad Abe.

Il pensiero dell'amico ferito così gravemente provocava un dolore stringente al cuore di Wolf, ma in quel momento non c'era spazio per il dolore: c'erano altri problemi di cui occuparsi. Abe non avrebbe avuto scampo, se i SEAL non fossero riusciti a scappare da quel posto vivi. Wolf avrebbe voluto curare direttamente Abe, ma aveva bisogno dell'aiuto del sergente Turner. Penelope non era un SEAL, ma *era* comunque una soldatessa ben addestrata.

Wolf guardò Abe, in quel momento gli sembrò addormentato, o forse privo di sensi. Così si voltò verso Penelope e la trovò che lo fissava con sguardo penetrante. Così le disse come stavano le cose. "È il momento della verità, Tiger. I guerriglieri stanno arrivando, anche alla svelta."

"Dove devo andare?"

Wolf quasi sorrise dentro: quella donna era davvero meravigliosa. Ogni volta che apriva bocca, gli ricordava la sua Ice... dandogli ancora più determinazione per tornare a casa da lei. "Quello che ti chiederò probabilmente ti farà incazzare, ma non te lo dico apposta per farti arrabbiare." Wolf proseguì rapidamente: "Ho bisogno che tu ci ricarichi le armi. Io ho solo un braccio buono e non posso farlo rapidamente da solo."

Wolf osservò Penelope che allungava il collo e pensava a quanto le aveva detto. Il suo rispetto per lei aumentò di nuovo. Wolf vide il momento preciso in cui Penelope raggiunse una decisione su cosa dire.

"Mi sembra logico. Voi siete più preparati per una situazione come questa, probabilmente sparate meglio di me. Io farò del mio meglio per tenervi dietro. Quante munizioni abbiamo?"

Wolf chiuse per un attimo gli occhi: non riusciva a esprimere a parole la sua gratitudine, perché Penelope era così com'era. La missione di soccorso poteva andare in tutt'altra direzione fin dall'inizio, se al suo posto ci fosse stata una persona diversa. I pensieri di Wolf andarono a Cookie e alle storie che aveva raccontato, di quando aveva attraversato la giungla messicana con Fiona e con Julie, la figlia del senatore. Grazie al cielo, Penelope somigliava più a Fiona che a Julie, che all'epoca era una una ragazza viziata e totalmente impreparata ad affrontare qualunque avversità.

Julie da allora era riuscita a recuperare, facendosi perdonare la sua stronzaggine; aveva cambiato vita, si era scusata non solo con Cookie e con Fiona, ma anche con gli altri della squadra. Wolf non avrebbe mai creduto di pensare a Julie come a una donna forte, che semplicemente non era in grado di reagire bene alle avversità, invece era così. A quel punto tornò al presente; non aveva tempo di pensare alla moglie del comandante e ai trascorsi tra lei e la squadra, in quel momento.

Wolf aprì gli occhi e rispose: "Probabilmente non abbiamo abbastanza munizioni, ma ci batteremo più a lungo che potremo. Siamo preparati a mandare ogni singolo proiettile a buon fine. Spero che riusciremo a respingere la prima ondata, per poi andarcene prima che ne arrivi una seconda."

"Va bene. Mi aiuti a spostare Abe un po' più indietro?" gli chiese Penelope, girandosi dall'altra parte. Penelope aveva dovuto voltarsi per evitare che Wolf la vedesse in faccia, altrimenti avrebbe capito che era incredibilmente spaventata e nel pallone. Ma non c'era tempo per lasciarsi andare.

Il momento era delicato: si rischiava la vita.

Wolf si avvicinò e l'aiutò quanto meglio poteva, con il suo braccio ferito, a sistemare Abe il più lontano possibile dall'imbocco della caverna. Gli misero davanti alcuni degli zaini che si erano portati dietro dall'elicottero, per proteggerlo meglio da eventuali pallottole vaganti che potevano sempre entrare nel loro nascondiglio. Si mossero in silenzio, mentre Cookie e Benny continuavano a monitorare i movimenti dei guerriglieri, che si avvicinavano sempre di più.

"Wolf," chiamò Cookie.

Wolf tornò all'ingresso della grotta, poi si sdraiò con qualche difficoltà vicino al suo commilitone, cercando di tenere il braccio ferito il più fermo possibile. Penelope si sdraiò a terra e si avvicinò agli altri uomini strisciando, fino a portarsi tra due di loro, per poter recuperare facilmente le armi scariche. Da quel punto, le bastava allungarsi da una parte o dall'altra per recuperare le armi da Benny e Dude, in piedi all'imbocco della caverna.

"Dov'è Mozart?" mormorò rapidamente Penelope, prima che si creasse il caos.

"Ricognizione," rispose brevemente Wolf; Penelope non capì bene cosa intendesse, ma non chiese altre delucidazioni, perché in quel momento si sentì il primo sparo rimbombare nel silenzio delle montagne.

Penelope scattò all'improvviso, spaventata dal primo sparo, tanto che se avesse potuto si sarebbe messa a ridere. Si accovacciò e rivolse la sua attenzione agli uomini che la circondavano. Doveva assicurarsi di essere una risorsa, non un impiccio. L'ultima cosa che voleva era diventare un peso per quegli uomini. Avrebbe fatto tutto il possibile per aiutarli.

Penelope non si rese conto di quanto durasse la

sparatoria: si concentrò sul suo compito, ricaricando le pistole che le davano, dopo averle scaricate. Notò che Cookie aveva un fucile di precisione, per fortuna. Senza quell'arma, la battaglia sarebbe stata molto diversa: uno scontro molto più diretto, quasi corpo a corpo. Ormai i guerriglieri avevano scoperto il nascondiglio dei SEAL, ma il fucile di precisione da tiratore scelto li teneva comunque lontani.

Dopo un po', gli spari cominciarono a diradarsi, per poi svanire del tutto.

"State tutti bene?" chiese Wolf con calma, rompendo il silenzio.

"A posto."

"A posto."

"A posto."

"Sto bene."

I tre SEAL e Penelope risposero affermativamente.

"Situazione munizioni?"

I SEAL controllarono le munizioni rimaste, non erano molte. Avevano ciascuno tre caricatori per le pistole, Cookie aveva una ventina di colpi per il fucile di precisione. Non sapevano quante munizioni avesse Mozart, probabilmente non molte, immaginò Wolf.

"Abbiamo circa un'ora, a occhio, prima che tornino a farsi sotto. Alcuni guerriglieri si sono ritirati subito, appena hanno sentito volare proiettili, saranno andati a chiamare rinforzi e riferire la nostra posizione agli altri. Dobbiamo andarcene, o andiamo su, oppure cerchiamo di evitarli e andiamo giù mentre loro salgono."

Per un momento rimasero tutti in silenzio, poi Benny parlò: "Io dico di andare su: anche se sono ferito alla testa, credo che sia molto più facile per un elicottero abbassarsi e tirarci su, se siamo più in alto."

Wolf annuì immediatamente, era d'accordo. "Allora andiamocene, si sale."

"E Mozart?" chiese Penelope, felice di non starsene più in quella caverna a fare da bersaglio.

"Ci raggiungerà," disse Cookie con grande sicurezza.

Così raccolsero le loro cose e discussero brevemente del modo più sicuro per far uscire Abe dalla caverna e per farlo salire sulla montagna. Mentre ne stavano parlando, lui riprese i sensi. Penelope pensava che Abe si offrisse di rimanere nella caverna, ma lei non era mai stata in missione con i SEAL: era chiaro che non l'avrebbero mai lasciato indietro, lui lo sapeva, infatti non lo propose nemmeno. "Vi aiuterò più che posso. Datemi una pistola, se per caso incontriamo resistenza posso sempre sparare, mentre voi mi trasportate."

Wolf rise. Penelope stentava a credere che si potesse ridere davvero di ciò che Abe aveva detto: quell'immagine, nella sua mente, era tutt'altro che divertente; ma stava scoprendo che quei SEAL somigliavano molto agli amici che aveva a casa, i colleghi vigili del fuoco, che nelle situazioni di maggior pericolo si pompavano di adrenalina e sembravano diventare molto grezzi. Quella somiglianza le dava persino sicurezza.

"Siamo talmente fortunati che finiresti per sparare *a noi*, Abe."

Quando furono tutti pronti, Cookie e Dude presero Abe per le braccia e lo aiutarono a tirarsi su. Tremava, non poteva appoggiarsi alla gamba ferita, ma almeno era dritto in piedi. Cookie infilò la spalla nell'ascella di Abe e gli mise il braccio dietro la schiena. Abe avvolse il braccio intorno alla vita di Cookie, così si avviarono verso l'uscita della caverna.

Penelope non riuscì a non dire ciò che le passava per la testa, quasi la sua vita dipendesse da ciò: "Voi due mi sembrate pronti per la corsa di coppia a tre gambe della sagra paesana, giù in Texas." Fu contenta di vedere sia Cookie che Abe ridere, invece di prendersela per quella battuta fuori luogo.

"Eh sì, cacchio, di *sicuro* ci iscriviamo a una di quelle corse, quando torniamo a casa, non è vero, Abe?" disse Cookie sorridendo.

Abe parlò a voce un po' più bassa, meno forte, ma rispose comunque dicendo: "Sì, quando torniamo a casa."

"Va bene, allora, Benny va per primo. Gli diamo una decina di minuti di vantaggio. Le radio ormai non funzionano più, quindi se vediamo che non torna per dirci di cambiare strada, Tiger, tu e Dude andate, poi Stanlio e Olio, io rimango per ultimo. Quando arrivate in cima rimanete a testa bassa e aspettateci. Se succede qualcosa, nascondetevi, ci troviamo appena possibile. Capito?"

Tutti gli altri confermarono, così Benny uscì e sparì intorno alla roccia della caverna. Penelope attese, trattenendo il fiato. Dieci minuti passarono più lenti delle mille e una notte. Penelope rise di se stessa: chissà perché le veniva in mente una fiaba, in quel momento, non ne aveva idea.

A un certo punto, Wolf fece un cenno verso lei e Dude. Così Penelope respirò profondamente e uscì dalla caverna seguendo Dude; gli stava molto vicino, come quando erano usciti insieme dalla tenda, nel campo per rifugiati.

Il primo tratto fu quello più difficile: Penelope scivolò alcune volte, graffiandosi le mani nell'attaccarsi alla roccia per non cadere. Si chiese come diamine avrebbe fatto Cookie a portare Abe, mezzo privo di sensi, su per la montagna; del resto, se qualcuno poteva farcela, erano proprio i SEAL, uomini che sembravano in grado di fare di tutto, almeno da quanto lei aveva visto fino a quel momento.

Così Penelope cercò di nascondersi dietro i cespugli ogni volta che ne trovava sul percorso, nel caso qualche guerrigliero stesse osservando quella zona. Il pensiero di farsi sparare alla schiena non era certo piacevole.

Una volta raggiunta la cima dell'altura, Penelope si guardò attorno ma non vide né Benny né Mozart, poi sentì all'improvviso un braccio prenderla da dietro, mentre una mano le copriva la bocca, si sentì tirare all'indietro, contro un corpo grande e forte.

Si agitò d'istinto, cercando di liberarsi, ma la sua reazione non fu abbastanza rapida.

Un altro braccio l'avvolse intorno alla vita e la strinse così forte che non poté più muoversi nemmeno per miracolo. Il braccio che la stringeva intorno al costato le spingeva anche le costole incrinate e le faceva molto male. Penelope andò nel panico. *No, diamine, no.* Non era sopravvissuta a tante peripezie per farsi rapire di nuovo. Cominciò ad agitarsi freneticamente per liberarsi da quella presa stretta, senza riuscirci. Si sentì trascinare all'indietro, quasi sollevata da terra, senza poterci far nulla.

Proprio quando Penelope si stava per disperare del tutto, sentì la voce di Mozart, alzò lo sguardo e vide un SEAL della marina alto quasi due metri tutto incazzato, con una pistola puntata da qualche parte, appena sopra la testa di lei. Le parole che pronunciò furono tese, letali: "Lasciala andare, bastardo, se vuoi vivere."

Penelope trattenne il fiato, l'uomo dietro di lei non si mosse.

CAPITOLO VENTIQUATTRO

Ancora nessuna notizia di Penelope Turner, il sergente dell'eser-cito rapito in Medio Oriente quasi quattro mesi fa dall'ISIS; ormai è passato un po' di tempo, da quando abbiamo ricevuto il suo ultimo video. Seguiamo ogni aggiornamento da vicino.

Cambiando argomento, un nuovo reality parte stasera, una gara tra uomini che vogliono conquistare l'Alaska. Rimanete con noi per un'intervista esclusiva con uno dei partecipanti.

Caroline spense il televisore, era disgustata. Come facesse la gente a guardare dei programmi così banali come quel reality andava oltre ogni sua comprensione. In fondo, erano programmi tutt'altro che reali. L'unico reality a cui lei si era interessata in passato, per quanto in superficie, era una specie di spettacolo per coppie ambientato in Australia... almeno l'uomo che aveva visto partecipare sembrava una persona normale. Non si ricordava come fosse andata a finire, ma forse c'era stato uno scandalo, qualcosa del genere, anche se alla fine quell'uomo aveva trovato il suo vero amore.

I pensieri di Caroline furono interrotti dal suo cellulare, che squillò, così lei andò al bancone della cucina, dove lo aveva lasciato, per rispondere. Riconobbe il prefisso della base navale, ma non il numero.

"Pronto?"

"Pronto, parlo con Caroline Steel?"

"Sì, con chi parlo?"

"Sono il comandante Hurt."

"Oh, scusami, Patrick, ma non ho riconosciuto la tua voce." Caroline si irrigidì all'improvviso. Oh, merda. Perché il comandante di Wolf le stava telefonando? "Va tutto bene? Julie sta bene? E i ragazzi?"

Hurt ignorò tutte quelle domande e le disse con voce seria: "Volevo dirtelo io direttamente, evitando di passare per l'ufficio di assistenza famigliare, che ha mandato qualcuno da te, dovrebbero arrivare nel giro di un'ora."

Caroline sentì le ginocchia cedere, si lasciò scivolare sul pavimento con la schiena appoggiata ai mobili della cucina. Non riusciva a spiaccicare parola.

"Wolf e gli altri sono considerati dispersi."

Caroline parlò con un filo di voce: "Cosa?"

"Dispersi. Non abbiamo più notizie di loro da quando l'altra squadra di SEAL che è intervenuta con loro nel campo è tornata facendo rapporto di fine missione. Ormai dovevano essere tornati, invece non abbiamo più saputo nulla." Patrick sapeva che quanto le stava dicendo non era del tutto preciso, ma non voleva dirle tutto... almeno non ancora. Tex gli aveva comunicato le coordinate del punto in cui credeva si potessero trovare, ma la loro posizione doveva ancora essere verificata dalla squadra delle Delta Force e fino a quel momento il governo li aveva dichiarati dispersi. Nessuno sapeva dei dispositivi satellitari, Patrick non aveva certo lasciato trapelare quel particolare alla catena di comando.

Caroline respirò profondamente: "Allora non sono morti?"

Il comandante abbassò la voce. "Non lo sappiamo. Per ora sono solo dispersi."

Caroline annuì tra sé. Va bene, poteva gestire quello sviluppo. "Allora sono solo fuori portata, non sono morti. Troveranno il modo di mettersi in contatto, appena potranno."

"Caroline..."

La voce del comandante era molto comprensiva, forse un po' intenerita, ma Caroline non si lasciò abbattere. "Con tutto il rispetto, Patrick," Caroline interruppe l'ufficiale anziano dei SEAL che conosceva da molto tempo, "apprezzo questo aggiornamento, davvero, ma voglio sperare che anche tu conosca Matthew e gli altri della squadra da abbastanza tempo per sapere che sono degli ossi duri. Finché non tocco con le mie mani il corpo di Matthew, non crederò mai, davvero mai che è morto. Chiamami ingenua, chiamami idiota, ma so nel profondo del mio cuore che lui e gli altri sono bravissimi in ciò che fanno. Se esiste anche solo un modo per tornare a casa sani e salvi, loro lo troveranno. Anche se fosse una probabilità su mille. O anche una su un milione. C'è sempre una possibilità. Quindi scusami, ma devo far partire la Missione Ragazze e riunire le mie amiche. Immagino che anche loro riceveranno visite?"

"Sì." Il comandante parlò con un grande rispetto, sia pur in una sola parola, tanto che a Caroline venne quasi da piangere.

"Va bene, allora devo affrontare gli ufficiali di marina che stanno per bussare alla mia porta, poi devo telefonare alle mie amiche." Poi Caroline cambiò tono, abbassò la voce, quasi incerta. "Mi terrai informata?"

"Sissignora. Stai pur certa che ti telefonerò personalmente nel momento stesso in cui ho delle notizie."

"Grazie. Tu stai pur certo che sarai invitato alla festa da sballo che organizzeremo quando tornano a casa. Affare fatto?"

"Affare fatto. Fammi sapere se ti serve altro. Intendo dire *qualunque cosa*, Caroline; è il minimo che possa fare."

"Basta che tu mi dica la verità. Tienimi informata, è tutto ciò di cui ho bisogno."

"Ma certo. Ah, Caroline?"

"Sì?"

"Julie vuol sapere cosa ne pensi, se va bene che vi raggiunga anche lei. Le ho promesso di parlartene. Non vuole essere invadente, ma è preoccupata per voi."

Caroline deglutì a fatica: lei e le altre non erano state molto gentili con Julie, quando avevano scoperto chi era. Era stato un duro colpo per tutte, scoprire che era la stessa donna con cui Fiona era stata prigioniera in Messico, la donna che l'aveva trattata malissimo. Ma col tempo Julie aveva dimostrato di essere cambiata; se

Fiona poteva perdonarla, potevano farlo anche le altre, così infatti era stato.

Inoltre, ormai era sposata con il comandante Hurt, la vedevano spesso ed erano tutte entusiaste di quanto fosse felice il capo dei loro mariti, con lei. "Sì, ci farebbe piacere."

"Grazie. Ora glielo dico così vi raggiunge."

"Va bene. Allora ci sentiamo più tardi? Mi fai sapere appena ci sono novità?"

"Ma certo che lo farò. Ciao, Caroline."

Caroline chiuse la conversazione e appoggiò la testa sulle ginocchia per un attimo, prima di raddrizzare la schiena: aveva della merda da spalare, non c'era tempo per piangere. Diamine, non c'era nemmeno *motivo* per piangere. Ogni parola che aveva detto al comandante le era venuta dal cuore: Matthew era vivo, erano tutti vivi, doveva solo continuare a crederlo.

———

Più tardi, quella sera, Caroline era ancora nel suo salotto pieno zeppo. Era riuscita a sentire al telefono tutte le amiche prima che arrivassero gli ufficiali della marina, tutte tranne Fiona, che era impegnata in faccende varie e non aveva ricevuto né la telefonata di Caroline né gli ufficiali... per fortuna.

Alabama era riuscita finalmente a contattare Fiona e le aveva detto di mollare tutto e di portare il culo a casa di Caroline. Fiona era arrivata per ultima. Persino Julie era arrivata prima di lei, era sconcertata e agitata quanto le altre, ma almeno erano tutte insieme, riunite a parlare di cosa stava succedendo ai loro uomini.

"Caroline, cosa pensi stia succedendo, davvero?"

Caroline pensò bene alla domanda di Fiona, cercando di decidere cosa rispondere. Incrociò lo sguardo di Melody, che stava dall'altra parte della stanza, la vide annuire leggermente. Così respirò profondamente.

"Noi non siamo mai state delle mogli impiccione, non abbiamo mai parlato dei nostri SEAL in missione, non ci siamo mai chieste dove fossero e cosa facessero. Non mi sento molto a mio agio nel farlo, proprio adesso, ma con tutto quello che sta succedendo, credo di non avere alternativa."

Si guardò intorno, le sue amiche le stavano prestando la massima attenzione. I bambini stavano per lo più dormendo. Sara e John erano giù, nel seminterrato, mentre April e Taylor dormivano in braccio alle loro mamme; Akilah era al piano di sopra con Brinique e Davisa, giocavano insieme con le bambole. In salotto c'erano solo le otto amiche: sei donne sotto stress, preoccupate per le rispettive anime gemelle, più Melody e Julie, altrettanto preoccupate che gli uomini delle loro amiche non tornassero più a casa."

"Sono piuttosto sicura che siano andati in Medio Oriente per cercare di salvare quella soldatessa americana rapita." Caroline ignorò i sussulti e proseguì velocemente: "Matthew non me l'ha detto, ma me lo sono immaginata; gli ho fatto abbastanza domande mirate, lui mi ha risposto e ho capito di aver indovinato."

"L'elicottero precipitato?" dedusse Summer sottovoce.

Caroline annuì: "Sì, penso di sì."

"Ma i telegiornali dicono che a bordo c'erano solo quattro uomini, ora li stanno portando in Germania," commentò Cheyenne.

"Sì, i conti non tornano. L'unica spiegazione logica è che l'elicottero stesse andando a prenderli, quando è precipitato. Patrick comunque ha detto che sono dispersi, non morti. Quindi penso che abbiano trovato quella donna, solo che non sono in grado di comunicare, per qualche motivo. Magari si sono messi al riparo da qualche parte e aspettano il momento buono per uscire." Caroline cercava solo di ragionare a voce alta.

"Come possono essere dispersi, se hanno i dispositivi satellitari? Tex non può dire al comandante dove sono?" chiese Jessyka.

Guardarono tutte Melody e Julie. Sembravano entrambe incerte.

"Lasciamo Melody e Julie fuori da questo discorso," disse Caroline alle altre, tirando fuori il telefono. "Non è giusto metterle in mezzo. Avrei dovuto pensarci prima, ma adesso telefono a Tex e sento cosa può dirci, se può dirci qualcosa."

Julie intervenne prima che Caroline riuscisse a telefonare a Tex. "Io non so nulla."

"Come?" le chiese Summer.

"Io non so nulla dei vostri mariti. Io e Patrick non parliamo del suo lavoro. So che il suo è un lavoro molto delicato, se mi dicesse qualcosa potrebbe passare dei guai, quindi io non gli faccio mai domande e lui non mi racconta nulla. Ve lo direi, se conoscessi anche il minimo dettaglio, ve lo giuro."

"Grazie comunque," le rispose sottovoce Alabama, "lo apprezziamo."

Caroline annuì verso Julie, compose il numero di telefono di Tex e posò il cellulare sul tavolino. Le otto amiche si strinsero intorno al telefono e attesero che Tex rispondesse."

Finalmente, al quinto squillo, Tex rispose. "Ciao, Caroline, che c'è?"

"Dove sono i nostri uomini?"

Tex rimase in silenzio per un momento, poi domandò a sua volta: "Perché me lo chiedi?"

"Taglia corto, Tex," disse Fiona duramente, non aveva mai parlato a Tex con tanta decisione prima di quel momento. "Di sicuro saprai già che ci hanno fatto visita gli ufficiali della marina per dirci che hanno dichiarato dispersi Hunter e gli altri. Ma noi vogliamo sapere com'è possibile che siano dispersi, se hanno i dispositivi satellitari?"

Tex si schiarì la gola. "Lo sai che non posso parlarne, Fee. Anche se non sono più in servizio attivo, ho ancora delle autorizzazioni e dei livelli di sicurezza governativa che mi vincolano, non potete mettermi in questa posizione."

"Lo sai che non lo farei mai, se non fossi completamente fuori di testa per la paura di perdere l'uomo migliore che abbia mai conosciuto, l'amore della mia vita, oltre agli uomini più coraggiosi che conosca. Ormai qui siamo al lumicino, Tex. Santo Dio, ti prego. Non puoi dirci nulla?" la voce di Fiona era dura e tesa all'inizio, ma la frase era terminata più come una preghiera appassionata, quasi in lacrime.

"Cazzo," disse Tex, che poi sospirò profondamente, ovviamente toccato dal tono di voce di Fiona: "Solo cinque uomini hanno portato i dispositivi satellitari. Posso solo immaginare che uno di loro se lo sia dimenticato. Non credo proprio che qualcuno lo abbia lasciato a casa apposta."

"Sai chi lo ha dimenticato?" domandò Jess.

"Sì, ma non ve lo dico, perché adesso non ha alcuna importanza," rispose Tex.

"Allora, sono davvero dispersi?" la voce di Cheyenne era bassa, sofferente.

"Più o meno."

"Più o meno?" sbottò Caroline. "Gesù santo, Tex, vuoi farci morire dall'ansia? Sputa il rospo... parla chiaro, non ci dire le cose nel tuo solito codice merdoso che non si capisce nulla."

Tex ignorò le parole risentite di Caroline, ben sapendo che era stressata oltre misura, tanto che sarebbe stato impossibile per chiunque resistere. Tutto sommato, sia lei che le altre stavano reagendo molto bene. "Sono dispersi, ma io credo di sapere dove sono. Spero di ricevere presto informazioni."

Tex avrebbe voluto dire molto di più: avrebbe voluto dire che un dispositivo era ancora in funzione, molto probabilmente proprio con il gruppo dei SEAL; avrebbe voluto dire che era in contatto con il comandante delle Delta Force e che sapeva che l'equipaggio dell'elicottero era stato recuperato e tratto in salvo e che ora le forze speciali stavano cercando Wolf e i SEAL. Sperava che le donne riunite si fidassero di lui e che sapessero che stava facendo il massimo per i loro uomini.

A casa di Caroline ci fu un momento di silenzio, poi parlò Summer: "Grazie, Tex, sul serio. So che ci hai detto molto più di quanto potevi, ma per noi è molto importante."

"Sì... Mel?"

Melody parlò per la prima volta. "Sono qui."

"Torni comunque a casa, domani?"

Tutte le donne presenti potevano sentire il desiderio nella voce di Tex. A volte si dimenticavano che Tex non era solo l'uomo che si prendeva cura di loro e che le teneva al sicuro, ma era anche un padre, un marito, un uomo che ovviamente sentiva personalmente il dolore della mancanza dei suoi amici, tanto da desiderare di avere la moglie al fianco.

"Sì. Partiamo verso mezzogiorno e atterriamo alle otto circa, ora locale."

"Vengo a prendervi all'aeroporto."

"Va bene, Tex."

"Ragazze, vi serve altro?" chiese Tex, rivolgendosi a tutte le donne presenti.

"No, per ora non c'è altro," gli rispose Alabama.

"Va bene, allora, per quel che conta, sento che avremo presto buone notizie," aggiunse Tex, con un tono cautamente ottimistico.

"Volesse il cielo," commentò Caroline appassionatamente.

"Ci sentiamo più tardi," Tex abbassò la voce, "a domani, Mel."

Lo salutarono tutte, poi Caroline chiuse la conversazione. Si guardarono tra di loro, quando Caroline annunciò: "Rimanete tutte a dormire da me. Nessuna se ne va finché non si trovano i nostri uomini. Anche tu, Julie, visto che ci sei, rimani anche tu. Abbiamo bisogno di tutto il supporto possibile."

Nessuna commentò. Stare insieme dava loro conforto. A nessuna importava di dover rimanere in una casa sola in così tante persone, anche se sarebbe diventato un accampamento un po' folle. Era sempre meglio che tornare in una casa vuota e solitaria, in cui ogni angolo faceva pensare al marito assente.

Julie non si lamentò, anzi, era grata per aver finalmente rotto la "barriera di conoscenza" che sembrava esserci stata all'inizio tra lei e le altre. Stava con Patrick da un paio d'anni, aveva sentito raccontare più volte le storie di quelle donne meravigliose. Il fatto che Caroline le chiedesse di rimanere era molto importante per lei. Sarebbe rimasta con loro per sostenerle fino al rientro a casa dei loro uomini... o le avrebbe supportate nella tragedia, qualora non fossero più tornati a casa.

CAPITOLO VENTICINQUE

Penelope trattenne il fiato e non mosse un muscolo. Se anche avesse potuto muoversi, sarebbe comunque rimasta immobile dov'era: non era divertente guardare dov'era puntata una pistola, anche se non era puntata su di lei. Rimase concentrata sull'uomo che stava in piedi dietro di lei e la teneva immobile tra le braccia.

"Ho detto di lasciarla andare, cazzo. Subito." La voce di Mozart trasmetteva un messaggio: gli bastavano altri cinque secondi per perdere la pazienza e far saltare le cervella a qualcuno.

"Che ne dici di lasciare andare *tu* la tua pistola invece di puntarla al mio compagno?"

Penelope non riusciva a respirare. Giusto cielo, la situazione stava precipitando rapidamente in un ginepraio colossale. Un altro uomo con abiti che si mimetizzavano con il deserto ora puntava una pistola alla testa di *Mozart*. A lei non sembrava un guerrigliero, non solo perché non aveva quelle tuniche strane con cui li vedeva sempre vestiti in televisione, invece lui indossava una specie di uniforme, ma anche perché quell'uomo aveva parlato in perfetto inglese, solo con un leggero accento del sud. In ogni caso, Penelope non aveva idea di chi fosse. Sarebbe stata una scena divertente da guardare in televisione, da casa, al sicuro nel suo appartamento, a San Antonio; invece era nel bel mezzo di un deserto, quindi non era *affatto* divertente. Non frenò l'istinto di parlare, ma purtroppo, o per fortuna, le uscirono solo dei mugugni soffocati, perché l'uomo dietro di lei le teneva ancora una mano sulla bocca.

Ma ciò che voleva dire, forse, si capì lo stesso, anche se non a parole, perché il secondo uomo comparso dal nulla disse: "Capitano Keane Bryson, Delta Force."

Mozart abbassò subito l'arma e si voltò verso quell'uomo. "Era ora, cazzo."

Si sorrisero a vicenda in un modo strano ma virile, come se non fossero stati sul punto di ammazzarsi tra loro, solo due secondi prima.

Penelope si agitò di nuovo tra le braccia dell'uomo dietro di lei, facendogli finalmente abbassare le braccia. Al che lei si voltò per fulminarlo con gli occhi e lo colpì al petto con le braccia, irritata perché ai suoi colpi lui non fece nemmeno un passo indietro; allora Penelope si voltò verso Mozart e verso l'uomo che aveva detto di chiamarsi Keane Bryson e disse loro, sarcasticamente: "Non so come ci abbiate trovati o che diavolo di piano abbiate, ma possiamo procedere, *per favore*, così ci togliamo dal cazzo? Nel caso non l'abbiate notato, non siamo esattamente al circolo ufficiali."

Il tipo appena arrivato la ignorò e si rivolse a Mozart: "Che lingua lunga, non me l'aspettavo."

Mozart fece spallucce e confermò: "È vero, ma è una soldatessa con le palle."

Penelope era pronta ad agitare le braccia in aria per entrare nella conversazione, ma alle parole di Mozart non poté far altro che guardarlo, esterrefatta. Lui, un SEAL della marina, pensava che *lei* fosse una soldatessa con le palle? Ah beh, allora...

Mozart porse la mano all'altro uomo. "Mozart. Benvenuti. Ci serviva proprio un aiuto. Abbiamo un ferito, anche gli altri non sono al cento per cento."

"Rapporto," ordinò il capitano, ora tornato in pieno spirito di missione.

Prima che Mozart potesse rispondere, Wolf spuntò da dietro un cespuglio: aveva il dito pronto sul grilletto della pistola e sembrava sul punto di sparare, ma vide il segnale di Mozart che indicava la presenza di forze amiche. Dietro a Wolf seguiva il resto della squadra. Penelope fu lieta di vedere che Abe era ancora sveglio e non aveva perso i sensi... anche se ci mancava poco. Così si avvicinò a Cookie e si accollò una parte del peso di Abe. Non poteva far molto, perché era tanto più bassa rispetto agli altri, ma immaginò che anche un piccolo aiuto fosse utile.

Poi si videro altri cinque uomini materializzarsi dal paesaggio desertico: Penelope pensò che la scena ricordava quella di uno scontro da Far West: sei uomini allineati da una parte, sette dall'altra.

Wolf indicò ciascuno degli uomini della sua squadra:

"Io sono Wolf, questi sono Mozart, Benny e Dude. Abe è quello che sembra pronto a svenire, Cookie lo tiene su. Sembra che conosciate già Tiger, altrimenti nota come sergente Turner, già ospite dell'ISIS."

Gli uomini delle Delta Force dell'esercito annuirono tutti ai SEAL e poi il loro comandante fece le presentazioni: "Io sono Ghost, loro sono Fletch, Coach, Hollywood, Beatle, Blade e Truck."

C'era tanto testosterone nell'aria da far concorrenza a uno stallone, ma a Penelope non interessava. A lei importava solo delle possibilità di andarsene dalla Turchia, o dall'Iraq, o da dove diamine si trovassero: ora le possibilità di successo erano aumentate di un buon mille per cento. Avrebbe baciato tutti gli uomini delle forze speciali, se solo l'avesse ritenuto un gesto adatto all'occasione.

Wolf sembrò stufo delle galanterie e tornò alla missione: "Prima abbiamo lasciato quattro uomini vicino al punto dello schianto dell'MH-60. Per caso ci avete pensato voi?"

"Tutto risolto," disse Ghost molto concretamente, senza spiegare molto altro; Penelope avrebbe tanto voluto saperne di più, come stavano, dov'erano, ma ovviamente non era quello il momento.

Wolf annuì a Ghost: "Ottimo." Poi proseguì con un rapporto. "Abbiamo respinto la prima ondata di guerriglieri, ma ce ne aspettiamo un'altra da un momento all'altro. Ci eravamo nascosti quaggiù," fece un cenno per indicare da dove era arrivato, "ma ovviamente ci hanno trovati. Ormai abbiamo pochi colpi a testa. Abe ha una gamba ferita e ha bisogno di un intervento medico più importante. Io ho il braccio ferito, anche Mozart è ferito a un braccio, ma non stiamo messi troppo male; Benny ha subito una commozione cerebrale e qualche ferita, la caviglia di Dude non è al cento per cento."

"E Tiger?" Ghost non ci girò tanto attorno, gli bastarono due parole.

"È disidratata, ha fame, ha delle costole incrinate, ma è tosta come un cazzo di demonio."

Ghost approvò annuendo. "Buono a sapersi, le probabilità sono in nostro favore."

Penelope fissò inebetita quell'uomo enorme. Ma era fuori? Wolf gli aveva elencato una serie di problemi sufficienti a mettere in difficoltà un generale, e quell'uomo dall'aspetto pericoloso che le stava davanti si comportava come se Wolf gli avesse detto che aveva dei missili a guida termica nascosti nello zaino. Quei tipi delle forze speciali erano davvero impossibili da capire: meglio i vigili del fuoco, mille volte. Quelli con cui lavorava erano un po' provinciali, persone rustiche, ma almeno non erano dei pazzoidi.

"Va bene, dividiamoci a coppia, uno dei miei con uno dei vostri. Vi daremo un sacco di munizioni in più. Truck e Blade prendono Abe. Sergente Turner, tu stai con me e Wolf: tornerai a casa prima ancora di rendertene conto."

Penelope annuì e si allontanò da Abe, mentre i due uomini delle Delta Force, Blade e Truck, si avvicinavano per prenderlo e portarlo via da sotto le spalle. Cookie annuì loro con rispetto e gratitudine, mentre gli altri si concentrarono sul da farsi, scambiandosi armi e munizioni.

Penelope era accovacciata tra Wolf e Ghost quando si sentì risuonare la prima raffica di spari. Sussultò e si accovacciò a terra, ricordando subito la sparatoria che avevano appena vissuto, poco tempo prima.

"Tranquilla, sergente. Ci pensiamo noi," la rassicurò Ghost mettendole una mano sulla spalla.

Penelope annuì e attese. Con sua grande sorpresa, notò che Wolf e Ghost nemmeno estrassero le loro armi: si misero a parlare tra loro sul piano di fuga, mentre gli altri uomini sparavano ai guerriglieri che sopravvenivano.

"Chiami tu?" chiese Wolf a Ghost.

"Sì, c'è già un MH-47 in volo."

"Probabilmente è meglio aspettare che ci sbarazziamo di questi."

"Sì, sarà finita prima che il Chinook arrivi."

"Dove si va?"

"Incirlik, poi Ramstein."

Wolf approvò annuendo. "Ottimo. Non è che puoi far passare un messaggio in patria? Le nostre radio sono out. Batterie andate."

"Ma certo."

Wolf si avvicinò a Ghost, Penelope lo sentì parlare, ma doveva essere un codice, perché lei non capì una sola parola di quanto diceva; cominciava a sentirsi irritata, le girava la testa, non solo per la sparatoria intorno a lei, molto rumorosa, ma anche per la confusione su cosa stesse succedendo e probabilmente anche per la scarsità di acqua e di cibo che aveva assimilato.

"Uno di voi due potrebbe spiegarmi che diamine sta succedendo?" domandò, sempre con un certo cipiglio. Sentiva il mondo cambiare troppo alla svelta per stare al passo, cominciava a confondersi, a spaventarsi.

Ghost rise, ma non con cattiveria. "Appena i nostri ragazzi si occupano degli stronzi, un bell'elicottero tosto arriva a prenderci. Andiamo alla base aerea USA di Incirlik, è sul mare Mediterraneo, a est da qui. Lì tu e gli uomini di Wolf riceverete cure mediche, per poi tornarvene a casa."

"Casa?" quella parola si insinuò nella psiche di Penelope come un parassita che si prepara a un lungo viaggio.

"Casa," confermò Ghost.

Penelope si voltò verso Wolf con un gran sorriso: "Puoi dire ai tuoi ragazzi di sbrigarsi, diamine, abbiamo un elicottero che viene a prenderci."

Wolf sorrise verso la donna minuta che aveva vicino. Non gli arrivava al mento, era sporca, anzi, aveva un aspetto e un odore ormai disgustosi, ma la sua personalità decisa e il suo cipiglio trapelavano forti e chiari. Anche se era abbattuta, di sicuro non era affatto fuori combattimento.

"Sissignora," rispose Wolf ridendo.

"Sergente, non 'signora', non sono un ufficiale," ribatté Penelope a Wolf ancor più decisa, ma poi sorrise per fargli capire che stava scherzando.

Wolf non rispose, ma Penelope capì che l'aveva sentita.

Ghost aveva ragione: non passò molto tempo, prima che l'ultimo sparo risuonasse nelle montagne. Poi tutto diventò fin troppo silenzioso. "È finita?" sussurrò Penelope in quel silenzio improvviso.

"Quasi."

CAPITOLO VENTISEI

Rimanete collegati con noi per una notizia dell'ultim'ora dalla Germania nel telegiornale della sera.

———

Caroline era sdraiata sul divano con il cellulare in mano, fissava il soffitto. Alabama era al piano di sopra, a letto con Brinique e Davisa. Fiona dormiva in una delle poltrone lì vicino, mentre Summer era nell'altra poltrona. April dormiva tranquilla e pacifica vicino alla mamma, in una culla ricavata da un cassetto della cassettiera.

Cheyenne e Julie erano da basso, nell'appartamento del seminterrato, con Taylor; Jess era nella camera degli ospiti, con Sara e John. La casa era molto affollata, ma nessuna se ne voleva andare, nessuna preferiva essere altrove.

I bambini l'avevano presa bene, anzi, si divertivano a stare un po' accampati. Caroline e Fiona avevano accompagnato il giorno prima Melody e Akilah all'aeroporto. Era sempre triste salutarla, quando doveva andarsene. Anche se Melody viveva dall'altra parte del paese, faceva sempre parte del gruppo di amiche.

Caroline giocherellava con il cellulare in mano: non aveva affatto dormito bene, aveva il forte presentimento che stesse succedendo qualcosa. Non aveva alcun indizio, alcun motivo reale, eppure se lo sentiva.

Era stata dura, sapere che la marina aveva dichiarato Matthew e gli altri "dispersi". un conto era salutare Matthew ogni volta che doveva partire in missione, senza avere idea di dove andava e di quando tornava, ma almeno lei e le altre erano certe che *qualcuno* aveva queste informazioni: qualcuno sapeva dov'erano e cosa facevano. Invece negli ultimi giorni nemmeno la marina aveva idea di dove fossero gli uomini, il che era ancor più spaventoso.

Era ferito? Qualcun altro era ferito? Caroline rifiutava di credere che Matthew fosse morto. Assolutamente impossibile. L'aveva detto al comandante Hurt: solo toccando il suo corpo morto avrebbe potuto crederci... un qualcosa che a volte non era nemmeno concesso alla moglie di un SEAL.

Anche se Caroline sperava, pregava che il suo cellulare squillasse, fu comunque presa di sorpresa quando lo sentì davvero vibrare tra le mani. Il numero del chiamante era "privato" ma Caroline non esitò a slanciare le gambe sul lato del letto, per andare in cucina, vicino alla porta sul retro. Non voleva svegliare le altre, ma aveva un ottimo presentimento su quella telefonata.

Caroline socchiuse la porta e cliccò sul telefono per rispondere prima che il chiamante riattaccasse.

"Pronto?"

"Ice, sono io."

"Oh, grazie a Dio! Stai bene? State tutti bene?" Caroline poté sentire dal tono della voce di Matthew che le stava sorridendo, mentre le rispondeva: "Ecco la mia Ice, sempre preoccupata per gli altri. Stiamo bene."

"Il comandante sa dove siete? Ci hanno detto che eravate dispersi:"

Wolf rise sonoramente. Caroline era la moglie di un uomo della marina da un paio d'anni, ormai, eppure a volte era ancora un po' ingenua su come funzionavano le cose. "Ma certo che lo sa, piccola."

"Va bene, posso chiederti quando tornerete a casa?"

"Non lo so per certo, ma ti garantisco che torneremo presto."

"Ottimo. Matthew?"

"Sì, Ice?"

"Posso dirlo alle altre?"

"Ma certo. Ho detto agli altri che ti avrei telefonato. Di' alle altre che i ragazzi telefoneranno appena possono, ma adesso abbiamo delle riunioni e altre cose da fare."

"Lo so, ma glielo dirò. State davvero bene?"

Wolf sentì la voce rotta della moglie e sentì le lacrime che gli spuntavano agli occhi. Era un SEAL tosto, ma niente poteva renderlo emotivo più della sua Caroline. "Staremo tutti bene."

Nella testa di Caroline, era molto diverso, ma lei non

se la sentì di insistere. In quel momento, *staremo* bene era già ottimo. "Va bene, ci vediamo alla base?"

"Probabilmente no. Dobbiamo fare delle riunioni con Hurt e con gli altri, prima di poter tornare a casa. Penso che passeranno un paio di giorni, ma ti mando un messaggio quando ci siamo quasi."

"Va bene. Matthew?"

Wolf sorrise di nuovo. "Sì, Ice?"

"Ce l'avete fatta?"

Wolf sapeva esattamente cosa intendesse Caroline e si sentì fiero più che mai di poter rispondere: "Sì, piccola, ce l'abbiamo fatta."

"Grazie al cielo. Ti amo."

"Anch'io ti amo."

"Sapevo che ce l'avreste fatta e sareste tornati a casa sani e salvi."

"Sempre. Devo tornare a casa da te. Come potrei non farlo?"

"Allora, di sicuro avrai da fare." La voce di Caroline tornò al solito tono manageriale. "Qua ci sono sei adulte, due bambini piccoli, due più grandi e due ragazze che si sveglieranno da un momento all'altro, avranno tutti fame. Fate buon viaggio, ci vediamo presto, tesoro." Caroline avrebbe anche potuto scendere nei dettagli parlando della piccola Taylor e della paura per Cheyenne, in ospedale, oppure della nuova gravidanza di Jess, ma decise che Wolf aveva già abbastanza pensieri. Faulkner e gli altri avrebbero scoperto a breve cos'era successo mentre erano via. Ognuno avrebbe telefonato alla moglie appena possibile. Nel frattempo era sufficiente sapere che non erano più dispersi e che sarebbero tornati presto a casa.

"Certo, a presto. Stammi bene, ci vediamo a casa."

"Va bene. Ti amo, ciao."

"Ciao Ice."

Caroline chiuse la conversazione e abbandonò la testa, sospirando per il sollievo. Grazie a Dio.

CAPITOLO VENTISETTE

Penelope fece un'espressione soddisfatta, mentre si guardava allo specchio, alla base. Lei e i sei SEAL erano arrivati alla base aerea in Germania senza incidenti. Il viaggio che li aveva portati via dalle montagne turche era stato quasi privo di emozioni: l'enorme elicottero Chinook si era abbassato vicino a loro abbastanza da farli salire a bordo, poi aveva ripreso quota. Tutto finito.

L'elicottero era atterrato alla base aerea di Incirlik in Turchia; Penelope aveva visto Ghost e i suoi uomini uscire dall'elicottero e andarsene senza nemmeno guardarsi alle spalle. Così lo aveva chiamato: "Ghost!"

Al che lui, alto com'era, si era fermato e si era girato verso di lei.

Ma Penelope non aveva trovato parole da dirgli. Cosa poteva dire, all'uomo che aveva contribuito a salvarle la vita? "Grazie." Una parola semplice, non abbastanza; purtroppo non aveva avuto il tempo di trovare di meglio.

Ghost non le aveva detto una parola, si era limitato a

farle un cenno con la testa per accettare il ringra-
ziamento.

Penelope aveva guardato alle spalle di Ghost e aveva
visto che tutti gli altri sei uomini delle Delta Force si
erano fermati. Forse stavano solo aspettando il loro
leader, o chissà per quale altro motivo, ma ognuno di
loro, uno dopo l'altro, alzò la mano per farle un saluto
militare. Lei li aveva visti a malapena, perché aveva gli
occhi pieni di lacrime.

"Non sono un ufficiale, non dovete farmi il saluto,"
era riuscita a dire.

A quel punto uno di loro aveva risposto, Penelope
pensò che fosse Coach: "Il nostro è un saluto di
rispetto. Sergente, *tu* hai tutto il nostro rispetto."

Porca vacca. Poi aveva guardato i sette uomini girarsi
e proseguire per la loro strada. Era stata l'ultima occasione in cui aveva visto quella squadra delle Forze
Speciali. Gli uomini di Ghost erano spariti in un edificio
alla base e non si erano più fatti vedere. Penelope non
aveva idea di dove fossero andati o di cosa dovessero
fare, dopo quella missione, ma li avrebbe sempre
ricordati.

Penelope si passò una mano nei capelli corti; aveva
deciso che doveva tagliarsi i capelli dopo la prima
doccia: erano così aggrovigliati e disgustosi che era
molto più semplice tagliarseli corti e farseli ricrescere.
Non era mai stata una donna di quelle che si preoccupano troppo dell'aspetto esteriore. Dopo averli tagliati
aveva persino pensato che i capelli corti le rendessero la
vita più semplice, come vigile del fuoco. Più facili da
curare, meno preoccupazioni sotto l'elmetto di servizio.

Aveva parlato a lungo con il fratello, Cade, già la prima sera, quando era arrivata in Germania. Avevano pianto entrambi, Cade le aveva raccontato tutto ciò che aveva fatto per evitare che il governo si dimenticasse di lei. Poi Penelope aveva dovuto incontrare alcuni funzionari dell'esercito e sottoporsi a una valutazione psicologica. Ma quella parte era stata anche divertente.

Tutto sommato, si sentiva esausta e forse anche un po' claustrofobica. Non poteva muoversi senza che qualcuno l'accompagnasse. Lei non aveva molta voglia di parlare, ma non voleva nemmeno rimanere da sola. Era un po' ridicolo: voleva sentirsi sicura, ma l'unico posto in cui si sentiva davvero al sicuro era con i SEAL che erano riusciti a trovarla e a farla scappare dall'inferno in cui era tenuta prigioniera.

Così indossò al volo una maglietta e un paio di pantaloni comodi dell'esercito e fece capolino fuori dalla camera della caserma in cui era stata alloggiata; non vide nessuno nel corridoio. Non era mai stata sola dal momento stesso in cui era atterrata, prima la visita medica, poi un incontro rapido con una psicologa dell'esercito. Era tardi, era normale che non ci fosse nessuno in giro, ma chissà perché si aspettava comunque di trovare qualcuno nei paraggi. Percorse il corridoio in punta di piedi, come se fosse una ragazzina che sgattaiolava fuori casa nel bel mezzo della notte per incontrare in gran segreto il suo fidanzatino.

Uscì dall'edificio e attraversò la base, annuendo alla guardia di sicurezza che la vide passare: quel militare la conosceva perché gli era stata presentata al momento di prendere alloggio nella caserma; Penelope fu contenta che la riconoscesse, senza farle domande su dove stesse andando. Era diretta all'infermeria. Salutò l'infermiera di turno al piano in cui sapeva di trovare Abe, firmò il registro delle visite e andò dritta alla stanza di Abe.

Penelope immaginò di avere più libertà di movimento per via della sua situazione. Aveva scoperto che la stampa americana l'aveva soprannominata la "Principessa dell'esercito"... un soprannome che le dava un fastidio estremo. Preferiva di gran lunga Tiger.

Aprì lentamente la porta della camera di Abe ed entrò.

"È tardi."

Penelope sapeva bene che era improbabile cogliere di sorpresa Abe, eppure fu presa in contropiede sentendolo parlare. "Eh sì."

"Non riesci a dormire?"

"No."

"Neanch'io."

"Come va la gamba?"

"È ancora attaccata."

Penelope sospirò. Era come estrargli un dente a mano. "Ma va meglio?"

"Andrà meglio."

"Ottimo."

Rimasero entrambi in silenzio per un momento, poi Abe le chiese: "Che c'è, Tiger?"

Penelope non cercò nemmeno di girarci intorno: "Posso dormire qui?"

"Sì." La risposta di Abe fu immediata e sentita, Penelope lo capì.

Lei non disse altro, afferrò due coperte che erano

posate vicino al letto di Abe, ne mise una a terra sotto la finestra, più lontano dal letto, lontano dalla porta, poi si sdraiò e si coprì con l'altra. Appoggiò la testa su un braccio e sospirò contenta.

Poi sentì Abe che si muoveva e all'improvviso un cuscino le atterrò vicino."

"Prendilo: a me non serve."

Penelope rispose sottovoce: "Grazie." Poi i due militari veterani non si dissero altro.

Abe sentì che il coraggioso sergente dell'esercito si addormentava e cominciava a russare leggermente. Non gli faceva piacere che Penelope dormisse per terra, ma non sentì alcun bisogno di insistere. Lei non lo sapeva, ma raggiungendolo in infermeria gli stava riaccendendo l'orgoglio: aveva scelto lui, non gli altri, si era messa dietro di lui, lontana dalla porta, inconsciamente si faceva proteggere da lui, facendolo sentire meglio e facendogli dimenticare di essere stato privo di sensi per una buona parte del pericoloso intervento di salvataggio.

————

Penelope fu contenta che nessuno dei SEAL parlasse o le desse il tormento perché aveva dormito in camera con Abe, la notte prima. Era stata svegliata da una conversazione tranquilla, tutti cinque i compagni di squadra di Abe erano in quella stanza. Lei si era dimenticata di essersi tagliata i capelli e aveva fatto per pettinarseli, ma si era accorta all'ultimo secondo che non c'erano capelli da togliersi dalla fronte.

Allora Penelope si allontanò per andare nel piccolo bagno attiguo alla stanza di Abe. Si lavò i denti usando le dita come spazzolino (non avrebbe mai più dato per scontato il gesto di lavarsi i denti) e si lavò la faccia spruzzandosi dell'acqua fresca. Poi beve un bel bicchiere d'acqua, si sistemò i vestiti e tornò nella camera.

"Allora, quando si torna a casa?" chiese vivacemente, sperando che la risposta fosse "oggi".

"Penso che te ne andrai via stasera."

"Meraviglioso," commentò Penelope tutto d'un fiato: stentava a crederci. Ormai non vedeva l'ora di incontrare di nuovo Cade, di rimettere piede sul suolo natio; finalmente sembrava che i suoi sogni stessero per avverarsi. Poi ripensò a cosa le aveva detto Wolf: "Aspetta, *io* me ne andrò via stasera? Ma voi, ragazzi?"

"Noi ce ne andiamo stamattina," le disse Cookie.

"Non andiamo via insieme?" chiese Penelope confusa.

"Tiger, tu torni a Fort Hood in Texas. Noi invece torniamo a Coronado in California."

"Oh." Penelope si sentì una stupida. Ma certo che tornavano alla loro base, loro erano in marina, mentre lei era nell'esercito. Loro avevano tutti famiglia, in California. Tuttavia le sembrava strano, anche se non conosceva quegli uomini da molto tempo; ma dopo tutto quello che avevano passato insieme... e poi l'avevano salvata. Era strano separarsi da loro. "Le vostre mogli sanno che state tornando a casa?"

"Sì," Wolf rispose anche per tutti gli altri.

Penelope in quel momento si ricordò meglio delle loro famiglie: "Dude, tua moglie ha poi partorito?"

Dude strinse i denti e annuì: "Sì, una bella bambina, è nata un paio di giorni fa, sta bene."

"Mi dispiace che ti sia perso il parto," gli disse Penelope di cuore. "Se io non avessi..."

Dude si avvicinò a grandi passi alla donna minuta che la squadra aveva salvato e le mise un dito sulla bocca per zittirla: "Anche se mi sono perso la nascita di mia figlia, la troverò al mio ritorno. Non cambierei una virgola di com'è andata. Lo sai che è nata lo stesso giorno che ti tiravamo fuori da quella tenda? Direi che è stata una giornata molto importante per tutti."

Penelope si allontanò dal tocco di Dude e cercò di sorridere. Che uomini: erano impegnati, ma corrispondevano proprio al suo ideale di uomo. Forse erano un po' maschilisti, a volte un po' goffi, ma non avevano paura di dire le cose come stavano ed era chiaro che amavano molto le loro famiglie, fino al midollo. Anche lei voleva trovare quella sintonia, lo voleva più di quanto fosse disposta ad ammetterlo.

"Beh, grazie. Grazie a tutti. Dico davvero. Sapete che c'è? D'ora in poi quando c'è la partita di football tra esercito e marina... tiferò per la marina, in vostro onore, ragazzi."

Risero tutti, proprio come lei sperava: aveva voglia di alleggerire un po' il clima e ci era riuscita.

"È possibile tenersi in contatto? Cioè, so che le vostre missioni sono piuttosto segrete, quindi non so se possiamo comunicare apertamente tra noi, o se sarebbe un problema." Penelope vide che gli uomini si guardavano in modo difficile da decifrare, così proseguì: "Ah, capisco, va bene... volevo solo..."

"Sì, teniamoci in contatto," la interruppe Wolf.

"Ma se vi crea dei problemi..."

"Teniamoci in contatto," ripeté Wolf, risoluto.

"Va bene, mi farebbe piacere," concluse Penelope, che poi si affrettò a salutare: "Devo andare... stamattina ho un appuntamento... o qualcosa del genere." Sapeva di non poter rimanere più a lungoa sparare cazzate con quegli uomini meravigliosi. Doveva staccarsi: "Sono contenta che torniate a casa dalle vostre famiglie, so che starete bene." Annuì a ognuno di loro, si voltò e uscì dalla stanza; sapeva di non poter rimanere più a lungo: se uno di loro avesse anche solo cercato di stringerle una mano, o addirittura l'avesse abbracciata, lei sarebbe crollata.

Quando se ne fu andata, Benny fu il primo a parlare: "Che donna eccezionale."

"Proprio vero," disse Wolf, che poi cambiò argomento: "Ragazzi, siete pronti a togliere il disturbo?"

"Cazzo, sì," rispose Abe, con un entusiasmo che riassumeva quello di tutti.

"Decollo tra due ore: le nostre donne ci aspettano!"

CAPITOLO VENTOTTO

Come vi dicevamo ieri sera, il sergente Penelope Turner dell'esercito USA è stata tratta in salvo dal Medio Oriente. Era stata rapita circa quattro mesi fa dall'ISIS. I tre uomini rapiti con lei sono stati decapitati o bruciati, i video della loro morte erano stati divulgati dall'ISIS. La Turner era comparsa in varie registrazioni in cui promuoveva l'ideologia dell'ISIS e denunciava i governi delle potenze occidentali.

Lo scorso fine settimana, un aereo è atterrato a Fort Hood, Texas, con a bordo il sergente Turner, che aveva i capelli corti ed era affiancata da alcuni alti ufficiali dell'esercito. La Turner ha salutato dall'aereo ed è stata fatta salire con una certa urgenza a bordo di un SUV, che è partito di volata, probabilmente per riferire ufficialmente su quanto successo. Si è saputo che la Turner è stata qualche notte nella base aerea di Ramstein, in Germania, prima di tornare in volo negli Stati Uniti.

Non si sa nulla né di come sia stata liberata né di chi l'abbia liberata, ma speriamo di scoprire ulteriori dettagli al più presto. La Principessa dell'Esercito, così è stata soprannominata dalla stampa, non ha accettato di farsi intervistare, ma noi parle-

remo *la prossima settimana con Cade Turner, il fratello di Penelope, che ha accettato di farsi intervistare in esclusiva. Rimanete con noi per tutti i dettagli, saremo i primi a dare il bentornato al sergente Turner!*

————

Caroline era seduta a casa da sola, attendeva impaziente che Matthew tornasse. Dopo aver parlato con lui al telefono, il mattino precedente, era tornata in casa e aveva annunciato con grande orgoglio a tutte le altre che i loro uomini stavano tornando a casa.

Come al solito, erano state tutte molto comprensive, accettando che non tutti potevano telefonare subito a casa, era impossibile parlare con gli altri, in quel momento. Era una seccatura, ma a volte il lavoro aveva la precedenza, anche sulla famiglia. Si aspettavano tutte che i loro uomini chiamassero appena possibile. In quel momento era sufficiente sapere che stavano tutti bene e che sarebbero tornati a casa presto.

Caroline quel mattino aveva parlato anche con il comandante Hurt, il quale era stato felice di dirle che Matthew stava bene e che la squadra sarebbe tornata presto a casa. Caroline non gli aveva detto che Matthew aveva già telefonato, ma si immaginava che lo sapesse già.

Julie aveva preso da parte Caroline, prima di andarsene, per dirle che il comandante aveva annunciato a Dude la nascita di sua figlia. Caroline pensò che Cheyenne non se la sarebbe presa: ormai i ragazzi potevano ben capire che il parto era già avvenuto.

Caroline e le altre si erano scambiate messaggi su messaggi per cercare di scoprire quando l'aereo con a bordo i loro uomini sarebbe atterrato, ma nessuna sapeva nulla; non si sapeva se erano già in California, ma si sperava che ci arrivassero presto. Caroline non riusciva a star ferma e non vedeva l'ora che Matthew si presentasse sulla porta di casa.

In quel momento stava sciacquando i piatti della cena, quando sentì la chiave girare nella toppa, sull'altro lato della casa. Si girò, ma chissà perché non riuscì a muovere i piedi. Sentì la porta che si apriva e poi si richiudeva, poi dei passi pesanti sul pavimento in legno. Caroline trattenne il fiato, poi finalmente Matthew arrivò nel corridoio, fino all'ingresso della cucina. Il sollievo che Caroline provò fu grande quanto quello che aveva provato il giorno in cui Matthew era arrivato a salvarla, dopo il dirottamento dell'aereo da parte dei terroristi.

Caroline lo guardò a fondo, Matthew sembrava stanco, aveva un braccio bendato e appeso al collo, ma era pur sempre in piedi davanti a lei, tutto intero. Andava bene così. Caroline fece un passo verso di lui, poi un altro, un terzo e finì tra le braccia del marito. Matthew aveva lasciato il suo borsone fuori dalla porta d'ingresso: aveva il braccio buono tutto intorno alla moglie, la teneva tanto stretta che quasi la sollevava da terra. Non dissero una parola, non ce n'era bisogno.

Matthew la portò fino al divano e si sedette con lei, senza mai lasciarla andare. Caroline gli appoggiò la faccia al collo e inspirò; amava quel profumo, solo in quel momento capì quanto le era mancato, mentre lui era in missione. Poi ridacchiò, accorgendosi che anche lui le aveva messo il naso nei capelli per inalare il suo profumo, proprio come aveva fatto lei con lui.

Finalmente, Caroline si allontanò e gli prese il viso tra le mani. "Mi sei mancato."

"Anche tu mi sei mancata, Ice."

"Stanno tutti bene?"

"Stanno tutti bene."

"Anche il sergente Turner?"

Wolf sorrise alla moglie: era una donna dalla natura così altruista, per questo l'amava. Caroline non aveva mai incontrato la donna rapita, eppure provava compassione e si preoccupava per lei. "A quanto ho visto in TV, direi che sta bene."

Caroline attese un attimo, guardò Matthew negli occhi e capì di aver oltrepassato il confine di ciò che lui poteva o non poteva dire, a proposito delle missioni; così lasciò perdere. Matthew non poteva certo ammettere di sapere in prima persona come stesse Penelope. Così Caroline gli appoggiò di nuovo la testa sul petto.

"Però non mi sorprenderebbe, se in futuro ricevessimo una cartolina o degli auguri di Natale dal Texas," le disse divertito.

Le parole di Matthew sorpresero Caroline, che sorrise senza alzare la testa. Ormai avevano parlato abbastanza: era giunto il momento di mostrare al suo uomo quanto fosse felice di riaverlo a casa.

Così Caroline gli mise una mano sul petto e lentamente cominciò a sbottonargli la camicia. Poi gli passò una mano sotto e giocherellò con la pelle scoperta. Sentì i propri capezzoli indurirsi mentre lo toccava, mentre a

Matthew diventava duro, sotto di lei. Caroline gli leccò il collo e gli morse il lobo di un orecchio.

"Ti amo, Matthew," gli mormorò nell'orecchio. "Mi sei mancato. Ho bisogno di te."

Da buon uomo di poche parole, Wolf si alzò subito in piedi, sempre tenendo Caroline appoggiata al petto. "Non sia mai che io rifiuti a mia moglie qualcosa di cui ha bisogno," le disse semplicemente, incamminandosi verso la camera da letto, senza lasciarla andare, in modo che Caroline a malapena toccasse terra, cercando di tenere il passo con le ampie falcate del marito.

Matthew la fece sdraiare sul letto e salì in ginocchio sovrastandola, mentre lei si sistemava. Le mise la mano sana vicino alla spalla e le fece divaricare le gambe. Poi si abbassò e appoggiò la fronte a quella di Caroline. "Non importa dove vado, non importa cosa faccio: lo faccio per *questo*. Per tornare a casa così, da te. Ti amo, Caroline Martin Steel. Sei tu la mia casa, sei tutto per me. Combatterei nelle giungle più fitte, nei deserti più aridi, negli oceani più profondi, se fosse necessario per arrivare tra le tue braccia."

Wolf si abbassò e baciò le lacrime che le uscivano dagli occhi.

"Meno parole e più fatti, prego, gentile signore," lo provocò Caroline, passandogli le mani sul petto e tirandogli su la camicia.

"Sissignora."

Poi non parlarono per un bel pezzo, il leader della squadra dei SEAL e sua moglie dovevano riconfermare il loro amore.

———

Alabama era seduta con Davisa e Brinique, le guardava distrattamente giocare con le loro Barbie. Erano state stranamente ricche di energie per tutto il giorno, Alabama immaginava che fosse perché, chissà come, sentivano il prossimo ritorno a casa di Christopher.

"Come sei bella, mamma," le disse Brinique all'improvviso.

Alabama sorrise e pensò di nuovo a quanto fossero sveglie le sue figlie. "Grazie, tesoro, lo apprezzo."

Brinique sorrise e tenne gli occhi fissi sulla mamma. "Il papà torna a casa oggi?"

Alabama annuì. "Penso di sì. Non so bene a che ora, ma sì, penso che arriverà stasera." Aveva già spiegato alle figlie che Christopher era stato ferito, ma pensò che fosse meglio ripeterlo. "Ragazze, ricordatevelo, vi ho detto che il papà si è fatto male mentre era in missione per sconfiggere i cattivi, vero?"

Entrambe le ragazze annuirono con serietà.

"Allora quando arriva dovete fare attenzione, non potete corrergli addosso, perché cammina con le stampelle. Andateci piano e fate attenzione alla gamba ferita, va bene?"

Davisa si alzò in piedi e si avvicinò ad Alabama, appoggiandosi alle gambe della mamma, poi alzò i suoi occhioni color nocciola e promise: "Va bene, mamma, promesso. Staremo tanto attente."

Alabama l'abbracciò. "Lo so, tesoro." Poi strinse la figlia, quando entrambe sentirono un rumore alla porta d'ingresso e alzarono gli sguardi.

"Papà!" gridò Brinique, saltando su con l'agilità che solo una bimba di sei anni poteva avere e correndo all'impazzata verso l'ingresso di casa.

Davisa si staccò dalle gambe di Alabama e si affrettò a seguire la sorella. Alabama la seguì rapidamente e trattenne il fiato, quando vide per la prima volta il marito, dopo una missione lunghissima e molto stressante. Lui era in piedi con le braccia intorno alle sue ragazze, un paio di stampelle in equilibrio precario sotto le ascelle. Alabama lo vide un po' pallido, ma per il resto era tutto intero. indossava una camicia e dei pantaloni color kaki. Sul volto aveva un segno nitido che distingueva la pelle abbronzata da quella più chiara, si era fatto la barba di recente, ma lei notò soprattutto le linee di dolore intorno agli occhi.

Alabama lo raggiunse al fianco e prese una delle stampelle, appoggiandola alla parete. Poi gli mise una spalla sotto al braccio, sostenendolo dalla schiena. infine alzò gli occhi e mormorò: "Bentornato a casa, Christopher."

Abe guardò le tre ragazze della sua vita e sentì il cuore colmo di amore. Santo cielo, qualche anno prima aveva quasi mandato tutto all'aria... si era quasi lasciato sfuggire quella... perfezione dalle mani. Ringraziava Dio ogni giorno per avergli concesso una seconda chance, perché Alabama gli aveva *concesso* una seconda possibilità. Abe abbassò la testa e sfiorò con le labbra quelle della moglie, godendo del sapore e della sensazione di averla lì con lui. "Grazie. Casa dolce casa."

"Papà, papà, abbiamo le Barbie!" urlò Davisa. "La zia Caroline le ha trovate in uno scatolone e ha detto che possiamo giocarci finché vogliamo!" Poi proseguì: "La zia Jess vomita *tutti i giorni* e la zia Cheyenne ha chiamato la bambina Taylor proprio come avevo detto io, e..."

Brinique interruppe la sorella. "Adesso tocca a *me* parlare. Papà, riesco a scrivere tutto l'alfabeto e riesco a lavarmi i denti da sola, Akilah mi ha insegnato a dire 'ti voglio bene' in iracheno e ci sci mancaaaatoooo."

Abe sorrise alle sue ragazze: gli era mancato quell'incessante chiacchierare, più di quanto credesse prima del ritorno.

"Dai, bimbe, lasciate che il papà entri in casa e si sieda, va bene?" Quella di Alabama era una domanda retorica, in quando si stavano già tutti muovendo verso il salotto. Christopher si accomodò sul divano, Alabama l'aiutò ad appoggiare la gamba infortunata su un pouf, poi passarono un'oretta a chiacchierare, raccontandosi quanto era successo ultimamente.

Poi arrivò il momento in cui Brinique e Davisa dovevano andare a letto. Abe lesse loro due storie e le baciò entrambe sulla fronte. "Prima vi addormentate, prima comincia un nuovo giorno." Quelle parole così familiari sembravano far rilassare le due ragazze, Abe le sentì russare prima ancora di chiudere la porta, uscendo.

Abe sapeva che la conversazione più difficile doveva ancora arrivare. Sapeva anche che, una volta seduto, ci sarebbe rimasto a lungo, quindi saltellò in bagno per fare i suoi bisogni e poi andò in camera da letto. Alabama si stava già cambiando, indossava una delle sue maglie da notte. Gli passò una mano sul viso, prima di andare anche lei in bagno. "Faccio in un momento, mettiti comodo."

Abe annuì e guardò con gratitudine la moglie che andava in bagno. Poi si tolse rapidamente i vestiti fino a rimanere completamente nudo. Aveva un gran bisogno della vicinanza pelle a pelle con Alabama, quella notte.

Si sdraiò sul letto e non si curò nemmeno di tirare le coperte sulle gambe; sapeva che Alabama doveva vedere la gamba ferita, per assicurarsi che sarebbe guarita; non poteva certo sottrarsi.

Alabama uscì dal bagno e si avvicinò al letto. Senza dire una parola, si sedette vicino alla gamba ferita di Christopher e passò le dita sulla ferita, ancora in via di guarigione, ricoperta da un bendaggio voluminoso.

Abe non disse nulla, lasciò che la moglie traesse conforto dalla sua presenza, dal fatto che fosse tornato a casa sano e salvo. Non era la prima volta che veniva ferito, anche se non così gravemente; odiava sentirsi debole, davanti ad Alabama, ma sapeva che lei ne aveva bisogno.

Finalmente, dopo qualche minuto, Alabama si abbassò e baciò la pelle sopra e sotto la zona bendata, poi si alzò in piedi e si tolse la maglietta che indossava, salendo infine a letto. Non si prese la briga di girare intorno al letto per andare dall'altra parte, semplicemente gli passò sopra facendogli spostare l'altra gamba per sostenersi sulle ginocchia. Poi tirò le coperte da sotto il marito e le distese di nuovo sul letto, per coprire entrambi.

Abe le mise un braccio intorno alle spalle e sospirò

di gioia, mentre Alabama gli appoggiava la testa sulla spalla e gli metteva un braccio sulla pancia.

"Bentornato a casa, Christopher," gli disse sottovoce, passandogli le dita intorno all'ombelico.

"Grazie. È bello essere a casa."

"Sei mancato alle ragazze. Sei mancato anche a *me*."

"Anche a me sei mancata."

"Stai davvero bene?"

"Sì. Sinceramente, mi sono perso gran parte del divertimento perché mi imbottivano di antidolorifici, mi hanno costretto a prenderli, oppure svenivo... ma sto bene. Gli altri della squadra si sono occupati di me, è grazie a loro che sono tornato tutto intero." Abe non ammorbidì affatto le parole. Voleva essere sempre aperto e sincero con Alabama, per quanto poteva, senza farla preoccupare troppo e senza violare l'obbligo del segreto per le missioni governative.

Così Christopher prese fiato, mentre Alabama abbassava la mano. Quando gli0lo prese in mano e glielo strinse, lui smise di respirare. "Alabama..."

"Immagino ti farebbe piacere un bentornato coi fiocchi. Non ti faccio male alla gamba, vero?"

"Col cazzo... così non potresti mai farmi male."

Alabama ridacchiò e si spostò sul letto. Sentì che Christopher tratteneva il fiato, mentre lei si spostava e si inginocchiava di fianco a lui, all'altezza dell'anca. Poi Alabama lo guardò mentre con le mani gli prendeva l'asta ormai dura. "Beh, fammi sapere *se* ti faccio male..." Poi Alabama abbassò la testa, facendo ciò che aveva sognato per molte notti, quando il marito era in missione. Le era sempre piaciuto, prenderlo in bocca;

l'aveva fatto solo con lui, le piaceva tantissimo fargli perdere il controllo, a cui lui tanto teneva, con quel gesto d'amore.

Dopo una quindicina di minuti, Alabama si accoccolò di nuovo di fianco a Christopher, ascoltando il respiro del marito che tornava al suo ritmo normale, facendola sorridere.

"Santo cielo, che donna. Così mi fai fuori."

"Ma che bel modo che sarebbe, vero?"

"Eh sì. Ti amo."

"Anch'io ti amo."

"L'unica cosa che avevo in mente, mentre ero in missione, a terra, ferito, senza sapere come sarebbe andata a finire, eri tu. Tu sei tutto per me. *Tutto*. Ti amo," disse Abe ad Alabama con un tono di voce tranquillo, nella loro camera da letto, al buio.

"Christopher..."

"No, lo so che lo sai, ma voglio che tu *sappia* che sei entrata talmente nel profondo del mio cuore che ci sei sempre e sempre ci sarai."

"Davvero, Christopher..."

Abe non le lasciò il tempo di finire. "Adesso..." La strinse intorno alle spalle e la tirò più vicina, fino a farla girare e sdraiare sul proprio corpo. "Vieni qui e lascia che ti faccia vedere anch'io quanto sei importante per me."

Alabama si sentì più bagnata, mentre saliva sul corpo di Christopher. "Non voglio farti del male."

"Per quanto odi ammetterlo, non sono ancora pronto a fare l'amore, ma..." le mise le mani sul sedere e la fece spostare più in alto, "sono *pronto* per questo...

fatti assaggiare, piccola. Lascia che anch'io ti *mostri* quanto ti amo."

Alabama non disse altro, fece solo ciò che lui le chiedeva: afferrò la testiera del letto mentre Christopher le mostrava davvero quanto l'amava e quanto gli era mancata.

———

Fiona era seduta davanti a casa, sotto al portico; non voleva perdersi il momento in cui Hunter sarebbe arrivato. Sapeva che era questione di momenti e avrebbe tanto voluto sapere l'ora precisa del suo ritorno, ma il senso di attesa la faceva fremere in un modo che rendeva il momento unico, diverso da qualunque momento passato.

Non era riuscita a mangiare nulla, quel giorno, era troppo emozionata, ma ormai lo stomaco cominciava a brontolare. Però non aveva alcuna intenzione di lasciare il suo posto di vedetta per andare a prendere qualcosa da mangiare. Non si sarebbe mossa se non tra le braccia di Hunter.

La luce si stava affievolendo all'orizzonte, quando finalmente Fiona sentì il suono che tanto aveva atteso; allora si alzò e vide la macchina di Hunter che arrivava in distanza, rombante. Fiona scese dal portico e l'aspettò sull'erba vicino ai gradini, finché la macchina non arrivò e si spense il motore. A quel punto Fiona la raggiunse e si accinse a impugnare la maniglia della portiera, poi fece un passo indietro per permettere a

Hunter di aprire lo sportello, ma non gli consentì di uscire.

Fiona si abbassò e gettò le braccia intorno alla vita di Hunter e strinse più forte che poteva.

Cookie mandò giù il magone che gli si era formato in gola. Non si sarebbe mai stancato di essere accolto con tanto entusiasmo e con tanta gioia da Fiona, rientrando a casa. Le mise le braccia intorno alle spalle e attese che le passasse la prima ondata di lacrime. Fiona piangeva sempre, quando lo rivedeva dopo una missione.

Finalmente, Fiona rialzò la testa e lo guardò; cacchio, Cookie si sentì l'uomo più fortunato al mondo: sua moglie era bellissima, aveva gli occhi lucidi e un leggero sorriso in volto.

"Bentornato a casa, Hunter."

"Grazie, Fee." Poi Cookie attese e sorrise, dato che lei non gli diceva nulla, ma non si muoveva. "Pensi di lasciarmi uscire dall'auto o vuoi che rimaniamo qui tutta la notte?"

Fiona sorrise, ma non si mosse. Lui le sorrise di nuovo. Va bene. Le mise le mani sotto le ascelle e la tirò su di sé, fino a farla accomodare a cavalcioni sul sedile. Ci stavano stretti, per via del volante, ma a lei sembrava non interessare. Fiona lo abbracciò e gli appoggiò la faccia sul collo.

Cookie spostò il peso e si accomodò, mettendo una mano dietro la schiena di Fiona, che appoggiava sul volante. Poi si allungò per chiudere la portiera della macchina, quindi andò a trovare la leva del sedile, la tirò

e fece indietreggiare il sedile fino in fondo. A quel punto
Fiona si staccò da lui e gli sorrise.

"Devi andare da qualche parte?"

"No, ma non mi sembravi di fretta, a me basta
tenerti in braccio per essere felice, non mi interessa
dove siamo, quindi anche in macchina direi che è un
posto come un altro per fare l'amore con mia moglie."

"Hunter!" mugugnò Fiona senza scaldarsi troppo:
"Non possiamo fare l'amore proprio qui!"

"Perché no?"

"Beh... perché di no. Siamo all'aperto, non c'è ancora
buio."

"Ma farà buio tra breve." Cookie le mise le mani
intorno al viso e la guardò negli occhi: "Ti amo, Fee. Ti
guarderei fino a consumarmi gli occhi."

Fiona smise di lamentarsi: cavolo, anche lei era
felice così com'era, così mosse i fianchi verso di lui,
strofinandosi contro il suo uccello, che era già pronto.
Le era mancato il marito, ma anche il suo corpo. Non
avrebbe mai creduto di arrivare a sentirsi così a sua
agio con la sua sessualità, dopo tutto ciò che aveva
dovuto superare; ma nel profondo sapeva che il merito
era di Hunter, perché di lui si fidava ciecamente: si
prendeva sempre tutto il tempo per assicurarsi che lei
fosse a proprio agio con tutto ciò che facevano
insieme. L'aveva persino accompagnata in clinica, rimanendo con lei ininterrottamente, quando era andata a
farsi l'esame del sangue per controllare di non avere
malattie veneree. Per puro miracolo, Fiona non si
portava dietro alcun effetto a lungo termine del tempo
passato a sud, oltre frontiera. Era riuscita a ritrovare il

suo equilibrio mentale grazie all'uomo che stava seduto sotto di lei.

"Anch'io ti amo, Hunter. Va tutto bene? Sta bene? L'avete salvata?"

Cookie guardò Fiona un po' stranito: non le aveva detto nulla della missione, ma ovviamente lei sapeva almeno qualcosa di quanto era successo e di dove si era svolta, forse se l'era immaginato. Cookie sapeva che Fiona non sarebbe mai andata sull'argomento, se non avesse avuto una storia simile alle spalle, così le disse ciò che poteva, pur senza violare la segretezza a cui era vincolato: "Sì, sta bene, anzi, è fantastica. Mi ricordava te, sotto molti aspetti. Non si lamentava mai, ha fatto ciò che doveva."

Fiona sospirò sollevata. Solo il cielo sapeva quanto fosse felice di riavere Hunter a casa. Così si abbassò e fece per liberare il marito dalla costrizione dei pantaloni. "Hai ragione, si fa buio, in fondo siamo a casa nostra, i vicini di casa non sono poi così vicini, almeno non abbastanza da vederci. Ho bisogno di te."

Cookie sorrise e si abbassò lo schienale quanto poteva, lasciando alla moglie più spazio per lavorare. "Anch'io ho bisogno di te," le disse gemendo, quando finalmente Fee riuscì ad abbassargli i pantaloni; a quel punto lui abbassò la vista per guardarla, mentre lo masturbava.

Lei alzò gli occhi e si leccò le labbra, con fare seducente. "Mi aiuti a togliermi i pantaloni?"

Cookie si avvicinò, senza interrompere il contatto visivo, rovistò nella tasca laterale del suo borsone, appoggiato al sedile vicino, finché non trovò il suo coltello militare. Lo aprì e allungò una mano verso la vita dei legging di Fiona, chiedendole: "Non sono i tuoi preferiti, vero?"

"No. Ma anche se lo fossero, non mi importerebbe. Procedi pure." Quando gli aveva chiesto aiuto per togliersi i pantaloni, non si aspettava certo che lui arrivasse a tagliarli, ma andava bene anche così, pur di accogliere dentro di sé il marito il prima possibile.

Cookie si prese il tempo per far scorrere il coltello lungo i pantaloni, tagliandone facilmente il cotone. Fiona non indossava le mutandine, quando lui se ne accorse gli venne ancora più duro di prima, tra le mani della moglie.

"Tirati su," le ordinò.

Fiona si mise in ginocchio e Cookie le strappò di dosso i vestiti ormai sgualciti fino a vederla in tutta la sua naturalezza.

"Cazzo, se sei bella," mormorò Cookie, chiudendo il coltello e gettandolo alla cieca verso il suo borsone, sull'altro sedile, senza mai staccare gli occhi da Fiona; poi abbassò la mano fino a trovare le labbra bagnate della moglie, mentre con l'altra mano andò sotto la maglietta per afferrarle il seno nudo, apprezzando il modo in cui lei rispondeva a quel tocco.

"Temo che sarò veloce, Fee. È passato troppo tempo dall'ultima volta che sono stato dentro di te."

"Va bene, dai, facciamolo. Sono pronta," gli disse con un filo di voce, ansimando.

Cookie le fece spostare le mani e le ordinò: "Aggrappati a me." Lei gli mise le mani sulle spalle e lui se lo prese in mano e appoggiò l'altra mano al sedere di Fiona: "Tirati su e vieni verso di me."

Fiona fece come le aveva chiesto, lui si sistemò in una posizione più comoda, poi si lasciò cadere sul sedile e le afferrò entrambe le natiche.

Fiona non attese che Hunter facesse un'altra mossa: scese su di lui e orientò il bacino in avanti, prendendolo dentro più che poteva.

"Santo Dio!" Cookie gemette.

"Sì, dai," disse Fiona allo stesso tempo, mettendogli le mani nei capelli troppo lunghi; mise da parte il pensiero che Cookie avesse bisogno di tagliarsi i capelli, sollevò lentamente i fianchi e poi si lasciò cadere, ripetendo lo stesso movimento più volte, prima che fosse Hunter a prendere l'iniziativa e condurre il ritmo.

Cookie spostò le mani, togliendole dal sedere di Fiona e afferrandole i fianchi con forza sufficiente a lasciarle i segni; ma non importava a nessuno dei due. Stavano stretti, in macchina, non potevano muoversi più di qualche centimetro, ma era abbastanza.

Quando Cookie si accorse che stava per perdere il controllo, ma che Fiona non era ancora allo stesso punto, le ordinò: "Dai, Fee, toccati, fatti venire."

Al che Fiona raddrizzò la schiena sedendosi meglio sulle sue gambe, poi spostò una mano tra le cosce, dove i loro corpi si univano, si bagnò le dita con i loro umori e cominciò a masturbarsi, gemendo; poi abbandonò la testa all'indietro e proseguì a sfregarsi velocemente il suo fascio di nervi.

Cookie capì che anche lei si stava avvicinando al dunque dal modo in cui lo avvolgeva ritmicamente col corpo. "Dai, Fee, ci sei, sei bellissima. Sono il bastardo più fortunato del mondo. Scopami, bella. Prendimi."

A quelle parole, Fiona affondò su di lui e si lasciò cadere in avanti, risucchiandolo con i muscoli interni, stringendolo così forte da farlo gemere. Cookie perse il controllo dei fianchi, spingendo di nuovo, poi si sfogò svuotandosi dentro di lei, la donna più bella che conoscesse, dentro e fuori.

Nessuno dei due si mosse, si godevano la vicinanza, l'intimità, dopo una separazione così lunga.

"Ti amo, Fee," disse Cookie alla moglie, appoggiandole una mano sulla schiena, sotto la maglietta, mentre spostava l'altra al sedere, tenendola stretta.

"Anch'io ti amo, più di quanto penso potrò mai dirti a parole."

———

Summer si svegliò lentamente, chiedendosi cosa l'avesse disturbata nel sonno. Non sentì April piangere dal baby monitor sul comodino, quindi per un attimo non capì cosa stesse succedendo.

"Ciao, splendore."

Quelle parole furono sussurrate proprio vicino a lei. Summer alzò gli occhi e incontrò quelli del marito. "Sam, sei tornato," sussurrò, cercando di schiarirsi la mente ancora mezza addormentata.

"Sono tornato," le rispose lui semplicemente.

Summer si tirò su nel letto fino ad appoggiare la schiena contro la testiera, poi alzò le braccia per avvolgere Sam: adorava la sensazione di riaverlo a casa. Si accorse che lui indossava solo un paio di pantaloni della tuta ed era a torso nudo quando sentì sulla guancia i suoi peli ispidi del petto, allora si allontanò e lo guardò: "Da quanto tempo sei tornato?"

"Da una decina di minuti. Ho dato un'occhiata ad April e poi sono venuto qui, mi sono tolto la maglia e sono rimasto seduto a guardarti dormire per tipo cinque minuti."

"Volevo essere sveglia, quando tornavi, ma April ha fatto i capricci e mi ha svegliato spesso, la notte."

"Probabilmente sente che sei stressata; adesso che sono tornato vedrai che dormirà meglio," le disse Mozart, con una punta di arroganza.

Summer gliel'avrebbe fatto notare, ma molto probabilmente aveva anche ragione.

"A quanto pare sono arrivato appena in tempo," disse Mozart, guardando il petto di Summer.

Anche lei abbassò lo sguardo e arrossì, per quanto non fosse la prima volta che suo marito le osservava i seni gonfi.

"Vado a prendere April, tu preparati," le disse, alzandosi in piedi.

Summer gli vide il braccio bendato per la prima volta: "Sam, il braccio! Stai bene?"

"Non è nulla, te lo giuro, domani te lo faccio esaminare."

Summer annuì, sapeva che le stava dicendo la verità. "Va bene, adesso vai a prendere nostra figlia, prima che inondi il letto."

Sam uscì dalla stanza e tornò con April in braccio. Summer si spostò e prese il cuscino che usava per allattare. Sam ci appoggiò sopra April e aprì i bottoni della camicetta che indossava Summer, poi scostò il tessuto e impugnò il seno mentre Summer avvicinava il petto alla piccola April.

Mozart si accomodò sul cuscino vicino alla moglie e guardò la figlia che poppava. Non si sarebbe mai aspettato di essere così rapito da quello spettacolo, eppure non se ne stancava mai. Era meraviglioso avere davanti agli occhi Summer che nutriva la bimba. April succhiava e piegava le labbra poppando. Intanto stringeva il pugnetto sopra il seno della mamma.

Mozart alzò lo sguardo e fissò gli occhi di Summer, che guardava lui, invece di April: "Ti piace," gli disse.

Mozart non fece altro che annuire.

Summer gli sorrise; solo il cielo sapeva quanto lo amava. "Cambiamo lato?" gli chiese, così lui girava la piccola April, sistemandole di nuovo il cuscino, per poi prenderle di nuovo il seno, mentre Summer muoveva April, portandole la bocca al capezzolo. La testa di Sam era vicino a quella della figlia, così gliela accarezzò mentre lei poppava. Quando April fu sazia, staccò la bocca dal capezzolo di Summer.

Mozart passò un dito sulla punta del seno di Summer e le tolse un'ultima goccia di latte. "Cazzo, che bello," mormorò, prima di prendere in braccio April; se la appoggiò alla spalla e si alzò in piedi. "Le faccio fare il ruttino e la riporto nella culla. Torno subito, non muoverti."

Quando Summer fece per rimettersi a posto la camicetta, Sam la fermò: "Ho detto di non muoverti. Ferma dove sei." Summer sorrise al marito e mise giù le mani lungo i fianchi. "Va bene, tesoro. Ma sbrigati."

Sam tornò nel giro di cinque minuti. Senza dire una parola, si tolse i pantaloni e salì a letto completamente nudo. La sua felicità nel rivedere la moglie era evidente.

Le fece scendere la camicetta completamente scoprendole bene le spalle e la fece sdraiare sul letto.

Poi posò il naso tra i seni della moglie: amava il dolce odore del latte che rimaneva sui seni dopo l'allattamento. Non gli interessava il latte che produceva, ciò che gli *interessava* era la sensibilità acuita dei seni. Glieli pizzicò appena, guardando una goccia di latte che usciva da entrambi. Summer si agitò a quel tocco, così Mozart sorrise. Eh sì, gli piaceva un sacco vederla così sensibile.

"Ti amo, Summer. Sei la persona più bella che abbia mai conosciuto in vita mia."

"Sei solo arrapato."

Mozart non se la prese, sorrise solo con più convinzione alla moglie. "È vero, ma non è per questo che penso che tu sia una bella donna, la più bella che abbia mai visto. È solo perché è così, lo sei."

"Sì, puzzo un pochino, sono riuscita a rovinare metà dei vestiti che ho indossato perché non smetto mai di produrre latte. Ho delle smagliature che..."

La sua frase fu interrotta da Mozart, che le appoggiò leggermente la mano sulla bocca. "Se hai le smagliature è perché hai portato in grembo mia figlia. Non mi interessa dei vestiti rovinati, ne compreremo degli altri. Non hai idea di quanto sia meraviglioso guardare April che poppa dal tuo seno. Adesso capisco perché ci sono delle persone con delle fantasie strambe, a cui piace pensare di fare i bimbi che succhiano il latte dalla mamma."

Summer rise, ma Mozart proseguì: "Hai portato in grembo mia figlia per nove mesi e ora la stai nutrendo: è un miracolo. Tu sei il *mio* miracolo. So che potremmo anche non avere altri figli, perché siamo in pensiero, per la tua età, ma non importa: con te e con April, posso anche morire felice."

Mozart tolse la mano dalla bocca di Summer e si spostò sopra di lei; gli piacque molto il modo in cui lei apriva le gambe per lasciargli lo spazio che gli serviva. Una volta sistematosi, abbassò una mano tra le gambe per aiutarsi a spingersi dentro le sue pieghe già bagnate. Le tenne una mano sul seno destro, palpandolo e accarezzandolo, ignorando il liquido che ne usciva e che le scorreva lungo il corpo, gocciolando sulle lenzuola sotto di loro.

Si persero in quel momento, finalmente erano di nuovo insieme, dopo una separazione lunga e terribile: "Sei l'amore della mia vita, ti adoro, Summer."

Summer inarcò la schiena tra le braccia di Sam, non aveva il minimo imbarazzo per il proprio corpo e per ciò che Sam le stava facendo: tutto ciò che accadeva tra loro era naturale, puro amore. "Anch'io ti amo, Sam Reed. Sempre e per sempre."

"Sempre e per sempre," ripeté Mozart, mentre faceva l'amore con la moglie, come se fosse di nuovo la prima volta.

———

Dude entrò a casa sua e lasciò cadere il borsone sul pavimento senza pensarci troppo: doveva vedere Cheyenne. Dopo aver sentito tutto ciò che aveva passato, dopo aver capito quanto era andato vicino a perderla, voleva solo stringerla tra le braccia.

"Che!" gridò, cercando di trovarla.

"Per l'amor di Dio, Faulkner, fai silenzio! L'ho appena fatta addormentare!" Cheyenne lo riprese, facendo capolino dalla camera da letto.

Dude trattenne il fiato e sentì il cuore che quasi gli si fermava per un momento. Finalmente vide coi suoi occhi che Cheyenne era a casa e sembrava sana, finalmente si convinse che stava davvero bene. Si aspettava quasi di trovarla a letto, pallida e smunta. Invece avrebbe dovuto immaginarlo: la sua Che non si sarebbe mai fatta mettere al tappeto, non si sarebbe mai fermata più di tanto.

Così la raggiunse. Cheyenne doveva aver visto qualcosa negli occhi del marito, perché cominciò ad arretrare, allontanandosi da lui, che entrava in camera da letto. Cheyenne indietreggiò fino ad arrivare con le gambe contro il letto, su cui si sedette di slancio.

Dude non si fermò, le venne incontro fino a metterle le mani ai fianchi, sul letto; poi si abbassò e la baciò senza dire nulla. Gli piacque molto sentire che lei si apriva subito a quel bacio, tanto da farlo eccitare, facendoglielo venire duro contro di lei.

Però era ancora troppo presto per prenderla come lui voleva veramente, anche se ne aveva bisogno: Cheyenne aveva partorito la loro bimba meno di una settimana prima, superando un travaglio molto difficile.

Dude cercò di calmarsi respirando dal naso. Più avanti, sarebbe arrivato anche il momento di legarla al letto e di farla esplodere più volte, prima di affondare tra le sue cosce calde.

Così si tirò indietro: "Non avremo altri figli." Non era ciò che pensava di dire, ma quelle parole gli sembrarono giuste appena le pronunciò. Mai e poi mai avrebbe di nuovo rischiato la vita di sua moglie. Assolutamente impossibile.

"Faulkner, sto bene." Cheyenne appoggiò una mano sul petto del marito e lo accarezzò, cercando di distrarlo da ogni preoccupazione.

"Non m'interessa. Basta figli."

Cheyenne decise di lasciar perdere, almeno per il momento. Dopo aver visto Taylor, sapeva di volerne altri. Doveva solo lasciare a Faulkner il tempo di conoscere e amare la figlia. Lui avrebbe preferito un maschio e lei lo sapeva. Dovevano solo continuare a provarci, fino a riuscirci.

"Vuoi conoscere tua figlia?" La domanda di Cheyenne a Faulkner fu molto dolce.

Lui sbatté le palpebre: era così determinato a vedere le moglie, per assicurarsi che stesse bene, che quasi si era scordato di *avere* una figlia.

"Gesù santo, ma certo," le sussurrò.

"Tirami su," gli disse Cheyenne.

Lui le porse una mano e l'aiutò ad alzarsi, poi la tenne per mano, mentre lei l'accompagnava alla culla nell'angolo della camera. Taylor stava dormendo tranquilla. Cheyenne guardò Faulkner che si abbassava sulla culla per osservare la neonata più da vicino.

"Posso prenderla in braccio?" le chiese, con un sussurro meravigliato.

Cheyenne trattenne la risata che minacciava di scapparle. "Ma certo," gli rispose, "però stai attento a sostenerle la testa."

Dude allungò le mani, ne mise una sotto la testa della bimba e l'altra sotto la schiena; aveva le mani così grandi che con una sola poteva sostenerle tutta la schiena, fin quasi al sedere. La sollevò e se l'appoggiò al petto, cullandola. Poi si guardò attorno e la portò fino al letto matrimoniale.

La mise sul letto delicatamente e cominciò a sbottonarle la tutina; sapeva che Cheyenne lo stava guardando, ma non si fermò. Le tirò fuori dalla tutina prima un braccino, poi l'altro, le fece scorrere il tessuto giù dalle gambe e glielo tolse. Poi aprì il pannolino e lo spostò di lato.

Dude non riusciva a credere alla perfezione dell'esserino minuto che giaceva sul letto dov'era stata concepita; si abbassò e le annusò i piedini, poi con il mignolo, che al confronto sembrava enorme, le sfiorò una gamba, risalendo fino alla vita. Le guardò con meraviglia l'ombelico, ancora non completamente guarito.

"Ce l'ha sporgente," sussurrò, guardando Cheyenne per la prima volta.

Lei sorrise e si limitò ad annuire.

Dude riportò l'attenzione alla figlia; le mise il dito nel palmo della mano e sentì il cuore fermarsi quando lei strinse subito il pugnetto. Poi la guardò in faccia, il suo nasino, la chiazza di capelli scuri in testa, le orec-

chie minute, perfette. Mentre la guardava, lei arricciò le
labbra e fece un piccolo sorriso.

Cheyenne gli venne vicino e gli passò una copertina
morbida e pelosa: "Meglio coprirla, così non prende
freddo. Non vogliamo farla svegliare."

Dude prese la copertina e tornò a guardare la figlia:
non era sicuro di come fasciarla: "Mi aiuti?" domandò a
Cheyenne.

Al che guardò la moglie che con gesto rapido e abile
avvolgeva la figlia fino a farla somigliare a un piccolo
burrito; poi Cheyenne gliela passò e Dude la prese in
braccio, tenendo gli occhi fissi su quel piccolo miracolo
che riposava tra le sue braccia.

Cheyenne si sedette vicino a lui sul letto e disse:
"Faulkner Cooper, ti presento tua figlia, Taylor Caroline
Cooper."

Cheyenne non avrebbe mai creduto di vedere il
marito, un uomo grande e grosso, tosto, un dominante,
autoritario, un SEAL maniaco del controllo, che piangeva. Seduta di fianco a lui, vide le lacrime che gli cade-
vano dagli occhi e andavano a bagnare la copertina che
avvolgeva la neonata: fu un momento che Cheyenne non
avrebbe mai dimenticato, lo sapeva, un ricordo che le
sarebbe rimasto sempre nel cuore, per tutta la vita.

———

Jess era appoggiata alla macchina di Kason, alla base
navale; aveva avuto il coraggio di telefonare al comandante Hurt, pretendendo di sapere quando suo marito
sarebbe tornato a casa. Il comandante, forse con un po'

di rimorso per tutto quanto era successo e per aver dichiarato dispersi gli uomini della squadra, le aveva detto che gli uomini sarebbero tornati a casa nel tardo pomeriggio.

Jessyka allora aveva chiamato un taxi e si era recata alla base per aspettare che il marito uscisse dal lavoro: ormai non aveva più la pazienza di aspettare a casa, voleva vederlo il prima possibile, a costo di muovere il culo e andargli incontro, se necessario. Non era stata la scelta più pratica della sua vita, ma non le importava.

Aveva prima portato fuori a mangiare Sara e John, che si erano abbuffati di bastoncini di pollo e avevano giocato nella zona attrezzata del fast-food. Poi li aveva portati al parco della base navale e li aveva lasciati sfogare quanto volevano, loro si erano messi a scorrazzare sull'erba.

Aveva persino fatto saltare loro il solito pisolino, lasciando che si sfinissero fino a mettere un broncio tremendo. Il taxi era andato in giro per il parcheggio della base fino a trovare l'auto di Benny, al che Jess aveva messo i bimbi ormai assonnati nei seggiolini per auto che si era portata dietro, con le cinture ben allacciate, aveva dato loro dei tablet con un film e loro si erano addormentati da bravi bambini sazi e stanchi.

Benny stava camminando rapidamente verso la sua auto, non voleva altro che tornare a casa da Jess e dai bambini. Non prestava molta attenzione, del resto non era in missione, a rischio della vita, ma nel bel mezzo di un parcheggio pubblico, alla base, quindi non c'era niente di cui preoccuparsi. Mise la mano in tasca per prendere le chiavi della macchina ma sentì una voce femminile: "Ciao."

Così alzò lo sguardo e rimase di sasso: cosa diamine ci faceva Jess, lì ad aspettarlo?

La risposta non gli importava: balzò verso la moglie e la prese tra le braccia, sollevandola da terra e facendola piroettare e ridere; quanto gli piaceva, il suono di quella risata nel parcheggio! Alla fine la rimise coi piedi a terra.

"Dove sono i bambini?"

Lei fece un cenno con la testa verso l'auto, dietro di loro. Benny si girò e guardò nell'auto; vide il figlio e la figlia che dormivano pacifici nei sedili posteriori; una leggera brezza entrava dai finestrini aperti e smuoveva i loro capelli. Benny si girò di nuovo verso Jess e abbassò la testa.

Lei gli andò incontro e si misero a pomiciare nel parcheggio come due giovani universitari. Dopo un po', Benny sentì che Jess muoveva la mano verso la parte anteriore dei suoi jeans e capì di doversi fermare. Nel loro rapporto, quella più arrapata sembrava proprio essere Jess, Benny l'amava anche per questo.

"Che bello rivederti, Jess. *Davvero* bello rivederti."

"Stai bene?" gli chiese Jessyka, sfiorandolo con le dita dietro la testa.

"Sì, lo sai che ho la testa dura." Jess gli sorrise. "Potevi aspettarmi a casa; sarà stata una rottura di scatole, trascinarti questi due birbanti fin qui."

"Non ce la facevo più ad aspettare, volevo rivederti il prima possibile. Quella ventina di minuti in più che ti serviva per tornare a casa sarebbe stata una ventina di minuti di troppo in cui dovevo aspettare per vederti." Si schiarì la gola prima di proseguire. "C'è qualcosa che devo dirti."

Benny si irrigidì. Quando una donna esordisce dicendo che deve parlarti, sono sempre guai in vista. Per la verità, Jess non gli aveva detto quelle esatte parole, ma lui l'aveva interpretata così. "Che c'è? State tutti bene? Le altre? Oh cavolo, gli altri bambini?"

Jess fece calmare Kason passandogli una mano sulla camicia. "Va tutto bene. Non c'è niente di cui preoccuparsi." Lo vide esalare il respiro che chiaramente aveva trattenuto.

"Allora che c'è? Cosa può esserci di così importante, da non poter aspettare che torni a casa?"

"Sono incinta." Jess non ci girò attorno.

"Cosa?"

"Incinta. A quanto pare, hai lo sperma più deciso di tutta la storia dell'umanità. Certo non mi sorprende, dato che sono i tuoi semi, ma insomma... so che volevamo aspettare, ma immagino che il piano sia andato a quel paese."

"Sei incinta?"

"Sì, è proprio questo che ti sto dicendo." Al che Jess cominciò a innervosirsi. Kason non stava dicendo molto, forse era deluso?

"Cacchio, che donna! Ti amo così tanto che quasi mi spavento!"

Jess sorrise, mentre Kason la baciava di nuovo: chiaramente non era deluso.

Benny si staccò dalla moglie e la guardò negli occhi. "Ti amo. Amo averti messa di nuovo incinta. So che sarà pesante soprattutto per te avere tanti bambini piccoli a casa, ho già deciso di assumere una tata per aiutarti, ma dovresti sapere che ho intenzione di metterti incinta quanto posso; voglio tutti i figli che mi concederai. Voglio una famiglia enorme, piena di gioia, di sorrisi, di drammi, di lacrime, di giocattoli, di pupù sul pavimento, di discussioni su chi va in bagno per primo, un marasma generale. So di non poter riportare indietro Tabitha, non posso nemmeno pensare di alleviare quel dolore, ma adoro sapere che il tuo ventre è così compatibile col mio sperma."

Jess alzò gli occhi al cielo: Kason a volte poteva magari sembrare un salame, ma era anche dolcissimo. "Finché sono in salute e i nostri figli stanno bene, non ho nulla in contrario ad avere una famiglia grande. Ma Kason, non prendere come modello quella famiglia enorme della televisione, quella con la mamma che ha figli anche fino ai sessant'anni... niente del genere."

"Affare fatto." Benny sorrise ampiamente e si abbassò per sussurrarle qualcosa nell'orecchio: "Poi mi piace come diventi più eccitabile quando sei incinta: un bell'extra anche per me."

"Kason!" Jess lo riprese mentre lui se la tirava più vicina.

"Adesso torniamo a casa, mettiamo i bimbi a letto, poi ti scopo finché non ti tremano le gambe."

Jess non fece altro che scuotere la testa: amava il suo uomo, era tutto per lei.

———

Julie si accoccolò vicino a Patrick sul divano. "Penelope sta bene?"

Patrick strinse la moglie tra le braccia; sapeva che Julie era molto interessata alle sorti del sergente rapito, eppure non gli aveva fatto troppe domande, era stata paziente. Così Patrick le rispose soppesando le parole per non rivelare alcun segreto militare.

Diamine, ma chi voleva prendere in giro? Il segreto militare era già stato violato, sperava solo di non mandarlo completamente in frantumi.

"Sta bene, Julie."

"Come ha... Julie si fermò e si schiarì la gola, prima di proseguire: "Come si è comportata durante il recupero, è andato tutto bene?"

Il cuore di Patrick quasi andò in frantumi, per quella domanda: sapeva che Julie provava ancora un senso di colpa per come si era comportata quando la squadra aveva tratto in salvo *lei*. Aveva superato quasi completamente il rimorso, ma non era una sorpresa che l'ultima missione le avesse fatto riaffiorare alcune insicurezze. Patrick annuì, poi spinse Julie per farla coricare con la schiena sul divano e le si mise sopra.

"Era spaventata, ma ora sta bene. Ci hanno pensato i ragazzi. Sentì, Julie, comunque avrà delle ripercussioni anche su di lei. Nessuno potrebbe mai superare quello che ha superato lei... quello che hai superato anche tu... senza avere delle ripercussioni nella vita. Ne hai parlato con la dottoressa Hancock, ognuno affronta queste cose a suo modo."

Julie si morse le labbra e distolse lo sguardo dal

marito, così Patrick le mise una mano sulla guancia e le tolse il labbro dai denti. "Guardami, tesoro."

Lei alzò gli occhi per guardarlo, così lui continuò: "Ti amo; alcuni momenti sei durissima con te stessa, poi però vai in una stanza piena di adolescenti che si provano i vestiti per il ballo di fine anno e sei tutta allegra e sorridente. Adesso sei qui, sei mia e non ti lascerò mai andare."

Lei annuì: "Va bene, Patrick. Grazie. Io cerco di non fare questi paragoni... ma alcune volte è difficile."

"Lo so, ma la settimana scorsa sei stata con le altre ed è andato tutto bene."

"Sì, è vero. Finalmente mi sembra che mi abbiano davvero perdonata. Sono contenta di essere andata ad aiutarle, erano davvero preoccupate."

"Ottimo. Ora... c'è qualcos'altro di cui ti voglio parlare..."

"Ah sì? Va tutto bene?" Julie guardò preoccupata negli occhi il marito.

"Va tutto bene... tranne che non siamo riusciti a passare molto tempo da soli, di recente. Dopo l'ultima missione, però, i ragazzi hanno un permesso obbligatorio di due settimane, per riprendersi. Anche se ci sono altre due squadre di SEAL sotto il mio comando, ho usufruito anch'io delle stesse due settimane..." Patrick abbassò la voce, vedendo che sul viso di Julie compariva il sorriso.

"Davvero? Due settimane intere?" gli chiese sussurrando.

"Già. Pensi di poterti prendere un po' di vacanza dal negozio?"

"Diamine, ma certo! Sono la proprietaria, di sicuro potrò svignarmela. Dai, Patrick, non vedo l'ora di passare del tempo insieme a te!"

"Sarà meglio che andiamo a dormire," le disse Patrick con un sorrisetto sornione.

"Come? Perché?"

"Perché domani saremo molto impegnati a fare i bagagli e a sbrigare le faccende dell'ultimo minuto. Di sicuro avrai delle istruzioni per il personale del negozio."

"Bagagli? Per cosa?"

"Dopodomani partiamo per le Hawaii."

Patrick sorrise e si mise bene a sedere, mentre Julie gridava di gioia e si agitava sul divano. "Santo cielo! Sul serio? Ho sempre voluto andare alle Hawaii!"

"Lo so."

Lei andò avanti come se Patrick non avesse nemmeno parlato: "Ho un milione di cose da fare! Devo..."

La frase di Julie fu spezzata a metà: Patrick se la gettò sulla spalla e si avviò verso la camera da letto; sapeva che se si fosse messa a sbrigare faccende in quel momento non avrebbe dormito se non a tarda nottata... ma lui aveva altri programmi.

"Patrick, mettimi giù! Devo..."

"Quello che devi fare è lasciarmi fare l'amore con te. Lascia che ti mostri quanto sei importante per me. Ci facciamo una bella dormita... dopo... poi domani potremo preoccuparci dei bagagli." La posò delicatamente sul letto e si mise su di lei, chiudendola con le braccia e col corpo.

"Ti amo, Julie Hurt. So che ti preoccupi per la squadra, per le altre donne, ma voglio darti dieci giorni di vacanza senza alcuna preoccupazione: solo io e te."

Julie mise le mani sul viso di Patrick: "Ti amo. Grazie per aver visto del bene in me, anche quando non ero sicura nemmeno io che ce ne fosse. Sarei già contenta di stare qui con te, a casa nostra, nel nostro letto per dieci giorni... ma le Hawaii? Caro mio, verrai ricompensato alla grande!"

Patrick sorrise a sua moglie: "Ci contavo, piccola." Poi si abbassò per baciarla e furono impegnati a letto per molto tempo.

————

Melody inclinò la testa all'indietro e cercò di prendere una boccata d'aria di cui i suoi polmoni avevano molto bisogno. Si aggrappò ai fianchi di Tex, ben sapendo che probabilmente gli avrebbe lasciato dei segni; ma non importava a nessuno dei due. Ogni volta che lui spingeva con il bacino, si strisciava contro il fascio di nervi tra le cosce di Melody, facendola gemere.

Quando lui si spinse più avanti e la tirò più vicina afferrandola per il sedere, fino a farla quasi salire sulle proprie gambe, Melody spalancò di colpo gli occhi e alzò lo sguardo. Tex aveva un'espressione molto intensa sul viso, fissava in basso, il punto in cui i loro corpi si univano; spostò una mano e le mise un pollice sul clitoride, massaggiandolo con forza mentre continuava a muovere i fianchi avanti e indietro.

"Se non sei già incinta, dopo stasera lo sarai di sicuro, me lo sento. Prendi il mio seme, Mel, prendilo."

Melody non avrebbe potuto trattenere la risposta nemmeno a rischio della vita: la vita sessuale con Tex era sempre stata attiva, ma ora che stavano cercando di concepire, lui sembrava ancora più energico: "Sì, ti voglio, dammi tutto, Tex, dammi il tuo bimbo."

"Cazzo, Mel, ti amo tantissimo." Tex parlò dal profondo della gola, mentre si spingeva più che poteva dentro Melody, massaggiandola freneticamente nel punto più sensibile: "Vieni con me, Mel. Strizzami tutto."

Così fu, bastarono quelle parole e Mel inarcò la schiena stringendosi intorno a Tex, mentre anche lei esplodeva in un orgasmo, fremendo e agitandosi; solo molto tempo dopo, Melody capì che Tex non era uscito da lei, non si era nemmeno mosso.

Ormai non ce l'aveva più duro, ma non aveva cercato di cambiare posizione e lei lo sentiva dentro. Così Melody si stiracchiò e inarcò la schiena, gettandosi le braccia sulla testa per godersi lo sguardo lussurioso negli occhi del marito, che a sua volta si gustava il corpo della moglie, sotto di lui. "Di solito a questo punto siamo già accoccolati," gli disse Melody, sempre tenendo le braccia sopra la testa.

"Voglio tenere il mio sperma dentro di te il più a lungo possibile," le disse Tex a bassa voce.

Melody sorrise e sentì che Tex scivolava fuori.

"Ma dai, Mel, non dovevi ridere."

Ma lei non poteva farne a meno, anzi, così rise ancora di più. Smise di ridere quando sentì che Tex le infilava un dito dentro e cercava di spingere i loro succhi combinati; così gli chiese, riuscendo a rimanere mezza seria: "Non penserai di spingere tutto dentro, vero?" Poi guardò Tex: continuava a fissarle il sesso.

"No. Cioè... forse."

Melody tornò a sorridere. A volte si comportava in modo molto diverso dal SEAL grande e grosso che era stato: era difficile persino immaginarselo in missione. Eppure senza dubbio era stato anche lui un killer letale come tutti gli altri SEAL; lo aveva visto in missione quando Diane stava minacciando di ucciderla, ma i momenti in cui lei lo apprezzava di più erano quelli intimi, quando era più dolce. "Vieni qui, Tex, coccoliamoci un poco."

Tex si allontanò leggermente, lasciando cadere le gambe di Mel, poi si girò subito su un fianco, abbracciandola da dietro a cucchiaio. Le mise una mano sotto la testa, mentre le teneva l'altra mano appoggiata sul sesso. Rimasero sdraiati così per un po' di tempo, Melody si appisolò un poco, poi Tex alla fine parlò.

"Nella vita, mi hanno sempre detto che ero intelligente e di talento. Sono entrato in marina e mi hanno detto che ero forte. Mi sono guadagnato un posto nella squadra di SEAL e ho dedicato la vita alle forze speciali; mi hanno sempre detto che ero un SEAL di grande valore per la squadra. Quando mi sono infortunato, mi hanno detto che comunque potevo usare il mio talento al computer per aiutare gli altri. Non poter andare in missione sul campo è stato difficile, ma ho fatto del mio meglio per aiutare sempre tutti quelli che me lo chiedevano, tutti quelli che potevo. Mi piaceva, Mel, ma devo dirtelo: non sono mai stato così felice in vita mia quanto lo sono ora, sdraiato a letto con te: col mio anello infilato nel tuo dito, con il mio sperma che si muove dentro di te, magari col mio bimbo che cresce dentro di te. Ti amo. Proteggerò con tutto me stesso te, Akilah e qualunque altro figlio ci possa arrivare. *Tu* sei la persona che aspettavo da una vita. Se ho perso la gamba è successo per trovare *te*. Sei *tu* la mia ragione di vita: mi rendi felice così come sei."

Melody sapeva di non poter trovare le parole per esprimere quanto era felice e quanto amava il marito; così si accontentò di poche, semplici parole: "Anch'io ti amo, Tex."

CAPITOLO VENTINOVE

Penelope Turner, soprannominata "Principessa dell'esercito", era sull'attenti nella sua uniforme e guardava due feretri che venivano abbassati nel terreno, al cimitero nazionale di Arlington. Il tenente James D. Love e il sergente Richard S. Hess trovavano pace eterna con una cerimonia privata. Penelope assisteva, mentre due uomini che non aveva avuto modo di conoscere venivano sepolti e ringraziati per il servizio reso al paese.

Nel profondo, non riusciva a togliersi di dosso il senso di colpa per essere sopravvissuta.

Aveva cominciato ad andare in psicoterapia e aveva parlato a lungo col fratello, ma ancora non riusciva a scrollarsi di dosso la brutta sensazione che, se non fosse stato per lei, quei due uomini coraggiosi non sarebbero morti e sarebbero stati ancora vivi e vegeti, sarebbero tornati a ridere e scherzare con le loro famiglie e con i loro amici. Così decise di trovare qualche gruppo di supporto, una volta tornata a casa, a San Antonio. Voleva trovare altre persone che avevano superato esperienze simili alla sua... probabilmente non avrebbe mai trovato qualcuno rapito dai terroristi e tenuto prigioniero per quattro mesi, ma dovevano esserci altre persone che erano state tenute prigioniere contro la loro volontà e che erano ancora in preda agli incubi o ai rimorsi, come lei.

Penelope rivolse lo sguardo ai familiari delle vittime, presenti alla cerimonia per dare l'estremo saluto ai caduti. Lei non li conosceva, ma aveva letto sui giornali che alla cerimonia avrebbero partecipato genitori, nonni, sorelle, fratelli, cognati e cognate, persino una zia e uno zio, o forse due. I due caduti non erano sposati, non che Penelope si sentisse meglio per quella circostanza.

A quel punto, i familiari cominciarono ad andarsene e il personale del cimitero proseguì nelle operazioni di sepoltura; lei rimase sul posto e osservò la terra che veniva premuta sulle bare, rimase ferma dov'era anche quando cominciò a cadere una leggera pioggia.

Cade si era offerto di accompagnarla, quel giorno, insieme agli altri colleghi vigili del fuoco, ma lei aveva preferito andare da sola; aveva comunque apprezzato molto che Moose, Crash, Squirrel, Chief, Taco, Driftwood si fossero anche solo offerti: non erano uomini molto sdolcinati, sapere che ci tenevano a lei, che la ritenevano un membro importante della squadra, era sufficiente a farla scoppiare a piangere.

Penelope sospirò di nuovo, sempre piangendo la morte del tenente Love, copilota dell'elicottero che l'aveva tirata fuori dalla fogna del campo per rifugiati che era stata la sua prigione. Poi Penelope pensò al sergente Hess, con cui non aveva mai parlato; era stato lui a prenderle la mano per aiutarla a salire a bordo dell'elicottero MH-60. L'aveva guardato negli occhi e non aveva visto altro che certezza: la certezza di fuggire da quell'inferno tutti interi.

Si girò per andar via... ma si fermò di colpo.

In piedi dietro di lei, in riga e sull'attenti, c'erano sette uomini, tutti nelle loro uniformi bianche della marina. Non indossavano medaglie né mostrine, solo le targhette col cognome. Erano presenti per sostenerla, oltre che per salutare i due soldati caduti dell'esercito, sepolti dietro di lei.

Penelope cercò di non piangere, ma si incamminò lentamente verso quegli uomini, così stoicamente fermi sull'attenti; pensò che forse si stava solo rendendo ridicola, ma cominciò dal primo. Sulla targhetta c'era scritto "Keegan." Non l'aveva mai incontrato, ma immaginò fosse il fantomatico Tex. Prima che le mancasse il coraggio, fece un passo verso di lui e lo abbracciò, stringendolo forte per un momento; poi lo lasciò andare, fece un passo indietro e gli disse sottovoce: "Grazie per averci trovati Tex." Lo vide annuire in tutta risposta, senza aggiungere altro.

Poi passò all'uomo di fianco a Tex, il suo cognome era "Cooper" ma lei lo conosceva come Dude, l'uomo che l'aveva tirata fuori per primo dalla sua tenda prigione. Era pronto per lei e ricambiò l'abbraccio appena lei gli gettò le braccia intorno al corpo. "Grazie," gli disse sottovoce.

Poi arrivò il turno di Benny; sulla targhetta c'era

scritto "Sawyer". Lo abbracciò e disse di nuovo, semplicemente: "Grazie."

Penelope passò tutti gli uomini della fila, abbracciandoli uno a uno. "Reed", altrimenti noto come Mozart; "Knox," altresì detto Cookie, "Powers," soprannominato Abe. Anche a lui disse "grazie," aggiungendo però: "L'ultima volta che ti ho visto eri messo di merda, sono contenta di vedere che ti sei rimesso in sesto alla grande."

Lui ridacchiò un poco, poi Penelope arrivò all'ultimo della fila, era Wolf, il caposquadra. Era stato lui ad assumersi la responsabilità del gruppo, superando mari e monti per tirarla fuori dall'inferno della prigionia in Turchia, strappandola all'ISIS. Penelope sapeva che non avrebbe mai dimenticato quell'uomo, per tutta la vita.

Lo avvolse con le braccia e sentì che anche lui l'abbracciava forte, sollevandola persino da terra. "Grazie, Wolf; grazie per non esserti arreso." Non si aspettava di sentirsi rispondere.

Ma lui la mise a terra senza lasciarla andare: "Grazie a *te*, Tiger, per essere il tipo di donna che sei, la soldatessa che ha tenuto duro fino in fondo. Ora vai e vivi la tua vita in pace. Ti sei guadagnata ogni secondo di felicità che potrai avere. Adesso hai anche sette fratelloni che possono tenerti d'occhio. Dovunque andrai, qualunque cosa farai, se hai bisogno di noi, non devi far altro che chiedere."

Penelope sentì che Wolf lasciava cadere le mani, spostandole dalla sua schiena fino al sedere per un momento, prima di lasciarla andare. Fu sorpresa, ma immaginò l'avesse toccata per sbaglio. La salutarono tutti e sette, poi se ne andarono, sparendo tra gli alberi del cimitero. Lei li vide sparire all'orizzonte e non si preoccupò più nemmeno di asciugarsi le lacrime che le scendevano copiose dagli occhi, rigandole il volto.

Si voltò per tornare alla macchina; doveva passare la notte a Washington DC perché il presidente le avrebbe conferito la medaglia di bronzo proprio il giorno dopo, con una cerimonia pubblica trasmessa anche in televisione. Lei non era molto entusiasta per quell'evento, anche perché sapeva che c'erano altri uomini più coraggiosi di lei che non erano stati riconosciuti pubblicamente e che non potevano nemmeno dire di essere stati con lei in Medio Oriente. Ma avrebbe accettato il riconoscimento a nome del tenente Love e del sergente Hess, a nome di Black, White e Wilson, pesino a nome del povero soldato australiano che era stato ucciso davanti ai suoi occhi. Penelope pensò anche ai soldati delle Delta Force, anche loro non avrebbero ricevuto alcun riconoscimento, se non la sua eterna gratitudine e la sua infinita devozione.

La guerra contro l'ISIS non sembrava destinata a cessare tanto presto, ma Penelope aveva finito di combatterla. Aveva già incontrato il suo comandante e aveva comunicato la sua volontà di uscire dall'esercito; aveva ancora degli impegni col governo, ma ormai a tutti gli effetti era libera di tornare a fare il vigile del fuoco per il resto della sua vita. I documenti del suo congedo con onore erano pronti e l'aspettavano, al suo rientro a casa.

Si mise le mani nelle tasche posteriori della divisa, mentre percorreva la fila fin troppo lunga di tombe;

nelle tasche sentì qualcosa di strano, tirò fuori la mano e fissò il piccolo oggetto nero che aveva trovato.

Ma che cacchio?

Aprì il pacchettino di carta e trovò un piccolo pendente a forma di croce di Malta. Sul bigliettino c'era scritto: *I nostri uomini ci hanno salvate e hanno salvato anche te, quindi ora sei una di noi. Indossa questo pendente e non sarai mai più persa.*

Penelope ci pensò su e alla fine sorrise, per la prima volta quel giorno: sembrava proprio un regalo da parte delle mogli dei SEAL che l'avevano salvata. Non solo, ma aveva decisamente l'aspetto di uno dei dispositivi satellitari che indossavano gli uomini della squadra e le loro donne. Wolf gliel'aveva messo in tasca.

Un localizzatore.

Quelle parole le furono chiare all'improvviso, facendola sorridere con più decisione. L'avrebbero tenuta d'occhio: che bella sensazione. Ottimo. Era la prima volta dopo tanto tempo che cominciava a star meglio. Se in futuro avesse di nuovo avuto bisogno di aiuto, oltre ai suoi compagni di caserma, i vigili del fuoco, ora aveva anche un'intera squadra di SEAL, evidentemente anche le loro mogli.

Il sergente Penelope Turner si sentiva più forte di prima, fece un respiro profondo e raddrizzò le spalle; avrebbe superato quel giorno e il giorno dopo, poi quello dopo ancora. Senza alcun problema. Una passeggiata.

Libro 11, *Proteggere Kiera,* Ora disponibili !

NOTE

CAPITOLO QUATTRO

1. *Black* significa nero, *White* significa bianco. [NdT]

Forze Speciali alle Hawaii

Trovare Elodie
Trovare Lexie (10 Aug 2021)
Trovare Kenna (Oct 2021)
Trovare Monica
Trovare Carly
Trovare Ashlyn
Trovare Jodelle

Mercenari di Montagna

Difendere Allye
Difendere Chloe
Difendere Morgan
Difendere Harlow
Difendere Everly
Difendere Zara
Difendere Raven

Ace Security *(Prossimamente)*

Il riscatto di Grace
Il riscatto di Alexis
Il riscatto di Bailey
Il riscatto di Felicity
Il riscatto di Sarah

In inglese:

Delta Force Heroes Series

Rescuing Rayne
Rescuing Aimee (novella)
Rescuing Emily
Rescuing Harley

Marrying Emily (novella)
Rescuing Kassie
Rescuing Bryn
Rescuing Casey
Rescuing Sadie (novella)
Rescuing Wendy
Rescuing Mary
Rescuing Macie (novella)
Rescuing Annie (Feb 2022)

Delta Team Two Series
Shielding Gillian
Shielding Kinley
Shielding Aspen
Shielding Jayme (novella)
Shielding Riley
Shielding Devyn (May 2021)
Shielding Ember (Sep 2021)
Shielding Sierra (Jan 2022)

Eagle Point Search & Rescue
Searching for Lilly (Mar 2022)
Searching for Bristol (Jun 2022)
Searching for Elsie (Nov 2022)
Searching for Caryn (TBA)
Searching for Finley (TBA)
Searching for Heather (TBA)
Searching for Khloe (TBA)

Badge of Honor: Texas Heroes Series
Justice for Mackenzie

Justice for Mickie
Justice for Corrie
Justice for Laine (novella)
Shelter for Elizabeth
Justice for Boone
Shelter for Adeline
Shelter for Sophie
Justice for Erin
Justice for Milena
Shelter for Blythe
Justice for Hope
Shelter for Quinn
Shelter for Koren
Shelter for Penelope

SEAL of Protection: Legacy Series

Securing Caite
Securing Brenae (novella)
Securing Sidney
Securing Piper
Securing Zoey
Securing Avery
Securing Kalee
Securing Jane

SEAL Team Hawaii Series

Finding Elodie
Finding Lexie (Aug 2021)
Finding Kenna (Oct 2021)
Finding Monica (TBA)
Finding Carly (TBA)

Finding Ashlyn (TBA)
Finding Jodelle (TBA)

Ace Security Series
Claiming Grace
Claiming Alexis
Claiming Bailey
Claiming Felicity
Claiming Sarah

Mountain Mercenaries Series
Defending Allye
Defending Chloe
Defending Morgan
Defending Harlow
Defending Everly
Defending Zara
Defending Raven

Silverstone Series
Trusting Skylar
Trusting Taylor
Trusting Molly (July 2021)
Trusting Cassidy (Nov 2021)

SEAL of Protection Series
Protecting Caroline
Protecting Alabama
Protecting Fiona
Marrying Caroline (novella)
Protecting Summer

Protecting Cheyenne
Protecting Jessyka
Protecting Julie (novella)
Protecting Melody
Protecting the Future
Protecting Kiera (novella)
Protecting Alabama's Kids (novella)
Protecting Dakota

BIOGRAFIA

L'autrice best seller del *New York Times*, *USA Today,* e *Wall Street Journal*, Susan Stoker ha un cuore grande come lo stato del Texas, dove vive, ma questa tipica ragazza americana ha trascorso gli ultimi quattordici anni vivendo nel Missouri, in California, in Colorado, e nell'Indiana. È sposata con un ex militare dell'esercito, che ora la segue in tutto il Paese.

Ha debuttato con la sua prima serie nel 2014, seguita dalla serie SEAL of Protection, che ha consolidato il suo amore per la scrittura, e la creazione di storie in cui i lettori possono perdersi.

Se ti è piaciuto questo libro, o qualsiasi libro, per favore considera di lasciare una recensione. Gli autori lo apprezzano più di quanto tu possa immaginare.

www.stokeraces.com
susan@stokeraces.com

.

www.ingramcontent.com/pod-product-compliance
Lightning Source LLC
Chambersburg PA
CBHW060237100726
47907CB00003B/673

* 9 7 8 1 6 4 4 9 9 1 8 5 5 *